徳間文庫

私人逮捕！

安達 瑶

徳間書店

目次

序章　殺しのライセンス

男は、車のハンドルを握って慎重な運転をしていた。バイパスで信号も少なく、片側三車線で通行量も多い。車は真ん中の車線を走っている。

「はい、幹線道路では四十キロ出してね」

助手席には教習所の制服を着た教官が乗っている。

「出してますよ」

男の広い額には汗が光っている。年の頃なら五十前後の、初老といってもいい老け具合。

「しかし鋼太郎さん、その歳でよく車の免許取ろうと思い立ちましたね」

「必要に迫られて、ですよ。車がないと不便でね」

鋼太郎と呼ばれた男は、ハンドルにしがみついて必死で運転しながら、やっとの思いで答えた。

「こっちは運転してるんだから、話しかけないでください！」

男は眉根を寄せた怖い顔で運転に集中している。

「ダメですねえ、そんな怖い顔してちゃ。余裕を持って運転しないと、咄嗟の判断が出来ませんよ、榊鋼太郎さん」

鋼太郎の頭髪は薄く額は広く、鋭い眼光が頑固な性格を濃厚に漂わせている。

その時。

突然、後ろの車がパッシングしてきた。ヘッドライトを点滅させて、ほとんど車間距離ゼロの状態にまで接近してきたのだ。

「煽ってきましたね」

「しかし……私は四十キロ制限を遵守して走っているだけだ」

鋼太郎はこの道路の制限速度を守っている。教習車だから当然だ。他の車は五十キロくらい出してどんどん追い抜いていくが。

「そうですね。こっちは法定速度を守ってるんです。このまま行かせてやりましょう」

「どうすればいいんです？」

「左に車線変更して道を譲りましょう」

鋼太郎は、車線変更と車庫入れが大の苦手だ。

「ほら、バックミラー見てサイドミラー見て安全確認してウィンカー出して！」

脂汗を流しながら必死に後方を確認した鋼太郎だが、そこで前方への注意がお留守になった。前を走る車に危うく追突しそうになったところで、教官がブレーキを踏んだ。

その急ブレーキが、後ろから煽ってきた車を激しく刺激してしまった。

けたたましくクラクションを鳴らし、後方の車は右の車線に出た。そのまま追い抜くのかと思ったら、こちらに幅寄せしてきた。

「うわ！　なにをする！」

相手の車はドイツ製高級車のスポーツタイプだ。

鋼太郎はブレーキを踏んで減速し、この車を先に行かせようとした。

だがドイツ車は急ハンドルを切って鋼太郎の車の前に割り込むと、突然、急ブレーキを踏んだ。

「危ないっ！」

鋼太郎も慌ててブレーキを踏み、からくも追突を免れたが、相手の車はそこから蛇行運転をくねくねウネウネと開始した。

信号があればいいのに……と思うが、こういう時に限って信号は少ないし、あっても青だ。

「これ……どうなってるんですか」

「威嚇(いかく)してるんです。相手にしないで」

「だけど、こっちは教習車ですよ！　屋根にも『路上教習車』って出してるのに」

「教習車であろうがなんだろうが、トロい車にムカつくんでしょう」

「なんてこった！」

鋼太郎もおおいにムカついたが、ここは自制しないと相手を刺激して面倒な事になってしまう。煽り運転のニュースは毎日のように目にしている。

「こりゃ……相手の気が済むまでやらせるしかないなあ」

「いやしかし……危険ですよ！」

路肩(ろかた)に寄せて停車して、相手が行ってしまうのを待つ事も考えたが、左車線は車がひっきりなしに走っている。車線変更が苦手な鋼太郎の今の技量では、無理だ。

「このままおとなしく走りましょう。教習所に戻ったら、ドラレコの映像を警察に渡す手続きをします」

だから無事に帰る事だけを考えましょう、と教官は言ったが、言葉とは裏腹に、その声には緊迫感が溢れている。異常事態に巻き込まれてしまったことを判っているのだ。

その間にも危険運転を繰り返す車は、急ブレーキを踏んだり急加速したり蛇行運転をしたりと、やりたい放題だ。

「ちょっとアンタ、手があいてるなら警察に電話してくださいよ。教習所に戻ったら、なんて悠長なこと言ってる場合ですか！」

鋼太郎は教官に毒づいた。

あたかもそれが聞こえたかのように、相手の車はこれまでで最強の急ブレーキをかけて、ほとんどつんのめるように中央車線の真ん中で停車してしまった。

鋼太郎も必死でブレーキをかけて、追突寸前でなんとか車を止める事が出来た。

道路の中央に止まった車から、逆上した様子の男が降りてきた。見たところ三十代の、大柄でガタイのいい男だ。大きなサングラスをかけて口を大きく開いて怒鳴っている。鋼太郎たちを罵っているに違いない。

「コラ！　トロトロ走ってるんじゃねえ！」

男が近づき、鋼太郎がウィンドウをわずかにおろすと、何を喚いているのか判った。

「出てこいやオラ！　クソ運転しやがって！」

男は、出て来いを連呼した。

「ダメですよ鋼太郎さん。出ていかないで。無視するのが肝要です」

「だけど、無視出来ないですよ」

男は怒鳴るだけではなく、サイドの窓ガラスをコブシでガンガン叩き始めた。それにフロントガラスからもこちらを覗き込み、バシバシと叩く。

バイパスの一車線を完全に塞いだまま、男は威嚇を続けている。

「出てきやがれ！　コンのクソジジイがッ！」

なおも無視していると、ガタイのデカい男は今度はドアを蹴り始めた。

鋼太郎の眉間のシワが深くなり、頬がぴくぴくと痙攣し始めた。

「鋼太郎さん、自重自重。気持ちはわかりますが、ここは我慢して」

怒りが爆発する気配を感じた教官はしきりに我慢を促したが、それにも限界がある。

「教官。これを我慢するのは間違ってる。明らかに相手が悪いんだ。こういう手合いは成敗しなきゃダメでしょう！」

「しかし……ここは幹線道路の真ん中ですよ。下手な事をしたら二次的な事故が起きるかもしれないし、相手が何をしてくるか判らないし……」

「ダメだよあんたは。そんなヌルいこと言ってるから、こんなクソが増長するんです！」

　鋼太郎はシートベルトを外（はず）してドアを開けた。

　立ち上がった鋼太郎は上背（うわぜい）こそないものの、体格は意外にガッシリして、胸板の厚さなどは男とほぼ遜色（そんしょく）がない。白いカッターシャツをズボンにたくし入れているその姿はオッサン以外の何者でもないが……。

　相手の男は、ただのオッサンと見くびっていた鋼太郎が毅然（きぜん）とした態度で車から降りて平然と立っているのに気を呑（の）まれた様子だ。

「な……なんだよ。てめえどういうつもりだ？」

「そっちこそなんだ？　出てこい降りて来いって言うから出てきたんじゃないか」

「お、おう。クソな運転するんじゃねえって言ってるんだよ」

「ナニを言ってるんだ？　これは教習車だぞ。路上教習してるんだ。違法運転なんかしてないし、私は模範的な運転をしていたんだが？」

「なにをクソみてえなこと言ってるんだ！　いい気になるな！」

　相手の男は左手で鋼太郎の胸ぐらを掴（つか）み、右腕を振り上げて殴りかかろうとした。

　が、鋼太郎は男の右手首を掴むと、そのまま逆に捩（ね）じ上げた。

「い、いてて。何するんだこの野郎！」

男が蹴りつけてきたので、鋼太郎は摑んだ手首をぐっと引き上げ、反動を付けて背負い投げを食らわせた。

男の身体はあっさり宙を舞い、道路に叩きつけられた。

「おれは榊鋼太郎。高校時代は合気道と柔道をやっていた」

鋼太郎は誇らしげに名乗りを上げた。

「オッサンだと思って舐めるな」

そう言いつつ、逃げないように危険運転ならびに暴行未遂犯の背中を足で踏ん付けた。

「いててててッ……てめ何しやがる！　道路の真ん中だぞ！　危ねえだろうが！」

「それはこっちが言うセリフだ！　こんなバイパスの真ん中で煽って急停車したのはあんただ。危険だし迷惑だろ！」

「何言ってやがる！　そっちがトロトロ運転しやがるから……」

などと言っているウチに二台のパトカーのサイレンが接近して、鋼太郎の教習車の後ろに止まった。

「通報を受けました。危険な煽り運転ですね？」

パトカーから四人の警官が降りてきて、鋼太郎と犯人を取り囲んだ。

「そうです。しかもこの男は私を殴ろうとした。暴行未遂です。ドライブレコーダーに全て写っているはずです」

鋼太郎は、男の背中から足を退けて立ち上がらせ、制服警官に引き渡した。

「危険運転で暴行の現行犯。私人逮捕しました」

「判りました。あとはこちらで取り調べます。被害届とドラレコの映像を提出してください。被害状況の聴取もします。いいですね？」

「望むところです」

制服警官は鋼太郎に軽く頭を下げ、煽り運転の犯人に言い渡した。

「あんたは自分の車を運転して、パトカーについてくるように。逃げようとしても無駄だぞ」

教官はヤレヤレという顔をして肩をすくめたが、鋼太郎は悪党を捕まえた喜びというよりは、虚しさを嘆くような無常の雰囲気を漂わせつつ、呟いた。

「また、私人逮捕してしまった……」

第一話　大列車作戦

　そもそも、榊鋼太郎はルール違反に敏感で、日々、事あるごとに、そして相手かまわず注意喚起や警告を発してきた。

　たとえば、自転車による交通違反。鋼太郎は法規に従い、常に自転車は左側通行だ。それなのに右側を走ってくるやつがいる。勢い正面衝突(しょうとつ)をしそうになるが、鋼太郎は絶対に止まらない。衝突寸前になった相手がブレーキをかけて「危ないじゃないか！」と怒鳴ったところで待ってましたとばかりに怒鳴り返す。

「自転車は軽車両だから左側通行だ！　お前は道路交通法を知らないのか！」

「バカ言うな！　自転車は歩行者と同じだろ！」

「だから道路交通法を読め！　自転車は軽車両であって、道路交通法第十七条に、自動車と同じく左側を走行する事と明記されている！」

　そう言って一歩も引かない気迫で睨(にら)み付けると、相手は渋々と従う。

相手を打ち負かして優位に立ちたいのではない。決められたルールや法律に平気で違反する連中が許せないだけなのだ。

誰もが見て見ぬフリをする程度の、軽微な「ルール違反」すらどうしても看過できない性分なのは子供の頃からだ。そのせいか小学校から高校まで、一貫して風紀委員を歴任してきた。

夏目漱石の「坊っちゃん」ではないが、この性格で損ばかりしてきたのは事実だ。自分では決して無鉄砲だと思っていないが。

世の中の抜け穴を小賢しく見つけて悪用したり、ズルをしたりする人間を見つけたら、黙っていられない。それのどこが悪いのだ？

そもそも正しいことを主張して、法に従って行動しているだけなのだ。あれこれ言うほうがおかしいではないか、というのが彼の主張だ。

しかし不幸なことに彼の性分は、いわゆる「社会」にだけ向けられるものではなく当然、家庭内にも向けられた。その結果、熱烈に求婚した妻にも愛想を尽かされ、息子と娘にも嫌われてしまい、とうとう離婚の憂き目に遭ってしまった。

「まあ、それは当然だよな」

生まれは千葉で東京・下町育ちの彼は、整体師の資格を取って実家を改装して治療院をやっているが、幼なじみの患者からはいつも注意というか、警告を受けている。

「交通ルールでも法律でも、とにかく一般的な社会常識というかマナーを守らない連中はダメだよ。それはたしかだ。あんたが腹を立てて注意したくなる気持ちも判る。なんせあんたは小学校も中学校も風紀委員で、相手が番長だろうが暴れ者だろうがガンガン注意して、殴られても徹底してたから、ついには連中から恐れられる存在になったもんな」

「だろ？」

鋼太郎はそう言いながら、相手の腰のツボを押した。

「それはおれが正しいことを言って、相手が誰であろうが態度を変えなかったからだ」

「その点はエラいと思うよ。普通なら殴ってきそうな相手だと黙るか、見なかったことにするもんな」

「お前はそうだったな」

幼なじみで高校まで一緒だった相手・楠木太一はこの近所で居酒屋を開いている。だから、鋼太郎のこれまでの半生を殆ど把握している。

「だけどな、それを家庭でやったらアウトだろ。そもそも夫婦生活とか家庭生活ってのには、法律みたいなルールは馴染まないんだからな。昔の御武家様とかお殿様の家なら別だろうが、あんたの思うルールが絶対正しいなんて事はないんだよ。榊家の常識がこの世の常識じゃあないんだ」

「……それは、判ってる」

「判ってなかったから離婚されちゃったんだろ？」

楠木太一はうるさい居酒屋の店内で鍛えられた大声で決めつけた。

「おい、やめろ。受付に聞こえる」

受付には若くてなかなか可愛い女の子が座っている。モデルみたいに小顔で整った顔立ちで、スタイルがいいのは座っていてもよく判る。

求人広告で応募してきたハタチの小牧果那だ。

「おれ、若いコの扱いが判ンなくて困ってるんだ。この前も、彼女のことを『オンナノコ』って言ったらセクハラだパワハラだって言われて……オンナノコだからオンナノコって言ってナニが悪いんだ？」

鋼太郎は手を止めて、首を傾げた。

「手を止めるな。続けて」

太一は施術の継続を要求した。

「そりゃ、オンナノコと十把一絡げ的に言われると、個人というものを無視したカタチになるからだろ。きちんと名前を呼んであげなきゃ」

太一は、自分の店でアルバイトのオンナノコに対して似たような事をやってしまった経験があるので、この分野では鋼太郎の先輩だ。

「で？」

「で、って……。だから、おれの家庭についての内輪の話を大声で言うなっての！」

社長としての威厳ってものが、と言う鋼太郎に太一は爆笑した。

「社長！　社員は受付の小牧さんだけの？　それで社長の威厳ってオマエ」

ひくひくと全身を震わせ笑いがとまらない太一にムッとした鋼太郎は、「痛いツボ」をぐいと押して太一に悲鳴を上げさせた。

「お前ンとこだって、株式会社居酒屋クスノキってんだろ？　で、社長はオマエで社員はバイトくんたちだけか」

「違うね。社長は女房で、社員はおれ。あとアルバイトたち」

俯せの太一は頭をひねって鋼太郎を見た。

「あんた、奥さんにさんざん、味噌汁が薄いだの料理の味付けが物足りないだの文句を言ったり、掃除の仕方を小姑みたいにチェックしたり、洗濯のやり方畳み方までうるさく指図したんだろ」

「まさか。そんな了簡の狭い真似、おれがするわけないじゃないか。こう見えても江戸っ子だ。五月の鯉の吹き流しよ」

千葉出身だけどな、とうそぶく鋼太郎に太一はニヤニヤしながら言った。

「ほう？　聞いたハナシと違うな？」

「聞いたハナシって、誰にヨタを吹き込まれたんだよ！　ガキん時からの付き合いなんだから、ホントのところは全部知ってるだろ！」

いまや鋼太郎の手は完全に止まってしまっている。

「じゃあ、なんで奥さんに愛想を尽かされて娘息子にも嫌われたんだよ？」

「それは、あいつが悪い。亭主の好みの料理を作らなかった女房のせいだ。あいつが妙な意地を張るもんだから」

「どうせあんたの事だから、味付けにうるさいことを言ったんだろ。この料理はこの味付けが正しい！　とか言っちゃって」

太一に突っ込まれて、鋼太郎はちょっとたじたじとなった。

「そりゃ……それはちょっとは料理の味付けに文句ぐらいは言ったさ。女房の作るものにまるで味がないんだから。メシ如き、と言うなよ。メシは生活の基本であり、味付けはもっとも大切なことなんだからな」

それがいくら言っても直らなかったんだ、と鋼太郎は忌々しそうに続けた。

「それで女房は自分と子どもたちの料理は別に作って、おれ用の食事の味付けは濃くするようになった。少なくともあいつはそう言った。それで多少はマシになったが、おれには物足りなかったんだ。それでもずっと我慢してたんだぜ」

どうだ、偉いだろう、と言わんばかりに鋼太郎は胸を張った。

「なのに、いつの間にか、またあの薄味が戻ってきやがった。おれはキレたね。男は仕事をして一家を支えているんだから、がっつり辛いものを食べて、元気をつけなくちゃいけないってぇのに」

「千葉生まれの江戸っ子だしな」

太一が混ぜっ返した。

「江戸っ子の労働者階級は味が濃くねえとな。ってか？」

「いや、それが、東京の下町の味なんだ。生まれ育って慣れ親しんだ味だ。オマエんところだってそうだろ？」

とは言うものの、太一の店の味は濃くもなく薄くもなく、加減が絶妙なのだが。

「しかしそのキッカケは、あんたが区役所からの健康診断で引っかかったことだって聞いたぜ？　あの黄色い大きな封筒で送ってくる」

「ああ、あれな。あんなものにおれが行くわけはないんだが、いつまでに行けばカタログギフトが抽選で当たるからって、女房がうるさく言うから仕方なく行ったのが運の尽きよ」

「血糖値から血圧から中性脂肪から何から何まで、ぜ～んぶ赤信号だったんだよな？」

「んなものはただの数字だ！　数字が並んでいるだけじゃないかよ！」

　鋼太郎は言い放った。

「おれの身体のことはおれが一番良く判ってる。なのに女房は聞きやがらないんだよ。途端にまた、あのいまいましい薄味の料理ばかり作るようになりやがって」

「出て行った奥さん、関西の出身だろう？　関西風の上品な味付けで料理を作ってくれてたんじゃねえのか？　下町の味だのなんだの言うが、千葉生まれのあんたは、かの悪名高い千葉舌ってやつで、出汁の味わいが判らねえ。舌がぶっ壊れついでに、とうとう夫婦仲までぶっ壊れたか」

　おそろしやおそろしや、と太一は首を竦めた。

「いーや、そんなことは絶対にない。お前の勝手な自説をさも常識みたいに言うのはやめろ！　おれの味覚のせいで夫婦仲が壊れた、なんてことはない」

「そうか？　アンタはなんにでも醤油をぶっ掛ける口だろ。味も見ないでハナから醤油をぶっ掛ける。料理人に一番嫌われるパターンだ」

治療台から起き上がってしまった太一をなんとかやり込めようとした鋼太郎だが、いや……と言いかけて、黙ってしまった。

彼の妻が家を出る前日、涙ながらに言ったことをつい思い出してしまったのだ。

『あなたは私の言うことを頭からバカにして、全然聞いてくれない。今だってあなたの身体のことを本気で心配しているのに。自分が一番正しくて、自分が誰よりも物を知っていると思っているでしょう？　ずっとずっとそうだった。私だってあなたに合わせようと努力してきたのよ。でも、もう限界です。見下されるのにも無視されるのにも、バカにされるのにも、もう疲れました。お暇をいただきます』

『バカにするなんて、そんなつもりは……』

『ないとでも？　呆れた。あなた、自覚がないのね。もう救いようがないわ』

そうだろうか？　おれは女房をバカにしていたのか？　いやいやそんなことは……。

鋼太郎の思いは太一の突っ込みによって破られた。

「やっぱりあんたは千葉舌だよ。うちの店に来たときだって、じゃばじゃば醤油掛けてるもんな。あんたじゃなかったら、『うちの味付けに不満ならけえってくんな』って叩き出すところだ。喧嘩売ってんのかってね」

「しかし、それならなぜテーブルに醤油やソースやお酢が置いてある？　味付けに絶対の自信があるのなら、そんな調味料、テーブルに置く必要、ねえだろ？」

「ほらほら、その理屈っぽいところ。重箱の隅をつつくケツの穴の狭さ。それで奥さんに逃げられたんだろうが。高級料亭なら板前の味付けのまんま食えってところだが、うちみたいな居酒屋はそうもいかねえ。っていうか、刺身とか餃子とかがメニューにあるから、どうしたって卓上の醤油ソース類は必要なんだよ」

　なーにが五月の鯉の吹き流しだよ、お前のは粘着タールの垂れ流しだろうが、と毒舌を振るう太一に、たしかにそういうところはおれにもあったかも、と鋼太郎は認めるしかなかった。

「女房が言ってた。いくら正義だ真実だって言っても、時と場所も考えないで、誰かれかまわずイチャモンつけるのはやめて欲しいって。しかしおれの指摘はイチャモンではない。明らかに違法行為をしている相手を注意して止めていただけなんだぞ。それに、結婚しているときは私人逮捕はしたことなかったし」

　それを聞いた太一は思わず噴き出した。もはや完全にオヤジ同士の世間話の態勢だ。

「おいおい。私人逮捕なんかやらかしてたら、その時点で即座に離婚だろ。あんたナニサマって」

そう言われた鋼太郎は反論しようとしたが言葉が出てこず、口をぱくぱくさせた。

「なあ、悪いこたぁ言わないよ。もうちょっとさあ、見てみぬフリすることも大事なんじゃないの？　あんたはまったく絶対金輪際（こんりんざい）、違法行為をしたことがないと誓って言えるか？　立ち小便とか……高校生の時トシを偽って成人映画を見に行ったとか、ないの？」

「ないね」

鋼太郎は、今度は即答した。

「ガキの時から、横断歩道は青信号を待って手をあげて渡ってたし、酒もタバコもハタチになるまで一切口にしなかった。酒もタバコも、未成年がやったら背が伸びなくなるって脅されたから」

そういう鋼太郎の身長は、百六十七センチ。今の日本男児としては、低い方だ。

「それに……成人映画には入る度胸がなかった」

太一は興味深そうに鋼太郎を眺めた。

「あんたは……面白いよなあ。なんか、言ってる事がチグハグなんだもんなあ。ガリガリの硬派かと思ったらそうでもないし……どうしようもないカタブツってわけでもないんだよなあ」

　太一の言うとおり、鋼太郎は規則厳守一辺倒の融通の利かないどうしようもない規則人間ではない。ただ、明らかなルール無視が許せないのだ。

『そこの人！　赤信号なのに横断歩道を渡っちゃダメじゃないか！』

『るせえなあ。車なんか来てねえよ。赤だからって大人しく待ってる方がバカだろ！』

『子どもが真似したらどうする！　大人は子どもの模範となるべし！』

『面倒だなあ、あんた……』

　というようなことは日常茶飯事。

　とにかく鋼太郎は、日頃から細かなルール違反が気になって仕方がないのだ。それを正すためとあれば、「嫌われる」「それくらいいいじゃないか」「みんなやってる」「逆恨みされたら損」と言われても、「ダメなものはダメ！」としか思えないのだ。

「そういや、あんたみたいな面倒なヒトが主人公の映画があったなあ……。ほら、あれだ。レンタルビデオ屋のビデオを巻き戻さずに返した客を、おっかねえ女がぶっ殺すあの映画」

「いやいや、おれはそんなことはしない。だいいち、殺人はしてはいけないことだ」

「そりゃそうだ」

と、このように紹介すると、鋼太郎はユーモアをまったく解さない石頭のカタブツのように思えるかもしれないが、そういう人物ではないことは明言しておく必要があるだろう。

そんな鋼太郎が、「私人逮捕」の歓びに目覚めてしまったのは、彼にとって一生忘れ得ない、エポックメイキングな出来事があったからだ。

＊

数ヵ月前の、朝。

鋼太郎が所用で電車に乗っていた時のこと。

席は埋まってそこそこ混んでいる車内には、どうにも気に入らないイケメンがいた。見るからにチャラくて軽く、口が巧くていかにも女にモテそうだ。

どこがどうで、そう思ってしまったのか、きちんと説明は出来ない。ただ、なんとなく反感を持ってしまったのだ。それは完全に鋼太郎の勝手な想像というか、いわば妄想なのだが、彼は一方的にその若者に敵意を持ってしまった。男の嫉妬だ。

男が耳に装着しているイヤフォンからは、シャカシャカと音漏れがしている。

これだ。こういう騒音公害を見逃すべきではない。

彼はそのチャラいイケメンに近づいて、言ってやった。

「君。音漏れしてうるさいんだけど」

しかし相手の男はイヤフォンから流れる音楽が邪魔して鋼太郎の声が聞こえないようだ。

「うるさいんだよ。判らないのか？　そんなデカい音で音楽聴くなって」

近くに立っている女子高生三人がこっちを見ていることも気になる。

髪を染めて化粧もして、けっこうケバいブレザーの制服を着た女子高生。しかし、それなりに可愛い。その近くには地味系で同じ制服を着たのが一人と、メガネを掛けて同じ制服がもう一人。

社会正義を実行して、彼女たちにいいところを見せたいという邪念が湧いてしまった。

何度呼びかけても反応がないので、鋼太郎は若者の肩をトントンと叩いた。

「あ？」

チャラいイケメンは振り返ったが、耳にはイヤフォンが塡まったままだ。冷静さを装ってイケメンの耳を指差す鋼太郎。

「君ね、音漏れしてうるさいんだよね」

いいじゃねえかよーうるせえクソジジイだなあという反撃を予想して身構えた鋼太郎だが、意外や意外、相手は素直に謝ってくるではないか。

「あ、スミマセン。もうじきライブで、歌詞を覚えなきゃいけなかったので」

イケメンは音を止めてペコリと頭を下げた。

こうなると、振り上げた腕をなんとか下ろすしかない。

「……ああそう。これからは気をつけてね」

ライブ頑張ってね、と言わでものおべんちゃらを言ったが、すぐ近くのケバい女子高生には魂胆を見抜かれたのか、「おっさんダセー」と呟かれてしまった。

ださいとはなんだと言い返したい。だが言い返すと、完全に「挙動不審な問題オヤジ」認定されてしまう。それくらいの常識は鋼太郎にもある。

実は人一倍羞恥心が強くて潔癖で、自意識過剰気味な鋼太郎は、この微妙な雰囲気に耐えられなくなって、そそくさと隣の車両に移った。

その後は、いつものの、何も起きない車内で、鋼太郎は持ってきた文庫本を読んだ。

電車は、高架のガードをけたたましい音を立てて渡り、次の駅に滑り込んだ。

その駅で降りる予定だった鋼太郎は、電車を出てプラットフォームを足早に歩き出した。

と、後ろからさっきの女子高生の黄色い声が聞こえてきた。かなり耳障りだ。

朝から程度の低い女子高生はキャピキャピ騒いでうるさいな、社会のルールを知らんのかと思って振り返ると、小太りな男が走って来るのが目に入った。

スーツ姿の小太りな男は焦った様子で顔を歪め、必死の形相だ。普段運動をやっているようにも見えないので、急に走って心臓が口から飛び出しそうになっているのだろう。

その男の後ろから、例の女子高生が三人、声を上げながら追いかけている。声が重なって、ナニを言ってるのか判らない。

が、どうも「そいつ痴漢です！」「捕まえて！」と言っているようだ……。

一番先頭を走ってくる女子高生はケバい。一方の痴漢呼ばわりされた小太りの男は、カバンを持った中年のサラリーマン。一見してマジメそうで痴漢をするようには見えない。

これは……車内でケータイを使うなと女子高生に注意したら逆切れされて痴漢呼ば

わりされているケースでは？　と咄嗟に思ってしまった。サラリーマンが痴漢として捕まったら、長期間勾留されて職を失い社会的に抹殺されかねない。

鋼太郎は躊躇した。小太り男が本当に痴漢なら、社会正義の達成を願い罪を憎む鋼太郎としては断固、捕まえなければならない。しかし……冤罪なら……。

そんな逡巡をしていると、前を行く小太り男の足元に、さっと足を出した男がいる。見ればさっきのチャラいイケメンだ。何食わぬ顔だが、明らかにわざとやっている。

痴漢疑惑のその男は足払いされてつんのめり、ばたっと前に倒れた。

ん？　これは……。

まだ事態を飲み込めていない鋼太郎には、イケメン男のこの行動を褒めるべきかどうか判断がつかない。

だが小太り男もさるもので、体格からは信じられない機敏さで立ち上がると、ふたたび駅の階段に向かって猛ダッシュで逃げて行く。

「早く捕まえて！　アイツ痴漢なんだから！」

メガネを掛けた女子高生が携帯電話を耳に当て、他の二人が髪を振り乱して走ってきた。

その必死で真剣な表情を見て、尋常でないものを感じた鋼太郎にも、やっと判った。

あの男は、本物の痴漢だ！　イケメン男は敏感にさりげなく加勢したのだ。

逃げる男、そして必死に追う女子高生たち。数人の男たちがその光景を見て、ヘラヘラ笑っている。この痴漢騒ぎを冷笑するだけの冷淡な連中か？

しかし、おれはああいうヤツらとは違う！　おれは積極的に加勢する！

鋼太郎は、小太り男を猛然と追いかけた。

痴漢男は自動改札のフラップドアを押し開けて強行突破したが、遵法精神旺盛な鋼太郎はＳｕｉｃａを使って改札を通り、そのままえんえん走って追いかけた。

小太り男は駅を出て、駅前通りを必死で逃げるが、鋼太郎が鬼瓦のような形相で追ってきたのを見て驚き、いっそう逃げ足の速度を上げた。ギアを上げたというヤツか。

「待て！　……といって待ったヤツはいないが」

鋼太郎は叫びながら独り言を言い、痴漢男を追う。

小太り男も必死なので、見かけによらず速い。

しかし、最終的には鋼太郎の普段の鍛錬がものを言った。

朝の通勤・通学のために、人出は多い。それを縫って男はスキーのスラロームのように逃げ、鋼太郎が追いかける。

　ちょうど、朝まで飲んでいたと覚しき酔っぱらいの爺さんがふらついて倒れそうになり、からくも道の真ん中で棒立ちになっている。それで痴漢男は道を阻まれてしまった。

「ジジイ退けっ！」

　男は酔っぱらいの爺さんに叫んで突き飛ばしたが、そこで鋼太郎が追いついた。

「この痴漢野郎！　成敗してやる！」

　鋼太郎はそう叫んで男の襟首を掴むと、とっさに投げ飛ばした。

　駅前の商店街には朝のゴミ回収のためにゴミ袋がたくさん出されている。

　小太りでガマガエルのようにブサイクな痴漢男の身体が宙を舞った。道端のビールケースやゴミ箱の上に落下して、どんがらがっちゃんと物凄い音を立て、ゴミが散乱しビール瓶が転がる中にひっくり返った。

「おれの名は榊鋼太郎。高校時代は陸上と柔道と合気道でインタハイに出た」

　鋼太郎は誇らしげに名乗りを上げた。

「オッサンだと思って舐めるな」

　そう言いつつ、逃げないように金剛力士像さながら、痴漢男の背中を足で踏ん付けた。

「女子高生に痴漢して逃げたのか。卑怯卑劣陰険な野郎だな！」

観念した男は、弱々しく「見逃してくれよ……」と呟いた。

「いいや、見逃さねえ。痴漢は性暴力だ。きっちり芽を摘み取らなきゃいけない」

鋼太郎が見得(みえ)を切るように言っていると、さっきの女子高生三人が駆け込んできた。

「この男です！　あたしたち、毎日痴漢されてて……だから張ってたんです！」

よし判った、と鋼太郎は男を踏みつける足に力を込めた。

「お前は現行犯逮捕だ！」

「なんでオマワリでもないオッサンが逮捕出来るんだよ！」

「馬鹿め！　一般人でも現行犯なら逮捕出来るんだぞ！」

それを聞いた痴漢男は、顔を歪(ゆが)めた。笑っている、らしい。

「おれは、中央官庁の官僚だ。法律には精通してる。アンタが言った一般人でも現行犯逮捕出来るっていう法律の条文を言ってみろ！」

そう言われた鋼太郎は詰まった。彼には法律の知識はない。

「知らないくせに逮捕するっていうのか！」

痴漢男はなんとか立ち上がろうと暴れたが、鋼太郎が押さえ込んだ。

「とにかく、この男、ひどいんです！　今日だけじゃなく、もう何度も……」

三人の中で一番おとなしそうで地味な女子高生が、男を指差して訴えた。

「あんた、痴漢したのか？」

鋼太郎は再度訊いた。

「してない。完全な誤解だ。冤罪だ！」

痴漢男はあくまで否定した。

「シラを切る気かよ？　動画あるんだけど、見る？」

ケバい女子高生がスマホの画面を見せた。液晶画面には、この小太り男が女子高生のお尻を執拗に撫でている様子がハッキリと映し出されている。

万事休す。

「……やりました」

さすがに男はそれ以上の抗弁が出来なくなって、うなだれた。だが。

「しかし……しかしだ！　私がこの男に投げ飛ばされたりする謂れはない！」

小太り痴漢男は鋼太郎を指差して糾弾した。

「警官でもないくせに！」

メガネの女子高生がスマホを弄っていたが、突然、「刑事訴訟法第二百十三条！」

と叫んだ。

「刑事訴訟法？　私は中央官庁の官僚で、法律に精通しているけれど、刑事訴訟法は専門外でね」

うそぶく男に構わず、メガネの女子高生がスマホの画面を読み上げる。

「刑事訴訟法第二百十三条。現行犯人は、何人でも、逮捕状なくしてこれを逮捕することができる」

「聞いたかオマエ。いいか、ナンピトでも、だぞ。つまり私人逮捕は法律で認められてるんだ！」

それが決定打となって、痴漢男は罪を認めた。

「判った……認める。認めます。痴漢をやりました。申し訳ありません」

一度折れると男は雪崩のように全面降伏して、道路に正座して両手をつき、頭を下げた。

「申し訳ありません！　絶対に、もう二度としません。だから……お願いですから、警察には連絡しないでください。逮捕されたりしたら……勤め先に知られて……私、中央官庁の官僚なので、職場に知られたらもうオシマイだし、家族に知られたらこっちもオシマイだし……一気に人生狂って、路頭に迷ってホームレスになるしかありません」

「知るかよおっさん、泣き言いってんじゃねえよ！」

ケバい系のヤンキー風の女子高生が吐き棄(す)てた。メガネの女子高生も追い打ちをかける。

「判ってるくせに痴漢する方が悪いんでしょ！　やることやっといて人生オワッタとか、こっちのせいにしないでよ！」

「許してください許してください許してください」

男は念仏のように唱(とな)え続けて地面に額を擦(こす)りつけている。

「ねえ……なんか、見てられないんだけど……」

地味な女子高生が、顔を曇らせた。

「おじさん、どう思いますか？」

急に話を振られた鋼太郎は、ドギマギした。

「え？　おれ？　おれの意見？」

「ええ。こういう場合、どうしたら？」

「そ、そうだなあ」

鋼太郎は慌てて考えた。

「これが初犯なら、クビになったり奥さんに離婚されたりってのは可哀想な気もする」

「でも、痴漢したのは今日が初めてじゃないんだよ。ウチら、前からずっと我慢してたんだから、初犯じゃねえよ！」

ケバい女子高生は一番の強硬派だ。

「あのね、警察に引き渡して罪を問うやり方と、示談にする方法がある」

鋼太郎は、自分の治療院で患者からいろいろ聞いたハナシを思い出していた。

「交通事故だって示談にするし……」

「示談って、お金でカタをつけるって事でしょ？　それってどうよ」

ケバい女子高生が他の二人を見た。

「払います払います！　言い値を払いますから、本当に、それで勘弁してください！」

男は土下座したまま懇願した。

「あの、示談にする場合、どうすればいいんですか？」

メガネの女子高生が訊いてくる。

「え〜と……まず、この男の住所氏名勤め先をハッキリ聞いて、幾ら払って貰うか決めて、それを念書として紙に書いて、署名捺印（しょめいなついん）……そんなとこかな」

「あの、今、ハンコ持ってません……」

　男は蚊の鳴くような声で言った。

「だったらボールペンか万年筆のインクを指に塗って、それを押せばいいじゃんよ？」

　ケバい女子高生が言ったが、そこで首を傾げた。

「けど、幾ら貰えばいいの？」

　鋼太郎を含めた全員が「さあ？」と首を捻ったが、メガネの女子高生が即座にスマホで検索して「相場は十万から三十万だって。慰謝料の」と自己解決した。

「じゃあ、三十万」

　ケバい女子高生が金額を口にした。

「結構です！　お支払いします！　それで許してくれるのなら……」

「もう絶対にやらないって誓うんなら、三十万でいいよね？　かおり、瑞穂（みずほ）、あんたらもそれでいい？」

　ケバい女子高生は地味な子をかおり、メガネの子を瑞穂と呼んだ。

「いいよ、純子（じゅんこ）」

メガネの子がケバい子をそう呼んだ。

「じゃあ君たち、レポート用紙かなんか持ってる?」

鋼太郎が聞くと、メガネの瑞穂がカバンからレポート用紙とペンを出した。

「それじゃここに、アンタの住所氏名年齢職業、電話番号、勤め先とか洗いざらい書いて、もうしません、示談金三十万円を払います、って支払い方法もきちんと明記して」

男は言われたとおりに記入した。

自分の名前を『羽生田浩一郎』と書いた。

「お金は今週中に振り込みますので……振込先を教えてください」

というので、純子はレポート用紙のもう一枚に振込先を書いて渡した。

「じゃ……これで」

と痴漢野郎、こと羽生田浩一郎が立ち上がろうとした時、鋼太郎が待ったをかけた。

「待て!　ここに書いたケータイの番号、嘘かもしれん。今、かけてみて」

鋼太郎の指示で、純子が紙に書かれた番号をプッシュすると、羽生田の胸ポケットから呼び出し音がした。羽生田がスマホを取り出して応答すると、たしかに通話が繋がった。

「ヨシ！　番号変えたりしたら、許さんぞ！」

鋼太郎が怖い顔で迫ると、「そんな事はしませんから！」と羽生田は涙ぐんで答えた。

「……じゃあ、もう行ってイイよ。いいよね？」

女子高生三人に聞くと、全員が頷いたので、鋼太郎は羽生田を解放してやった。

さながら檻（おり）から放たれた熊のように、羽生田はすっ飛んで逃げていった。

痴漢男の無様な逃げっぷりを見送っていた女子高生三人はくるっと鋼太郎に向き直ると、口々に彼を称賛し始めた。

「おじさん、カッコイイ！」

「さっきはダセーとか言ってごめんなさい」

女子高生に称賛され謝られて、鋼太郎は言葉では言い表せないほどの良い気持ちになり、ここ数十年味わったことのなかった幸福感に包まれた。

「いえ、お嬢さん方。ワタシは当然のことをしたまでです」

榊鋼太郎が、私人逮捕に目覚めたのは、実にこの時であった。正確には警察に引き渡していないので「私人逮捕」の手前なのだが。

「では……これにて失礼」

鋼太郎は颯爽と立ち去った……。

＊

それからというもの、鋼太郎の人生の潮目が変わった。

彼の征くところ、至るところで事件が起きてしまうのだ。いや、そうではなく、彼の「ルール違反アンテナ」がさらに敏感になって、犯罪をキャッチしてしまう、と言うべきだろう。

そして悪事を見逃すことが出来ない以上、彼としては私人逮捕に動くしかない。

ある夜、鋼太郎は教習所の教官と酒を飲んでいた。路上教習の際に煽り運転をしてきた男を、私人逮捕した時の教官だ。

飲んでいる店は、鋼太郎の治療院の患者である太一の居酒屋だ。ここは料理が安くて美味いと評判で、開店から閉店まで、ほぼ常に満席だ。

「やっと路上検定が受かったお祝いだ。あとは運転免許センターでの試験に受かれば、ライセンスは鋼太郎さん、アナタのものだ！」

教官は親しげに杯を掲げた。

「殺しのライセンスにならないように、安全運転を心がけてくださいよ！」

「もちろんです」

二人はグラスを合わせた。

「しかしまあ、あなたくらい長い付き合いになった受講生はいませんよ」

「年寄りに運転は無理だと言いたいんですか？　やっと免許を取ってもあと二十年くらいで返納なのに、とか」

「そんなことはないです。仕事や生活の必要に迫られて免許を取るお年よ……」

お年寄りと言いかけて教官は慌てて言葉を切った。

「まだ還暦になってもいないのに年寄りはひどいな」

鋼太郎はワハハと笑い飛ばしてレモンサワーをゆっくり飲んだ。

彼は、酒は強くない。教官や周囲の客がグイグイ飲んでお代わりをするのに、彼は舐めるようにゆっくり飲んで、肴を愉しんでいる。

「この牛スジ、美味いでしょ」

店の大将・太一が話しかけてきた。酒は弱いが美味いモノが大好きな鋼太郎はこの店の常連だ。太一とは治療院と変わらず嫌味な会話を愉しんでいる。

彼は牛スジの煮込みを一口食べて頷いた。

「美味い」

「ほろほろに柔らかくて味が染みてるでしょ？」

「そうだな」

だが鋼太郎は眉根を寄せた気難しい顔を崩さない。

「ちょっとあんた。そんな怖い顔、美味いもの食ってるようには見えないなあ。美味けりゃ美味いと言ってくれないと励みが出ないんだよね」

「おいおい。褒め言葉に飢えた主婦みたいな事言うなよ。あんたはプロだろ！」

鋼太郎は例によって理屈っぽい口調で突っ込んだ。

「プロなら、美味いモノを出して当然！」

「プロなら、美味いモノを出して当然……そう言うんだろ？」

期せずして同じ言葉をハモってしまった鋼太郎と太一は顔を見合わせて苦笑した。

「まあ……ここはナニを食べても美味いんだけどね」

壁にはメニューが串焼きから刺身、揚げ物焼き物炒め物と所狭しと貼られて、壁がまったく見えない。これだけメニューが多いと選ぶのも一苦労だが、狭い店を埋めている常連さんはみんなお気に入りの一品があって、誰もメニューを見ないで次々に注文している。

「教官もどんどん食べてよ。今日は私の路上教習終了祝いで奢りなんでしょ？」

「普通は、生徒が先生に有り難うございましたとご馳走するもんじゃないの？」

「それをやると供応とかになるんじゃないですか？」

　そんな事を言いながらメニューを見るともなしに店内を眺めていた鋼太郎は、入口近くの席で妙に店内を物色するように見回している客にふと目をとめた。サラリーマン風のスーツ姿の中年だが、誰かを探しているのか？　しかしその目付きは泥酔して、トロンとしているようにも見える。

「で、鋼太郎さん、次は？」

　客の時はさん付けする太一に促されて、鋼太郎は気難しい顔でメニューを一瞥し、

「タコさんウィンナーだ！」と吠えた。

「タコさんウィンナー！」

　教官が思わず吹き出した。

「顔に似合わず可愛いモノ頼むんですね」

「顔と好物は関係ない。赤いウィンナーに醤油をかけて食うのが好きなんだ」

「ウィンナーはソースでしょ！」

　教官が軽く言ったのに、鋼太郎はムッとした。

「フランクフルトはマスタード、赤ウィンナーは醬油と昭和の頃から決まってるんだ」

　鋼太郎はそう言いつつも、入口近くの挙動不審な客から眼が離せない。

「へえ？　そんなの知りませんけどねえ」

　そう言いつつタバコを出した途端、鋼太郎は教官に警告を発した。

「この店は禁煙！　吸いたきゃ外で吸ってください！」

「だけどここに灰皿が……」

「壁を見て！」

　鋼太郎が指差した先には「店内禁煙！」と、すべての文字の横にぐるぐる赤い渦巻きまで書き添えて強調した貼り紙があった。

「じゃあ灰皿置かないでよ」

「それはタネとか骨を捨てるもの」

「ほい、タコさんウィンナー、あがったよ！」

　と太一が声をあげると、「は〜い」という若い女の華やいだ声がして、「はいどうぞ」とお皿が運ばれてきた。

　給仕してくれたその手は、若い女性のものだった。

あれ？　と思って見上げると……。

「あ！　君は！」

鋼太郎の目の前には、法被を着た……ケバい女子高生・純子がニッコリ笑って立っているではないか。

「あら、おじさん、どうも。この前はアリガト」

「ああ、知り合いか？　おっさんのくせに女子高生と知り合いって、なんだよそれ」

鋼太郎との仲を怪しむ太一に、純子があっさり答えた。

「このおじさんが、この前、電車にいた痴漢をやっつけてくれたんです！」

太一と教官はナルホドという顔になった。

「鋼太郎は言行一致だな。正義を実践してるのか」

「そうだよ。このおじさんはカッコいいんだよ！」

そう言われて、鋼太郎は照れた。このトシになると誰もきちんと褒めてくれないから、褒められ慣れていないのだ。

照れ隠しに、彼は純子の居酒屋の制服らしい法被を見咎めた。

「女子高生が、居酒屋でバイトしていいのか？」

「いいんだよ。接客して客と一緒に酒飲むわけじゃないんだから」

料理を運んで空いたお皿を下げるだけだ、と言って純子はにこりと笑った。

若い女性の笑顔に、おじさんは弱い。

店内をよく見ると、純子の他に例の二人、おとなしいかおりとマジメなメガネの女子高生、瑞穂も法被を着て働いているではないか。

「今日は、お試しバイト。やれるかどうか、口で説明するより体験して貰った方がイイからね」

「そゆこと。うちの学校、バイトにあんまりうるさくないし」

ナルホドと今度は鋼太郎が納得しかけたが、万事に細かい彼は「とはいえ」と内心思った。

痴漢騒ぎの慰謝料というか示談金はどうなったのか？　もしかすると、急にお金が入った結果、無駄遣いに目覚めてしまって、逆にバイトしないと追いつかなくなったとか？

しかし、さすがの鋼太郎も、示談金というデリケートな話をここで訊くのは無神経だと思い、黙っていることにした。

「ウチらもタコさんウィンナー、大好きだよ。お弁当に入ってると嬉しいし」

純子は鋼太郎に加勢するように言った。

「ま、ここのオヤジは悪い男じゃないけど、根はスケベだから充分に気をつけるように、ね」

鋼太郎は人生の先輩のような口調で忠告をした。

「あ、では、あの、注文していいかな？　おれ、ラーメンサラダね」

タバコを仕舞いながら教官が注文すると、鋼太郎は口をひん曲げた。笑っているのだ。

「あれは要するに冷やし中華だろ」

「いや、野菜の量が多いからサラダと言っても過言ではない」

教官は言い返すが、鋼太郎が何か言いかけると「ハイハイ。冷やし中華モドキですね」と、純子は応じた。上手い客あしらいと言える。

「それはそうと、物騒な世の中になったね。長生きはしたくないもんだね！」

太一が店のテレビを顎で示した。

脂で汚れたテレビは、小学生女児が行方不明になっているというニュースを報じている。どうやらSNSで誘い出されたらしいが、誘い出した「犯人」の正体が辿れないらしい。発生場所は違うが、今月に入ってもう二件目だとアナウンサーが言っている。

「おそらく犯人は変態だろうね？　身代金の要求もないってことは、カネ目当てじゃないってことだろ？」

　太一は深く憂えているが、いまひとつピンときていない鋼太郎と教官は聞き流している。

　鋼太郎は視界の隅に例の客を留めつつ、カウンターの客が食べているチャーハンを見て、食欲をそそられてしまった。

「それじゃあ私は、〆にチャーハンを頼もうかな。ニンニクチャーハンね」

　そう言って、グラスに残ったレモンサワーを飲み干そうとしたとき。

　グラス越しに、入口付近のテーブルに座った例の客が問題行動を起こしつつある様子が目に入った。

　その客がどろんとした目つきで執拗に追っているのは、メガネの女子高生・園井瑞穂の姿だ。しかも、お盆を持った彼女が近くを通るたびに手を出そうとしている。

　その男は周囲の目を気にしつつ腰を浮かせ、何度も瑞穂のお尻に手を伸ばそうとしては、そのたびにタイミングが悪くて手を引っ込める、という不審な行動を繰り返している。

「おい、あの客、常連か？」

そう問われた太一は例の客をチラリと見て首を振った。

「うん。最近たまに来る客だね。店の他のお客さん、それも女性のお客さんに声かけたりして……まるで相手にされてないいんだけど」

小声で説明していた、その時。

お盆が落ちてお皿が割れる音、そして瑞穂の悲鳴が店の中に響き渡った。

瑞穂が例の男に捕まっている。腕を摑まれ、お尻を撫でられている。

そこへ、ケバくて強気の純子が飛んでいった。

「あたしの友達になにすんだよキモオヤジ！　離せ！」

しかし男はいっそう力を入れて瑞穂を摑んだ腕を離さない。

「減るもんじゃなし、いいじゃねえかこのくらいグヘヘヘヘ」

「なに開き直ってるんだよ！」

純子は怒鳴ったが、男も「うるせえ！」と怒鳴り始めた。

おとなしいかおりは、電車の中で痴漢された恐怖が蘇ったのか、店の隅で青くなっている。

「オマエも触ってやる！　ほら、これでどうだ？」

男は純子の法被に手を伸ばして、彼女の胸を鷲摑みにした。

「なにすんだよ！　このスケ……」

スケべ野郎！　と純子がキレるより鋼太郎が立ち上がるのが早かった。光の速さで割って入り、男の手首にカラテチョップをお見舞いする。

「いてェっ！」

男が悲鳴をあげ、純子を摑んだ手を離す。

「オマエには関係ねえだろ、このクソジジイ！」

痛む手首をさすりつつ、男は鋼太郎へと矛先（ほこさき）を変えた。

「ジジイのくせにカッコつけるんじゃねえ！」

「スケべ野郎がイキがるな！　成敗してやる！」

鋼太郎はそう叫ぶや男の襟元と右手首を摑むと、ぐっと腰を落としながら素早く回転し、背負い込んだ相手を思い切り投げ飛ばした。

男の身体が宙を舞い、隣のテーブルの上に落下した。どんがらがっちゃんと物凄い音を立て、コップや瓶、お皿などが散乱して、客は悲鳴をあげて逃げ惑った。

「おれは榊鋼太郎。高校時代は柔道でインタハイに出た」

鋼太郎は誇らしげに名乗りを上げた。

「オッサンだと思って舐めるな！」

そう言いつつ、逃げないように酒乱痴漢男の背中を足で踏ん付けた。

「こんな健全な店で女子高生のバイトにお触りするたぁ、いい根性だ。オヤジとオンナのコに謝れ！」

観念した男は、弱々しく「見逃してくれよ……」と呟いた。

「いいや、見逃さねえ。こういう犯罪は、きっちり処罰されないといけねえんだ」

鋼太郎が見得を切りつつ言っていると、玄関ががらりと開いて制服警官が顔を出した。

「痴漢の現行犯です。不肖ワタクシ、榊鋼太郎が私人逮捕しました」

鋼太郎は、男を制服警官に引き渡した。

「ご苦労様です。現行犯逮捕の経緯について調書を作りたいので署まで来て貰えますか？」

「お安い御用ですが、店の片付けとかもあるので、少し遅れて必ず行きますから」

「了解です」

制服警官は鋼太郎に軽く頭を下げ、痴漢犯をしょっ引いて店を出て行った。

鋼太郎は、その後ろ姿を眺めつつ、店の大将や女子高生、他の客に、あたかも宣言するかのように呟いた。

「また、私人逮捕してしまった……」

「あんた、いい加減にしてくれよ。もうこれで今月二度目じゃないか」

うんざりしたように太一が言った。

「……いや、怒ってるわけじゃない。あんたのしたことは良いことだ。バイトの女の子が嫌がらせをされて、黙って見ているなんて法はない。しかし、毎回これじゃねえ……」

カウンターの中から出てきた太一は、「すみませんねえ、すぐ作り直しますんで」と客に謝りつつ、テーブルの周辺を片付けている。

「いや、いいんですよ。あんなやつに好き放題させせちゃダメですからね」

客たちが怒っていないのが救いだ。

教官も呆れている。

「まさか、とは思ったけれど、いつもやってるんですか、こんなこと？　私人逮捕はいいけれど、いちいち調書を取られたりして面倒でしょうが」

「いいや。市民の義務を果たしただけのこと」

鋼太郎はといえば、時代劇のヒーローのような顔をしている。

「賞金なんか出ないのに、骨折り損のくたびれ儲けじゃないのかい？」

「だから！　悪事を見逃さず捕まえるのは、市民の義務だから」

「そうなのかねえ？」

　太一と教官は顔を見合わせて首を傾げた。

「だけど、私たちにとっては正義の味方ですよ、このおじさんは！」

　純子がキッパリ宣言すると、かおりと瑞穂が大きく頷き、店内の女性客全員がそうです！　と口々に言って拍手をした。

「だけどさあ……こういうのは警察の仕事なんじゃないの？」

　太一は依然として割り切れない様子だ。

「いやいや、みんながそういうユルい考え方だから、痴漢みたいなけしからん犯罪がなくならないんだ。こないだだって、食い逃げをつかまえてやったじゃないか」

「いや、それもありがたかったけどさ、おれはハラハラしたんだ。深追いしたあんたが、食い逃げ野郎にぶっ刺されるんじゃないかって」

　たかが特製カツライス一食分のカネと引き換えに、幼稚園からのダチに死なれちゃかなわないからな、と太一はこぼした。

　教官も同調する。

「そうですよ。上手くいってるときはそれでいいけど、凶暴な犯人が反抗して凶器を持って反撃してきたらどうするの？」

「おれは武道の嗜みがあるから、判るんだ、そういう殺気は。もちろん危ないと思ったら身を引くよ。命あってのモノダネだからね！」

そうなの？　と言った太一は、いきなり鋼太郎のおでこを平手でピシャリと叩いた。

「ダメじゃん。隙だらけじゃん。どうした、武道の嗜みは？」

してやったりと、喜色満面の太一に鋼太郎は怒って言い返した。

「殺気もないのに、それは卑怯だ！　おれには予知能力はないんだよ！」

「そういや昔、テレビで、占い師を信じない毒舌タレントが、いきなり占い師の顔にマジックで落書きをして『自分の未来も判らない占い師に他人の未来を当てられるか！』と無茶を言い張ってたことがあったよなあ」

「そうだ。お前のやったことはそれと同じだ。幼なじみとはいえ、厳重に抗議する！」

「まあまあ、飲み直しましょう」

教官が割って入って、三人は一緒に店内の掃除をして、迷惑をかけたお客さんに何度も謝ってから、席に戻った。

「結局さあ、鋼太郎は突っ張るだけ突っ張って、それでいて、実は間に入ってくれる人を探してるんだろ？　だから無茶が出来るンじゃないの？」

太一にそう指摘された鋼太郎は、酔っ払ったフリをして返事をしなかった。

＊

鋼太郎には「街の用心棒」になる気はない。それをやったらヤクザの地回りと同じだとも思うし、積極的に「自警団」みたいなことをする気はさらさらないのだ。

しかし、自分の良心が疼（うず）くときは、どうしても我慢できない。そして……誰かに頼られたときも。

先日の「痴漢逮捕」に一役買ってからしばらく経って、鋼太郎はまたあの時と同じ時間帯の電車に乗っていた。通勤通学の時間帯だから席は全部埋まっている。車内はすでに通路やドア前まで立錐（りっすい）の余地もない。

と……近くに立っているOLらしい若い女性の様子がおかしい。

顔を赤らめて、なにか苦しげだ。

最初は急病で熱でもあるのかと思ったが……周囲の様子を見て、鋼太郎にはピンときた。

その女性はタイトなミニスカートで、後方にはサラリーマン風の男が立っている。男は懸命に冷静さを装おうとしているが、ニヤついた表情が隠せない。そして、その周辺には冷たい笑みを浮かべた数人の男が、彼女をブロックするように立っている。

これは……痴漢の現場ではないか！

鋼太郎は、思い切って、被害にあっていると覚しき女性に声をかけた。

「大丈夫ですか？　調子が悪そうですが」

そう言いながら女性の方に進み、彼女のお尻に触れている手を摑んで捻り上げた。

「こら、この痴漢野郎！」

痴漢をしていたサラリーマン風の男はギョッとした顔になった。

電車は次の駅に滑り込み、鋼太郎はその男の手を摑んだままプラットフォームに引きずり出した。すると、この男の廻りをブロックするように立っていた男たちもぞろぞろと降りてきた。そのうしろに、あの時のガマガエルみたいな痴漢・羽生田に似た顔がチラッと見えて鋼太郎はあっと思った……しかし今はこっちの方が大事だ。

「あんた、痴漢しただろう！」

「してませんよ。混んでたから手がちょっと触っただけだ」

そうなんですか？　と鋼太郎は被害女性に訊いた。内気でおとなしそうな美人だ。

スレンダーだがスタイルもいい。たしかに、痴漢したくなるとすれば、こういう女性がターゲットになるのだろう。

「はい……ずっと触られていました」

「でしょう？　ワタシはずっと見ていて、様子がおかしいと思ったんです」

「ちょっと、あんた、関係ないんじゃないの？」

ブロックするように立っていた男が口を出してきた。痩せぎすの神経質そうな男だ。

「被害者でもない第三者がどうしてしゃしゃり出てくるわけ？」

鋼太郎は驚いて言い返した。

「そういうアンタだって第三者じゃないの？」

「いやボクは、疑われているこの人の友人です。そもそも痴漢に遭いたくないなら、どうしてミニとか穿いてくるかねえ？　これじゃあ男を誘ってるようなモノでしょ？」

「何を言う！　ミニスカートの女性がいるから痴漢するって、どういう了簡なんだ？　自制心のないバカか、あんたは？」

鋼太郎は痩せた男に指を突きつけた。だが男は怯まない。

「違います。男はセックスの誘惑に弱いってことを正直に言ってるだけです。それが男の本能なんだから仕方がないんだ」

痩せた男は当然のように言い、痴漢男もそうだそうだと頷いた。

「それに、こうやって囮捜査みたいなことをされて痴漢に仕立て上げられるんだから、我々は女性専用車両だけではなく、男性専用車両を用意しろと言っている」

別の小太りでリュックを背負った男が言った。

「女性専用車両なんて、意識しすぎのブスをラクさせるための無用なものだ！」

「そうだそうだ。痴漢されるのがイヤなら声をあげるなり、手を退かせばいいだけなのに、それをしないって事は、されてもいいよっていうサインじゃないか！」

痴漢行為をブロックしていた他の男も言った。

「だいたい、女の味方をする妙な連中は表現の自由の敵だ。萌え絵のポスターにまで目くじらを立ててゾーニングとか言い出す。日本国憲法で表現の自由が保障されてるのに！」

そうだそうだと他の男も賛同して、話はアサッテの方向に暴走し始めた。

「私……会社がありますから……」

被害女性は涙ぐんだまま、プラットフォームを走り去ってしまった。

その結果、鋼太郎はこの妙な男たちから集中攻撃を受けるという、不条理のただ中に置き去りにされてしまった。

さんざん批判されて、「だから、痴漢される女の方が悪いのだ！」という妙な結論を大声で主張する男たちに、鋼太郎は言い返すこともできず呆然とするばかりだ。

しかしそのとき。「羽生田、あんたカネ払いなよ！」と聞き覚えのある若い女の叫び声が聞こえた。

周囲を見ると、純子たち三人の女子高生が「逃げるな！」と大声を出している。

彼女たちの視線の先をたどると……勝手な屁理屈を垂れている男たちの背後で、あの羽生田がニヤニヤ笑っているではないか。

しかし三人の女子高生に詰め寄られた羽生田は一転、「誰が払うかバーカ」と怒鳴り返すや雲を霞(かすみ)と逃げ去り、それと一緒にグルとおぼしき男たちも逃げ出し……ちょうどやってきた電車に飛び乗ると、彼女たちの目の前でドアが閉まり、あっという間に消えてしまった。

「……なんだこれは……」

呆然としてプラットフォームに一人残される鋼太郎……。

「おじさん。痴漢される側の気持ち、少しは判った？」

鋼太郎がいるのに気づいた純子たちが声をかけてきた。

「バカで声だけ大きい男にやり込められて、腹が立つ気持ちは判ったでしょ？」

「そうだよ。ウチらはいつもそういう目に遭っているんだよ」

口々に言われて、鋼太郎は「それは……よく判った」と答えるしかない。

「で、君たち、カネ払えとか羽生田に怒鳴ってたけど……どういうことなの？」

「どうもこうも払ってもらってないんだよ。バックレやがって、あいつ」

純子が憎々しげに言い、かおりも悲しそうに言った。

「私たち、お金が欲しくて追いかけたんじゃないから、それはいいんですけど……」

「そうです。何度も痴漢されて我慢できなくて腹が立ったから、謝ってもらいたいと思っただけなのに」

悔しそうな瑞穂に、純子が言い足した。

「だから羽生田を見つけて、おっさんカネ払えよって言ったんだ。けど、おじさんも聞いたっしょ？　『誰が払うかバーカ』って」

「あいつら、もしかしたら一人じゃないのかも。羽生田のほかにもキモいおっさんが何人もいて、うちらを見てこそこそと逃げて行ったから」

メガネの瑞穂は憤懣やるかたない様子だ。

「ってことは……羽生田の野郎は示談金を払ってない？」

そうなんです、と三人は頷いた。

「あの時、あの羽生田ってヤツ、痴漢がバレて泣き出したし、あんなに土下座してお願いしますって涙ながらに言われたから、なんだかこっちが悪いことをしてるみたいな気分になって。おじさんも見てたよね。今回だけは許してやろうと思ったんだけど……」

「あの時、今週中に振り込むとか言っておいて、あれから一ヵ月経つのに、まだ振り込みないんだよ。これ、どう思います？」

「そりゃ君、アウトでしょう」

あの痴漢男・羽生田のもっともらしいガマガエル顔を思い出すだけで、ムラムラと怒りがこみ上げてくる。

「君たちがバイトを始めたから、もうあの件は終わったんだと思ってたんだけど」

「全然！」

女子高生たちは首を横に振った。

「じっとしてても腹立ってくるだけだから、バイトでもして気を紛らわそうかって」

そういうことだったのか、と鋼太郎は一人で納得した。

「だいたいアイツ、舐めてるんだよね。ウチらがオンナだし、まだ高校生だし」

純子も当然の事ながら、怒りが収まらない様子だ。

「親御さんたちは？　何て言ってるの？」

鋼太郎が訊くと、彼女たちは「え〜っ」と顔をしかめた。

「親になんか言いたくないし。こっちは悪くないのに、妙な説教されそうだし。隙があるからだとかワキが甘いとか、意味不明なこと言うんだよ、ウチの親は」

この様子では、彼女たちは鋼太郎にお願いしたい気マンマンのようだ。ここで会ったが百年目って事か。

「いやしかし、おれ、いや私が出ていくのも妙だろう？　なんだか美人局みたいじゃないか」

鋼太郎は困った。マジで女子高生と組んで、カネをせびり取ろうとしているヤクザだと誤解されそうだ。あんなクソ痴漢野郎ごときにそう思われるのは実に心外だ。

弱ったなあ……。

鋼太郎は、真剣に困った。成り行き上、彼女たちの味方だし、力になってあげたい。しかし、あらぬ疑いをかけられたくはない。

が、ホームの床に落ちていたスポーツ新聞の「過払い金の相談は××法律事務所へ」という広告を見て、閃いた。

「そうだ！　こういう場合、弁護士を立てると相手は物凄くビビるらしい。それに弁護士なら堂々と相手に要求できる」

「だけどさー、うちら弁護士なんか知らないし。それに、弁護士って凄くお金かかるんでしょ？　あの痴漢からお金貰えても、弁護士に払ったら差し引きゼロになったりしない？」

そこはもう自分でなんとかしなさいと言って逃げたくなったが、ここで後ろを見せるのは卑怯だ。いや、卑怯とまでは言えなくても、男として、オトナとして、乗りかかった船なんだから、なんとかしてやるべきではないのか？

彼は、頭の中で知り合いの顔を順繰りに思い浮かべた。知り合いの知り合いを手繰れば、弁護士にぶち当たるかもしれない……。

女子高生たちに連絡先としてＬＩＮＥのＩＤを教えて貰った鋼太郎は、その後、治療院の患者である町工場の社長に行き着いた。

「ひとつお願いなんですが、どうか社長のカオで、お宅の顧問弁護士にひと肌脱いでくれるよう、頼めませんかね？　たぶん、弁護士事務所の名前を出して、電話一本でコトは解決すると思うんですが」

いつもは治療院でエラそうな態度で施術する鋼太郎が、社長室のソファにちょこんと座って殊勝(しゅしょう)な顔で頭を下げた。

　社長には鋼太郎の少し尊大な態度を面白がるところがあり、かつ、整体の腕はいいので贔屓(ひいき)にしているのだが、鋼太郎のいつもと違う態度に少々驚いている。

「先生、今日はどうしちゃったの？　その女子高生に弱みでも握られてるんじゃないの？」

「違いますよ。義を見てせざるは勇無きなり、ってね。つまり、清らかな乙女が困っているのを見捨てられますか？　社長はそんな情の無いヒトなんですか？」

「いやいやそんな……私にだって娘がいるから、痴漢なんぞは人類の敵だと思うよ、ええ」

　おでこの方に少し頭髪が残っているだけの社長は番茶を啜(すす)って頷いた。

「ウチの顧問弁護士はね、親戚筋の人だし、まあ、アドバイザー的な感じでもあるんで、特別に安くやって貰ってるの。お年だしね」

　うちみたいな町工場にそうそうタフな裁判沙汰なんてないからね、という社長に鋼太郎は、こりゃダメかな、と内心がっかりした。「敵方」の約束不履行を正してきちんと集金する以上、それなりにタフなことになるかもしれないのだ。

　とりあえず頼んでみるよ、と言いながら、キューピー禿(は)げの社長は電話をかけて、ちょっとあとで寄ってよ、と声をかけている。

たまたま近くにいたものか、その弁護士は十五分後に、町工場の事務所にコンチワーと御用聞きのように挨拶しながら現れた。

見ると、歩くのもやっとという感じの老人だ。本当ならとっくに隠居しているような年齢の、言い方を変えると「大ベテラン」というところか。

「こちら、弁護士の津久井敏郎先生。こちら、正義の使徒の榊鋼太郎先生」

「正義のヒトって、それ、ご商売なの？」

杖をついた老弁護士は、どっこらしょとソファに座りながら当然の疑問を口にした。

「もちろん正義では食っていけません。あくまで趣味です。それに、正義のヒトではなく、シトね。この辺の下町だとみんな間違えるけど、多羅尾伴内も自分で『正義と真実のヒト』と言ってると誤解してるヒトが多いけど、アレも『正義と真実の使徒』だから」

「正確には多羅尾伴内じゃなくて藤村大造なんだけどね。多羅尾伴内も、藤村大造の変装のひとつだから」

多羅尾伴内になぜか詳しいキューピー社長が横から口を出した。

「それはともかく。痴漢の被害に遭った女子高生が加害者と示談にしたんですが、いっこうに示談金の支払いがない。これは相手が女子高生だと舐めていて、示談金をバックレるつもりではないかと。触られ損じゃないかと」

「なるほど」

好々爺然とした津久井弁護士は頷いた。

「ワタシもその場にいて、示談という方法もあると言ってしまっただけに、責任を感じておりまして」

「なるほど。ということは、弁護士が介入して、示談金をきっちり回収したいということですな」

「そうです。しかし、先生にお支払いする報酬が高額になる場合、示談金が取れても、彼女たちにはほとんど残らないというのも可哀想でしょう？」

鋼太郎は弁護士をじっと見た。

「つまり、この私にロハでやれと？」

「御名答！　私も手弁当でやってます。先生もここはひとつ、是非、男気を」

「まあ先生。電話一本入れれば済む話だと思いますんで」

キューピー社長も頭を下げた。

「ここはどうかひとつ」

それを見た鋼太郎も頭を下げた。

「いやいや、頭を下げられちゃあ困ります」

そう言って、津久井弁護士は一応困ってみせた。

「……まあねえ、電話一本しただけで、それで幾らってのもねえ。アコギな悪徳弁護士みたいに思われたくもないしねえ……でもねえ、こういうのは相手を押したり引いたりねえ……もっと若ければやってあげるんだけど、もう、そういうしんどいことはねえ」

やりたくない感を全身から発散していた老弁護士だが、突然、何事か思い付いたようにニヤリとした。

「相手の痴漢ってのは、官僚って自称してるんですよね？　どこのお役所？　名前は？　役職は？」

「あ、いや、とにかく弁護士を探してみると言っただけなんで、詳しい事は全く訊いてなくて」

津久井弁護士は悪戯っぽい笑みを浮かべた。

「アナタ」

老弁護士は杖の先で鋼太郎を指し示した。

「アナタが頑張るなら、私が引き受けたということにしてあげよう」

慣れないLINEで、鋼太郎はくだんの女子高生と連絡を取り、今度は、東京スカイツリーが見える津久井弁護士の事務所に集合した。

集まったのは、社長と鋼太郎、そして女子高生の三人だ。

弁護士事務所にある応接セットに全員が着席して、まず純子が切り出した。

「相手に電話してるのは私です。私がいちばん怒ってたし、ギャンギャン言う方だから」

相手の、痴漢を働いた男は羽生田浩一郎。自称、内閣府に勤める国家公務員だ。

「ほうほう。『女性の社会進出推進本部事務局』に出向してるんだねえ。それで痴漢してたら世話ないねえ」

津久井弁護士は純子が持っていた相手の名刺を見て、ほほほと笑った。

「いや先生、笑い事ではないんですよ」

鋼太郎が割って入った。

「ここに集まったのは、社長の事務所だとトンテンカンという工場の音がうるさいので」

そう言った鋼太郎は、一同を見渡した。

「で、ナニをしようっていうんです、先生？」

町工場の社長が先を促し、鋼太郎が説明した。

「津久井先生と作戦を練ったんだが……まず、ここから羽生田サンに宛てて彼女に電話をして貰います。それを全部録音します。このビジネスホンは、商売柄、必要があって録音機能がついています」

鋼太郎が応接テーブルの下からビジネスホンを取り出し、津久井弁護士も言った。

「羽生田サンはかなり失敬な応対をする人だと言いましたよね？　今日はその決定打を録音出来ればね」

「決定打といっても」

地味な女子高生・かおりが困った顔をした。

「そんな都合良く……」

「それは、アレですよね。私がわざとボケたり、バカなフリをしたりすれば、相手はいっそうこっちを舐めてくるってコトですよね？」

「そう。それです」

鋼太郎は、クイズ番組の司会者が正解者を差すような仕草で純子を指さした。

「羽生田のような手合いは、のらりくらりと言を左右にして、なるべくならカネを払いたくない、つまりはウヤムヤにしたいんです」

鋼太郎の説明に、リーダー格の純子がキッパリと言った。

「じゃあ、示談なんか止めて、被害届を出して、事件にする！」

「それもいいけど……どうだろうねえ、この羽生田って奴をさんざん脅して、心からヤバいと怯えさせて反省させた方がよくないですか？」

鋼太郎はそう言って身を乗り出した。

「事件にするとなると、痴漢が職場にバレて、懲戒免職になったり、左遷されたり出世できなくなって、職場で後ろ指さされて結局自分から辞めなきゃいけない空気になって、一家が路頭に迷って離散して……ってことにもなるかもしれない」

鋼太郎がそう言うと、みんなが引いてしまった。

「……そこまで言われると、さすがに……やっぱり、もうやめようか……」

気弱そうなかおりがぽつりと言った。

「甘い！　甘いよ君たち！　痴漢ってのは常習犯が多いし、けっこう地位があるヤツが多い。ここで泣き寝入りしたらますます味をしめて、絶対にまたやるよ！」

鋼太郎の正義感に火がついた。

「さっきは事件にするなと言ったけれど、そもそも相手や相手の家族のことを考えて折れちゃうって、おかしいでしょ！　どうして被害者が加害者のことをそこまで考えてやらなきゃいけないの？」

「それはまあ、そうなんだけど……」

女子高生三人は、考え込んでしまった。

「鋼太郎先生は、正論のヒトだからなあ」

町工場の社長がぽつりと言った。

「なあに、事件にするまでもない。弁護士の名前を出せば、だいたいはビビる」

津久井弁護士がヤクザみたいなことを言った。

「職場には黙っててやる。家族にも黙っててやる。一応警察的にもなかったことにしてやる。だからきちんと謝って、誠意としてカネを出せ。そういうことです。この約束を破ったら、どうなるか知らないよって事ですよ」

「けどそれって、脅し、っつか脅迫……」

純子が言うと弁護士は「そのとぉ～り！」と財津一郎みたいな声を張り上げた。

「しかしこれは筋の通った正義の脅しです。法に触れない真っ当な脅し・脅迫です。こっちに理のある、法的には問題のない恐喝です。どうです？　面白くないですか?」

　この津久井という弁護士が、普段はどういう仕事をしているのか、なんだか見えるような気がしてきた。

「面白いじゃん!」

　ケバい純子が反射的に言った。

「もちろん、合法的恐喝、つまりプレッシャーを与えるには、必要以上に脅してはいけません。しかし、刑事事件としてきちんと警察に届けて捜査して貰うというだけで、この羽生田は震え上がると思いますよ」

「いいじゃん!」

　純子は乗り気になっている。

「ウチらさあ、これまでさんざん、この羽生田にコケにされてきたんだよ。こっちが女子高生だからってバカにして。妙な法律論振りかざして」

「純子が悔しいのは判るけど……」

　メガネの園井瑞穂は慎重派だった。しかし、いちばん慎重派に思えた島野かおりが決断した。

「やろう! 純子、やろうよ。あのぶくぶくした顔の、いけ好かないオッサンの泣きっ面を見たいよ！」

「電話じゃ見られないけどね」

そう言った純子は、かおりを見つめた。

「あんなキモオヤジ、二度と見たくないんだけど？」

「でも、今度こそ泣いて土下座するところは見たいかも」

少女は案外、考えることがキツい。

「では、始めましょうか」

鋼太郎は嬉々として純子に指示を出した。

「まもなく十七時。敵は会議も終わってデスクワークをしてる頃でしょう。そこに羽生田のケータイではなく、デスク上の電話に電話をかける。はい、やった」

キューを受けて、純子が役所の電話番号をプッシュすると代表に繋がった。名刺に書かれた内線番号を告げると、三コールで羽生田の声が応答した。

「ハイ内閣府、女性の社会進出推進本部事務局の羽生田です」

その声はモニタースピーカーでみんなが聴いている。

「あの、私です……」

純子はワザと、オドオドした声で話し出した。

「ええと、どちら様でしょうか？」

羽生田は木で鼻を括ったような対応だ。

「あの、この前の、電車での痴漢の」

「は？」

「この前の、朝の痴漢事件の」

「ご相談でしたら、違う番号で受けておりますので、そちらの番号をご案内しますが？」

「そうじゃなくて、羽生田サンですよね？　私、あなたに痴漢された女子高生ですけど」

「あ。はいはい。例の件の。申し訳ありません。今、取り込んでいてバタバタしておりますので、こちらから改めてご連絡致しますので。ハイ。お電話いただいたのに誠に相済みません。切らせていただきます」

口調は丁寧だが、一方的に切られてしまった。

またこれだ、と純子は憤懣やる方ない表情だ。

「いつもは、これで、諦めちゃって……いえ、頑張ってもう一回かけ直すこともあるんだけど」

こんな対応をされると鋼太郎ならブチ切れて、速攻で怒りの電話をかけ直すところだが、心が折れてしまう場合もあるかもしれない。

「もう一度かけてください」

鋼太郎は冷静に言い、純子は従った。

「ハイ内閣府女性の社会進出推進本部事務局の羽生田です」

「はい。大変申し訳ありませんが、ただ今いろいろ案件が重なっておりまして。整理がつき次第、こちらからご連絡差し上げますので」

「今電話した……」

と、また切られた。

「構わず何度も電話してください」

今は、弁護士がついている。その弁護士は居眠りしていて、名代然とした鋼太郎が指示を出しているのだが。

純子はそれに従って、また電話した。今度は「あの」と純子が声を発しただけで切られてしまった。

その次からは、電話にも出ない。受話器を取ったと思ったら、すぐに切ってしまう。相手の電話に番号が表示されているのだろう。

「では、次は、羽生田のケータイ電話にかけてください」

同じ番号からかけているから、羽生田は出ない。何度かけても出ない。おそらく羽生田の受信履歴には同じ番号からの着信がずらずらと表示されているはずだ。

「では今度は、上司の番号にかけてください。違う人が出たら、羽生田サンが電話に出てくれない事を訴えてください」

ハイと返事をした純子は言われたとおりにした。

「もしもし。内閣府女性の社会進出推進本部事務局の羽生田さんに大事な用件で、何度も連絡しているのですが、全然出てくれないんです」

「羽生田、でございますか？」

事務官らしい女性の声が怪訝そうに返事をした。

「羽生田という者は、こちらにはおりませんが」

「えっ？」

純子は思わず声を上げた。

「あの、女性の社会進出推進本部事務局の羽生田さんですが？」

「はい、そういうものは在籍しておりません」

通話を切った純子は、呆然としている。

「これ、どういうこと？」

「……おそらくは、相手がかなり上手だったってことですな」

目を醒ましたらしい津久井弁護士が顎を撫でた。

「まあ、番号をよく見ると、羽生田のデスクの番号と、職場の代表電話の番号が、かなり違っています。普通、同じ局番の似通った番号になるものです」

「じゃあ……羽生田のデスクの番号というのは……ニセモノ？」

「たぶん。どこかの固定電話にかかったら、羽生田の電話に転送されるんじゃないかと。ここまでのことをする男だから、この番号が自分名義で契約したものとは思えませんな」

鋼太郎は憤然とした。

「舐めた野郎だ。それじゃケータイの方にじゃんじゃん電話して！」

純子はリダイヤル機能を活用してかけまくったが、敵がダイヤルブロックしてしまったら意味がない。

「ねえ、これって、もしかして、羽生田が電話から逃げているということを録音したいからなの？」

「そうだ。客観的証拠を積み上げるためだ」

鋼太郎はそう答えた。

「それもあるけど、早いハナシが、ヤツをイラつかせるためだ。たぶん羽生田は席にいると思うよ。その証拠に」

鋼太郎は自分のスマホを取り出し純子に渡そうとして、「おっとその前に」と、自分のスマホのイヤフォンジャックに、ＩＣレコーダーから延びたケーブルを接続した。

「じゃあどうぞ。デスクの内線に電話してください」

純子が言われたとおりにすると、羽生田が出た。

「内閣府女性の社会進出推進本部事務局の羽生田です」

「……私ですけど、どうして電話に出てくれないんですか？」

「しつこいな、君は……職場でそういうこと話せないだろう？」

羽生田は小声で言った。

「頼むよ……」

「私は、約束を守って欲しいって言ってるだけなのに」

「だから、こっちもいろいろと忙しくて。銀行に行くヒマもないんだ」

「振り込みだったらスマホからでも出来るんじゃないんですか？」

「おれのスマホじゃ出来ないの！」

羽生田は断言した。振り込みアプリを入れていないのだろう。

「あのさあ、そっちはヒマなんだろうけどさあ、こっちは忙しいんだよ！　ハシタ金の件で何度も何度も職場に電話して欲しくないんだよな」

聞き取りにくい小さな声で、羽生田は言い訳を続けた。

「ハシタ金っていうけど、その金額を振り込んでくれないんじゃないですか！」

「あのね、こっちもね、家庭があるからね、生活費とか教育費とかいろいろあるのよ。役所の給料なんか安いからね。だいたいさあ、お尻をちょっと触られたくらいで示談だ慰謝料だって、大袈裟なんだよ。当り屋と同じじゃないか！　それにおれは、あの時、衆人環視の中で駅ですっ転ばされて、そのあと、妙なオッサンに投げ飛ばされて、散々な目に遭ってるんだ。すでに社会的制裁を受けたとも言える。東大出で内閣府の優秀な官僚であるところのおれが、どうしてこれ以上の仕打ちを受けなきゃならないわけ？」

「アナタがお尻を触ったからでしょ。それも何回も、毎日毎日！」

「減るもんじゃナシ、いいじゃないかそれくらい。……はい！　ああ、その件は今やってますんで」

急に大きな声になった羽生田は誰かに返事するように言ったあと、またも小声になった。

「じゃあ、切るから」

通話はプチッと切れた。

「……これでいいの？」

「まあ、理想を言えば、罵倒の言葉が欲しかったけどね。君に対してバカとかアホとか、ね」

そう言いつつ鋼太郎はＩＣレコーダーを操作して、今の会話が録音されていることを確認した。

「よろしい。では、ここで大先生の出番だ」

鋼太郎は、ふたたび居眠りしていた津久井を起こし、デスク上にあった津久井のスマホを取り上げて、羽生田のケータイの番号をプッシュして津久井に渡した。

「羽生田さんですか？　私、弁護士の津久井と申します。ただ今、黒木純子さんたちから先般の、電車内性暴力事件の示談交渉について依頼を受けました」

「べべ、弁護士？」

「今の席でお話しにくいのなら、別の場所にご移動くださって結構です」

「じゃ、じゃあ遠慮なく」

ガタガタという音がして、電話を通してバックノイズが変化した。ギギギという音がして、車の通行音が聞こえてきた。おそらくビルの非常階段に出たのだろう。

「あー、ここから先は、私の部下に電話を代わります」

津久井はスマホを鋼太郎に押しつけた。

「電話代わりました。私、津久井先生の助手の榊と申しますが、先程来からの、黒木純子さんとの電話での会話を聞いておりました」

「榊？」

羽生田が聞き返してきたので、鋼太郎はハッとした。この羽生田を捕まえてぶん投げたとき、成敗したあとのサムライのように名乗りを上げてしまったことを思い出したからだ。

しかし、羽生田は、それとは違う点に拘（こだわ）った。

「さっきから聞いてた？　え？　それって盗聴？」

「とんでもない。津久井先生の事務所から黒木さんが一生懸命電話していたものですから」

「……はい」

急に殊勝な口調になった羽生田にすかさずたたみかける鋼太郎。

「あなた、示談にした際の条件を反古にするような御発言をなさいましたね？」

「とんでもない！　そんなことはない」

「一応、今後のために、通話を録音してあります。再生してみましょうか？」

鋼太郎は、ＩＣレコーダーの録音を再生して、羽生田がなりふり構わず逃げ回ったり、屁理屈で応戦する様子を聞かせた。

「ああ、もうイイです。もう判った」

羽生田は、再生を止めてくれといった。

「そうですか。お判りいただけたようで何よりです。これ以上、あなたが示談を守らず、被害者を愚弄するならば、依頼人は示談を破棄して被害届を警察に提出、アナタを起訴して貰い、裁判に付す事を希望しています。どうします？」


それから……。

一同は、『現金を用意した羽生田』が津久井の事務所に駆けつけるのを待ったが、いっこうに現れない。

「そろそろ三時間が経ちますな」

津久井弁護士がゆっくりと腰を上げた。

「たぶん、もう来ませんな」

「って事は……」

　鋼太郎に、弁護士は苦笑した。

「テキがかなり、どころか滅茶苦茶上手だったって事です。おそらく、名前も何もかも、ウソではないかと」

「じゃあ、示談は止めて警察に被害届を出しても無駄ってことですか？」

　メガネの園井瑞穂が確認するように訊いた。

「でも警察なら捜査してくれますよね？　監視カメラの映像を見て、住所とか名前がウソでも、本当のところを割り出してくれますよね？」

「いやあ、それがね……なかなか」

　津久井弁護士は申し訳なさそうに言った。

「警察も忙しいから、殺人事件とかだと動くけど、痴漢事件で犯人が巧妙に逃げている、このような案件では……なかなか動いてくれないんじゃないかと」

「ひどい！」

「しかし弁護士なら、携帯電話の会社に言って、この番号の持ち主の住所氏名を明らかにさせられますよね？」

鋼太郎が言った。

「そうしたら内容証明送って、白黒ハッキリつけようって迫れますよね？」

「それはそうだけど……内容証明ねえ。ミサイル撃ち込むのはなかなか大変なんだよ。結構書類を作ったりしなきゃならないなあ……」

津久井は、面倒くさそうな感じを全身から発散させている。

「ロハでやるには、そろそろ限界だなあ……」

「だけど、ウチらはあの羽生田を絶対に許さないからね！」

女子高生三人と鋼太郎は声を合わせて羽生田を非難した。

「そうだとも。あのクソ野郎、とことん追い詰めてやらなきゃ気が済まない！」

「今度は妙な情けなんかかけないで絶対に許さない！」

「土下座しても許してやんない！」

「三十万でも許さない！」

「でも……これ以上のことはもう……」

言葉を濁す津久井弁護士に、鋼太郎は詰め寄った。

「何を言ってるんですか。ここまで来たら、やれることは全部やりましょう！　タダで出来ないというならよろしい。この私が持ちましょう！　センセイ！　ミサイルを

「ぶち込んでください」

「そうなの？　まあ、仕事として成立するなら……」

　津久井弁護士はケータイの番号から羽生田の身元を特定して内容証明を送りつけ、その後で電話して事務所に来いと言い放ったが、やって来たのはまったくの別人だった。

　しかも当然ながら怒り狂っている。

「私の名前もなにもかもが、誰かに使われたんだ！　そういうウラも取らずにこんな……痴漢の濡れ衣を着せられて……」

　本物の羽生田はホッソリした理系秀才で、某有名大学の大学院生だと名乗った。

　この「本物の羽生田」の怒りは凄まじく、津久井弁護士だけではなく、女子高生たち三人も学校や自宅にまで抗議されてしまった。しかも支援した鋼太郎も含めて、町工場の社長ほか関係者全員が「痴漢冤罪をつくって荒稼ぎしようとしているクソ野郎」とネットに書かれて拡散され、叩かれるという結果になった。

＊

せっかく立てた作戦が逆効果になってしまい、鋼太郎は失意のドン底に落ち込んだ。そんな彼を心配したのか、それともいつも強気な彼が弱っているところを狙われたのか、実の娘から電話が入った。

「オヤジ？　ヒマ？」

「まあヒマだな。いろいろあってな」

実の娘・俊子（としこ）から電話が来るのは何年ぶりか。離婚する前から、娘と話した事はなかったような気がする。

「カネならないぞ」

どうせ別れて暮らす親にわざわざ電話してくるのは小遣いでもせびるつもりなんだろう。

鋼太郎はそう思っていた。もちろん、照れ隠しと親としての負い目もある。

「離婚五周年だっけ。たまには顔でも見ようかと思って。お小遣いくれるんなら辞退しないけど」

ということで、日曜日に、鋼太郎は俊子を地元に呼び寄せた。

「わざわざ鎌倉から来たんだから、それなりの店に連れてってよね」

俊子は大学生で、別れた妻の現在の実家がある鎌倉の女子大に通っている。鋼太郎には似ず、すらりと背も高くてなかなかの知的美人だ。

「知り合いの居酒屋がランチ営業を始めたんでな」

「え〜。居酒屋のランチ？　下町の居酒屋でしょ？」

俊子は露骨に失望した表情になった。

「鎌倉の居酒屋なら、それなりのセンスが期待出来るけど……」

「オマエ、東京の下町を馬鹿にしてはいかん」

鋼太郎はそう言いながら「居酒屋クスノキ」の暖簾をくぐった。

「いらっしゃい！」

太一の代わりに店に立っているのは、例の女子高生三人組だ。

「大将は、日曜くらい休みたいというので、私たちが任されたの」

と純子が胸を張り、まだ何も注文していないのに、いきなりホイップクリームたっぷりのパンケーキとタピオカミルクティーが出てきた。

「ま、食べてみて」

仏頂面だった俊子だがパンケーキを一口食べると顔が綻び、ミルクティーから太いストローでタピオカを吸い込んだところで完全に笑顔になった。

「美味しい！　やるじゃんねえ！」

俊子は賞賛の声をあげた。

「ありがとうございます。近所に大学ができたから、こういうメニューをつくれば女子にウケると思って、大将に提案したの」

瑞穂が得意そうに言った。

「で、おじさん、この人誰？　愛人とか？」

純子がニヤニヤして訊いた。

「バカ言うな！　おれの娘。離婚した元女房と鎌倉に住んでる」

へ〜え？　とかおりが厨房（ちゅうぼう）から出て来て、俊子をしげしげと見た。

「なんだお前たち、あのショックは引き擦ってないのか？」

三人は外見上はケロッとしているように見える。

「だって……もうどうしようもないってことになったんでしょう？　冤罪を作ったバカ女子高生とか言われちゃって、腹は立つけどさあ」

純子がそう言い、他の二人も頷いた。

「おじさんは学生定食でいい？」

厨房に入りながら純子が訊いた。

「なんだその学生定食って？」

これです、とかおりが運んで来た。

「今どきの大学生は忙しいから、すぐ出せるようにコロッケとか唐揚げとか、作ってあるのを盛りつけるだけ」

キャベツの千切りにポテトサラダ、ケチャップのスパゲティにコロッケ、唐揚げに目玉焼き。そして丼ご飯に、味噌汁にタクワンというボリュームたっぷりの定食だ。

「これ、平日は凄い人気なんだって。これだけでなんとワンコイン、たった五百円だから。学生さんを支援しないとね、って大将が」

鋼太郎親子は、居酒屋のカウンターに並んで片やパンケーキ、片やボリューミーな定食を食べはじめた。

「で、オヤジ、何やったの？　女子高生を操って痴漢冤罪をでっち上げる極悪人だって、ネット有名人になってるけど」

「さっきの話だろ。おれはそんなことは断じてやっていない！」

鋼太郎は箸を置いてキッパリと言った。

「それは判るよ。オヤジにそんな器用なこと出来る訳ないものね」

「判ってるならそれでいい」

鋼太郎は箸を持ってまた食べ始めた。

「ふうん……まあいいか。ところでさ、最近、横須賀線にも痴漢が出始めて。いや、前からいたんだけど、被害は単発というか、そんなに多くはないし悪質でもなかった。けど最近のはちょっと違って」

　俊子は話を続けた。

「集団なんだよね。集団で、見張るヤツとか女の子を取り囲んで周りからブロックする連中とか、分業してる。タチが悪いのよ！」

「集団？　分業？」

　この前のことを鋼太郎は思い出した。駅のホームで痴漢たちにやり込められたとき、羽生田と偽名を名乗った例の男も、その集団の中にいたのだ。というか、アイツらが丸ごと、横須賀線に移動したんじゃないのか？

「今、閃いた。痴漢グループは、獲物を求めて移動してる。うちの方の沿線でトラブったから、河岸を変えたんだ。横須賀線に移ったんだろう」

「そんなことって、あるの？」

あるさ、と鋼太郎は断言した。

「あのな、痴漢ってヤツは、クセになるんだ。麻薬とか覚醒剤に手を出すと、どうしてもやめられずについ、また手を出してしまうだろ？　痴漢も同じだ。凄く痛い目に遭っても、喉元過ぎれば何とやらで、また文字通り、手を出すんだよ」

鋼太郎は自分の言葉に頷いた。

「ということは、だ。連中はお互いに連絡を取り合ってる。その手段は、ネットしかないだろ。ネットを使っていついつの電車でゴーって、連絡つけてるんだ！」

いつの間にか、鋼太郎のそばには女子高生三人も集まってきている。

「見てろ！　キミらのカタキを取ってやるからな！」

鋼太郎はアタマを巡らせた。

「そういえば、浩次郎、あいつはパソコンに詳しかったよな？」

「まあ、工学部に通っているから、人並み以上には使えるだろうけど」

俊子は答えた。

「誰？　浩次郎って」

瑞穂が首を傾げた。

「ああ、コイツの弟だ」

「オヤジの息子でしょ！」

そうだそうだと言いながら、鋼太郎は息子に電話をかけた。

「あいつに電話するの、もしかすると初めてかもな……あ、お父さんだが」

息子は父親の声だとすぐに判ったので、鋼太郎としては嬉しかった。

「頼むよ、お前を男と見込んで調べて欲しいことがある」

鋼太郎は最近、横須賀線に出没している痴漢集団について、調べるように頼んだ。

「バイト代は出すから、助けてくれよ」

金で釣ってるような感じになってしまうが、アイツも学内の成績優秀者が貰う奨学金で大学に通っているので成績を落とすわけにはいかず、バイトもあまり入れられず大変なのだ。以前に鋼太郎はそんな話を別れた妻から聞かされた覚えがあった。

電話を切って二時間後。そろそろ昼の部を終えて店を閉めようという頃に、浩次郎から電話が来た。

「オヤジ！　痴漢グループが連絡用に使っているサイトを見つけた」

「おお。それはでかした！」

鋼太郎は息子に、そのサイトのURLをメッセージで送って貰った。

「で？　どうするの？　ただ単に知りたいんじゃないんだよね？　オヤジのことだか

ら」

息子はオヤジの性癖を熟知している。

「要するに、この連中をやっつけたいんでしょ？　囮捜査みたいなことをしたいんだよね？　そうじゃないかな、と思ったから、餌を撒いておいた」

「おいおいそれは話が早すぎる」

鋼太郎は慌てた。

「いいんだよ。俊子姉ちゃんは言わなかったと思うけど、姉ちゃんも被害に遭っているんだ。痴漢なんて絶対に許せない」

鋼太郎の血を引く息子は怒っている。

「だからオヤジ、そいつらをやっつけちゃってよ」

「やっつけるさ。で、お前はどんな餌を撒いたんだ？」

「すごい美人が××線に乗ってるって」

浩次郎は得意そうに言った。

「お前はバカか？　餌というからには、実際に囮がいないとダメだろ。囮がいなければヤツらは手を出さないぞ。それじゃ現行犯として押さえられないじゃないか！」

「あっ！　そこまでは考えていなかった。でもあとはオヤジのほうで何とかしてよ。

凄い美人を調達して。じゃあおれ、研究室に行かなくちゃならないから」

浩次郎は都合が悪くなったのか、それとも本当に忙しいのか電話を切ってしまった。

「凄い美人ねえ……」

女子高生三人と俊子は顔を見合わせた。

「おじさん、どうするの？」

「そうよ。オヤジ、どうすんだよ？」

女性軍は鋼太郎に迫った。

「このチャンスを逃したくないよね」

「ぜったいそいつらを捕まえたい」

「でもうちらは面が割れてるし」

「ダメだだめだ。きみたちを囮にするわけにはいかない。もちろんうちの娘もだ」

鋼太郎はそう言って頭を抱えた。

「凄い美人なんて、そうそういねえぞ……」

「でも、囮を使うしかないんですよね」

鋼太郎は、女子四人を見た。

「囮を使えば、ヤツらは必ず手を出してくる。そこを今度は確実に御用にする。清楚（せいそ）

でおとなしそうで、痴漢されても騒がずに泣き寝入りしそうな、美少女がいいんだけどねえ」

鋼太郎は思案したが、全く心当たりがない。

その時、居酒屋の外で男女が怒鳴りあう声がした。

「ざけんなよてめえ!」

若い女がドスを利かせて男を怒鳴りあげている。

「下手なナンパは飽き飽きしてるんだよコッチは!」

思わず外を見ると、怒鳴られているのは大学生っぽい若い男だ。チャラいイケメンで、顔面蒼白になっている。

「下町の女をナメるんじゃねえぞ!」

切った啖呵が滅法決まっている。

「ねえ、あのヒト、ピッタリじゃない?」

純子が顔を輝かせた。

「たしかに。条件にピッタリだよね。喧嘩になっても強そうだし」

とメガネの園井瑞穂。

「それに、美人で小柄だし……」

と地味な島野(しまの)かおり。

「私もそう思う。いかにも痴漢が手を出しそうなタイプじゃんねえ！」

黙ってさえいれば、だけど、と俊子も同意した。

しかし、鋼太郎はナニも言わない。

「どうした？　ダメ？　私が頼みに行こうか？」

そう言って腰を浮かしかけた俊子を、鋼太郎は押し止めた。

「いや……あれはウチの治療院の受付嬢、小牧くんだ」

「え？」

四人は絶句して、外にいる若い女を凝視した。

「見た目清楚な美人だが……」

鋼太郎は席を立つと、二言三言言ってチャラい男を逃がし、小牧果那を自分たちの席に連れてきた。

「君が元ヤンキーとは知らなかったよ……」

「バレちゃいましたね、てへ」

そう言って舌を出す小牧果那に、鋼太郎は言った。

「君を元ヤンキーと見込んで、ぜひとも頼みたいことがある」

＊

翌朝の、横須賀線。

混んだ車内にはセーラー服のコスプレをした小牧果那が、俯(うつむ)いて立っている。

その近くには楠木太一が位置取りをして、スマホを繋ぎっぱなしにしたうえで、イヤフォンのインナーマイクを使って、密(ひそ)かに通話している。

その相手は、隣の車両に乗っている鋼太郎と、三人の女子高生だ。連絡があれば、即、隣の車両にすっ飛んでいく手筈になっている。

「問題は、自称・羽生田が手を出すかどうかよね」

そういう純子の心配はもっともだ。しかし、コスプレした小牧果那の魅力は相当なもので、痴漢じゃなくても一世一代のナンパを仕掛けたくなるほど魅力的だ。

多少ワルな少女ほど魅力的……それは芸能界に入って成功する美少女タレントの多くがヤンキー出身だったりする理由でもあるだろう。ヤンキーならではのメヂカラの強さは、そのままタレントとしての魅力にもなるのだ。

ほどなく太一から、囮に獲物が引き寄せられた、との報告が入った。

「おいセンセイ。ガマガエルみたいな男が近寄ってきて、小牧ちゃんのお尻にタッチしたぞ。その回りには、仲間のような連中がいて、小牧ちゃんを囲んでる」

ひそひそ声が鋼太郎のスマホに飛んできたのだ。

「了解。しばらく泳がせて、次の駅に着いた瞬間に、手首を摑んで車両から降ろせ」

五分ほど走って、電車は次の駅に滑り込んだ。

「行くぞ！」

鋼太郎と三人の女子高生が電車を飛び降りると、プラットフォームには腕をねじり上げられて顔を歪める「羽生田のなりすまし」がいた。般若の表情でその腕を捻り上げているのは小牧果那だ。その脇には太一の姿があった。そして、少し離れて自称・羽生田の仲間もいる。この前、鋼太郎をさんざん論破したクズな連中だ。

「駅員さん！　警察呼んで！　痴漢を現行犯で捕まえたから！　私人逮捕だ！　他の連中も捕まえろ！」

自称・羽生田は、観念した様子だが、他の連中は全員、クモの子を散らすように逃げてしまった。

「誰もお前を助けようとしないのか。痴漢ってのは薄情なんだな」

思い知ったか、と鋼太郎が言い、小牧果那もニセ羽生田に怒りをぶつけた。

「このどスケベ、ずーっとアタシのお尻を触ってた。私が黙ってるのをイイコトに、胸まで手を伸ばしてきやがって……けど合気道二段なんだよね、私」

ほどなく制服警官が駆けつけて、鋼太郎はニセ羽生田の身柄を引き渡した。

「八時一三分、痴漢行為で私人逮捕しました」

「ずいぶん人数がいるんですね……」

「うちらは被害者だよ。今回の、じゃないけど。コイツが示談するってウソついてバックレてたからね！」

警官は女子高生三人を見た。

「被害者は？　あなたがたではないんですか？」

「今日の被害者は、ほら、そこの、痴漢野郎の腕をねじ曲げてる、セーラー服の強いヤツです」

鋼太郎が解説した。

「痛い！　許してくれ！　もう降参するから、腕を……」

小牧ちゃんがようやく腕を放したが、その手首には手錠がかけられた。

「また、私人逮捕してしまった……」

鋼太郎が今度は、意気揚々と宣言した。

最寄りの警察署で一連の事情聴取が終わり、鋼太郎たち六人は署から出て来た。

「あの男もバカだね。最初からおとなしく示談金を払っておけば……」

小牧果那がそう言ったが、純子が否定した。

「そんなことない。示談金を払わせても解決にはならなかった。カネを払えばなんとかなると思って、あの男は触りまくってたと思う。これでよかったんだよ」

「そういうことだろうな」

一件落着してスッキリした顔の鋼太郎に、純子が「実は」と切り出した。

「実は、盗撮被害に遭ってる友達がいるんだけど……ナントカなりませんか？」

それを聞いた鋼太郎は、「そりゃ、ナントカしろというなら、するけど」と言うしかない。

「じゃあ、お願いします！　困ってるんです」

義を見てせざるは勇無きなりと言ってしまった以上、鋼太郎は、なんとかしようと答えるしかなかった。

第二話　ブラッディ・パーティ

　鋼太郎の整体治療院は、個性の強い院長に対する好き嫌いがモロに出て、熱烈なファンである常連だけが通ってくる。看板を見るか、あるいは常連の紹介でここを知って試してみても、鋼太郎の毒気に当てられて二度とは来ない患者が常連の十倍はいる。

　そして……今日も治療院はヒマだ。学校帰りの女子高生三人組が遊びに来て、治療ベッドに座ったりして駄弁(だべ)っている。痴漢逮捕劇で大活躍した受付の小牧ちゃんとも仲良しだ。

「それにしても、見事に客が来ないじゃん」

　三人組のリーダー格である純子が容赦(ようしゃ)なく指摘する。

「うるさい。お前ら怪しい女子高生がいるから、カタギ衆は入って来れないんだよ！　さっさとバイトに行け！」

「まだ時間早いし」

ケバい純子におとなしいかおり、メガネでマジメで知らないことはすぐ調べる瑞穂は仲が良く、待合室のソファや治療台のベッド、そして受付の横などに思い思いに座って、買ってきたタピオカミルクティーを飲んでいる。受付の小牧ちゃんの分はあるが、鋼太郎にはない。

「なんでおれの分だけがないんだよ？」

「おじさん……いえ、師匠はお酒のほうでしょ？　もうそろそろお酒タイムだと思ったし……年上なんだから奢るのは師匠のほうなんじゃないの？」

この前の痴漢私人逮捕事件以来、鋼太郎は「おじさん」「おっさん」から「師匠」に昇格している。

「まあ、ここは、なんか、居心地がいいんだよね。全然人が来ないし」

「来ない来ない言うな！　これでも客商売なんだ」

鋼太郎は怒鳴ったが、受付の小牧ちゃんはうふふと笑った。

「客商売のワリに、患者さんに怒鳴ったり叱ったり、好き放題やってますよね、先生」

「寿司屋の大将に叱られに行く、どMな客も多いだろ？」

「老舗（しにせ）の名店と、お客さんが来ない整骨院を比べてもねえ」

小牧ちゃんはハッキリとモノを言う。ヤンキーだとバレてしまったので、おとなしくて清楚な女の子の皮を被る必要がなくなってしまった。

「まあ、人が来ないって事もあるけど、やっぱりね、師匠の人柄よね。悪いことは悪いってハッキリ言ってくれるから」

瑞穂がそう言ってくれたので、鋼太郎はおおいに気をよくした。

「長いモノに巻かれろ、それがオトナだ、みたいなコトを平気で言う人もいるけど」

「そういうのは、バカだ。真似してはいかん」

わが意を得たりという思いの鋼太郎は、引き締めようとしても思わず顔が綻んでしまう。

「小牧ちゃん。みんなにラーメンの出前でも取ってあげようかね？」

「ラーメン？　部活帰りの男子高校生じゃあるまいし」

小牧ちゃんが鋼太郎の「おっさん思考」を一刀両断にする。

「ねえねえ、そんな師匠だから訊くんだけど……」

瑞穂の言葉に、鋼太郎は「何でも言ってごらん」と優しく応じた。

「私の弟なんですけど、弟の小学校でいじめられている人がいて」

「いやそれは、学校の中のことなんだから、先生に言って解決してもらうのが筋ではないのかな。それとも、先生がダメでいじめを見てみぬフリをするとか？」

その答えに、ケバい純子が、やっぱりね、という表情で口を出した。

「おっさん、じゃなくて師匠、何も判ってないね。いじめられているのは子どもじゃなくて、先生なの。で、他の先生が見てみぬフリなの」

「え？　先生が？　先生がいじめられているのか？　誰に？　小学生に？」

小学生が先生をいじめるって、なんか可愛いじゃないかと言いかけたら、純子と瑞穂に睨まれた。

「そうじゃなくて！　先生が先生をいじめてるのっ！」

「ホントか？」

鋼太郎は思わず口走ってしまった。しかし、そういうニュースを見たことはある。

「そうなんだって。あたしも瑞穂の弟から話を聞いて、マジだったらちょっとひどすぎると思ったんだけど、どうやら本当らしいんだ。一度、瑞穂の弟に会って話を聞いてあげてくれないかな？」

そういうことなら仕方がない。

鋼太郎は土曜日に、瑞穂の弟くんに会って話を聞くことにした。

土曜の昼間といえば、「居酒屋クスノキ」のランチ一択だ。美味くて安い。前もって話しておいたので、土曜にもかかわらず大将の太一は休まずに出て来て、弟くんのために特製ランチを作ってくれた。子どもが好きそうなオムライスにハンバーグ、スコッチエッグ、スパゲティにポテトサラダ、チキンヌードルスープ付きという、けっこうセンスのいいワンプレートだ。たぶん、バイトの女子高生三人組の意見が入っているのだろう。

「まあ、食え。遠慮なく食ってくれ」

鋼太郎はカツとじに鰺なめろう、焼きオニギリという取り合わせだ。

「全部昨日の残りものだけど、ワンコインでいいから」

純子もそう言いながら鋼太郎の料理を運んできた。昨夜はそれぞれロースカツ、鰺タタキ、普通のおにぎりだったメニューだ。

「火を通したから大丈夫だよ」

小学四年生の弟くんの横には、今日はバイトを休んだ瑞穂が座っている。

「ええと、弟くんのお名前は？」

「園井純之介！」

すでに食事に着手している弟くんは、ランチを頬張りながら元気一杯に答えた。

これはもう、「食事をしながら話を聞く」状態ではない。純之介が食べ終わるまで鋼太郎もリサイクル料理に舌鼓を打ちつつ、話を聞くのを待った。そして……。

「……あのね、ウチの学校、一年と二年、三年と四年、五年と六年って持ち上がりなのね。それでね、去年、三年の時に担任になった西田先生ってスゴいいい先生でね、優しいし、一緒に遊んでくれるし、元気だったし」

純之介は顔を真っ赤にして一生懸命説明した。その懸命さが可愛らしい。

鋼太郎は眼を細めた。

「ウチの学校というのは、墨井区立本町小学校のことです」

姉の瑞穂が補足した。

「本町小学校ならわたしの母校でもある」

鋼太郎が言い、瑞穂も「私もです」、カウンターの向こうの太一も「おれもだ！」と言った。純之介くんは説明を続ける。

「だけど……西田先生、だんだん元気がなくなってきて……なんか、給食の時間もね、前は一緒に食べてたのに、今は『食欲がない』って全部残しちゃったり。自習の時間が増えて、やかましくするヤツがいてもあんまり注意しなくなったり……なんて言うか、えっと、やる気がないというか、元気がなくてスカスカって言うか」

「それを言うなら、『なげやり』じゃないの?」

瑞穂が助太刀した。

「んー、そう。なげやり。で、なげやりになった先生が怒る元気もなくなって、クラスの悪いヤツらがね、勝手なコトし始めたの。授業中めちゃくちゃ騒ぐとか、紙ヒコーキ飛ばすとかボール蹴り始めるとか。さすがにヤバいから、西田先生が元気を振り絞って怒ったら、そいつら、ボクたちは悪くないですって。これはハセベ先生がやれって言ったことだからって」

「え?」

鋼太郎は自分の耳を疑った。

「あのさ、おれ、最近、トシ取ってきて、幻聴とか聞き間違いが増えてきたんだけど、キミ、今、なんて言った? ハセベ先生という別の先生が、キミのクラスのバカどもに、やれって言ったって?」

そう聞き返すと、純之介はハッキリとうんと言って頷いた。

「ハセベ先生っていうのは?」

「体育の先生。ウチの学校は、体育は専門の先生がやるの。三年生までは担任の先生が全部やるんだけど、四年になると」

「なるほど」

　聞かないと判らないことは多い。

「そうか。つまり西田先生を体育のハセベ先生がいじめているんだね？」

　ううん、と純之介は首を横に振った。

「ハセベ先生だけじゃないです。ハセベ先生とツルんでる他の先生も、西田先生をいじめてます」

「どんな先生たちが、西田先生をいじめているのかな？」

「ええと……オッサンって感じの先生たちです。西田先生は先生になりたてなんだけど」

　純之介はハキハキと答える。

「……要するに、そのハセベが、キミの担任の西田先生の授業をメチャクチャにしろって言ったたって？」

　うん、と純之介はハッキリと頷いた。

「そして、ハセベと一緒になって西田先生をいじめている、他の先生たちも本町小学校にいる、要するに、そういうことなんだね？」

　これにもハッキリと、ウンと頷いた純之介を見て、鋼太郎は呆然とした。

「これ、どういうことなの？」

事態がよく理解出来ない鋼太郎は、瑞穂たちに訊いた。

「いじめはよくないと教えているはずの先生が、同僚の先生をいじめる？　生徒に、授業の邪魔をしろとまで言っているのか？　おれには……とても理解出来ない」

トシのせいかな、もう世の中についていけていないのか、と嘆く鋼太郎に純子が言った。

「そんなの、ウチらも理解出来ないから安心して」

純子は料理を運んで来て、そのまま居着いてしまっている。

「純之介くんが今、言った事ってホントなのか？」

「ホントでしょ。ウチらが小学校に行って調べたわけじゃないけど、小学生がこんなウソをつく理由がないもの」

「確かに、ないな」

カウンターの向こうから、大将が言った。

「純子さん、忙しいから料理運んで。オーダーも取って」

「ガッテンだ」

下町風というより、江戸っ子みたいな口調の純子が仕事に戻ってゆく。

しかし、話を聞いた鋼太郎は困ってしまった。

「おれは……どうすればいいんだ？」

「それは……」

姉と弟は顔を見合わせ、姉の瑞穂が言った。

「つまり、西田先生が前のように元気になってくれればいいんだよね？　そのために、西田先生をいじめる先生たちをなんとかして欲しいってことでしょう？」

瑞穂は純之介に「そうだよね？」と確認した。

「そう！　ぼくはまた、元気な西田先生と遊びたいんだ！」

どうしたものか……と鋼太郎は思案した。どう動いていいものか、まるで見当がつかない。いくら母校とはいえ、本町小学校児童の保護者でもない自分が、学校運営に口を出せるとは思えない……。

「いや、話はさっき店でだいたい聞いたけどさ。そりゃ、区の教育関係のナンチャラ委員になるしかないんじゃないか？　いっそ区議会議員に立候補するとか。区長でもいいぞ」

ランチタイムが終わって鋼太郎の治療院にやってきた居酒屋クスノキの大将・太一は、俯せになって施術を受けながら、無責任なことを言い放った。

「それか、警察の一日署長とかはどうだ？　その日だけでも警察の権限を使えないのかね？」

「使えるワケないだろ。一日署長になりました、ついては誰かを逮捕しろ、そうだ！あの政治家はどうだ？　なんてありえないだろうが」

「マジに取るなよ。冗談に決まってるじゃないか」

　太一は首をひねって鋼太郎を見た。

「そうだなあ……たとえば、地域の代表として学校見学するって手は使えるな。しかしあんた、町内会とか地域のナンチャラ委員とかやってたっけ？」

「やってない」

　鋼太郎は即答した。

「町内会なんて何やってるか判らんものに会費を払うのは極めてバカバカしい。さりとてこうして商売をやってる以上、入っておかないといろいろ宜しくないというオトナの判断も出来るんで……一応、町内会には入ってるけどね」

「役員は？　役員はやってるの？　おれは交通安全委員と防災委員をやったぞ」

「ああ、春と秋にテントに座ってヒマそうにボンヤリしてるアレだろ？　意味ないよな、あんなもの」

交通安全委員を頭から否定する鋼太郎に太一が答える。

「いやいや、あれはあれで、警察といい関係を作っておくのに必要なんだ。それに補助金も出るんで、財政的にも無視できない」

「防災委員ってのはあれだろ、火の用心カチカチって夜中に練り歩くんだろ。最近はウルサイとか言われて文句言われるんだって？」

「お前さんはすべてにおいて批判的だよなあ」

太一は溜息をついた。

「だけど、こっちだって寒い思いしてやってるんだ。それにけっこう防犯の役には立ってるんだぜ」

「そうは言うけど、高い会費を取る町内会って……盲腸みたいなもんじゃねえの？」

「なんだよそれ」

批判を続ける鋼太郎に、太一はかなりムッとしている。

「だからさ。昔はいろいろ役目はあったんだろうけど、今は形だけなんじゃないの？あってもなくてもいい、いやむしろないほうがいいっていうか。盲腸だって臓器としては盲腸炎を起こしたりして邪魔なだけの存在だけど……なくなるとなんか困るかもしれないって思う」

「お言葉ですが」

受付から小牧ちゃんの声が飛んできた。

「盲腸って、無用の長物ではなくて、ちゃんと役割があるみたいですよ。研究グループが、盲腸にあるリンパ組織が、実は凄い役目を果たしてる事実を突き止めたって」

「そんなこと、キミがなんで知ってるんだ？」

「今、ウィキペディアを見ましたから」

小牧ちゃんがスマホをかざして見せた。

「ほうらみろ。この世には無駄なものはないんだよ」

「クソな政治家とかもか？」

即座に言い返す鋼太郎に、太一はうんざりした表情だ。

「……時々、あんたと絶交したくなるときがあるよ。まあ、あんたの言うことは正しいよ。正しいんだけど、なんかムカつく」

治療台に起き上がってしまった太一を、小牧ちゃんが「まあまあ」となだめた。

「すみませんね。ウチの先生、トシ取ってるくせに、ちっともオトナじゃないから」

「何を言う？　妙に老成した、物わかりのいいジジイにだけはなりたくないんだ」

「最近のジジイは物わかりはよくないぞ。コンビニとかで店員さんに突っかかってるのはだいたいジジイだ。バアさんはそうでもないのに、ジジイは始末に負えない。アジア系の店員に、お前の日本語はヘタクソだとかナンクセつけてな。異国で安い給料で頑張ってる人たちなのに、まったくひどいよ」

「おれはそんなこと、一切しないぞ。そういうバカなジジイと一緒にしないでくれ」

「おれには同じように見えるんだけどね」

かなりムカついてしまったらしい太一は、そのまま治療台から降りると、受付に金を置いて出て行ってしまった。

「トシを取ると短気になっていけねえな」

太一の後ろ姿を見送りつつ、鋼太郎がボヤいた。

「今のはセンセイがよくないです。町内会もけっこう大変ですよ。会長さんも役員さんも凄い高齢だから動けないし、実際駆り出されていろいろやってるのはクスノキの大将みたいな若手なんですから」

「若手っていっても……太一はジジイだぞ？」

「七十とか八十とかの大ジジイから見れば若手でしょ？　センセイだって町内会では新人のポジションなんだし」

「新人ねえ……」

　鋼太郎はその言葉に考え込んだ。

「しかし、新人、ということなら、若気の至りというかシキタリを知らないのをイイコトに、無茶を言えるかもしれんな。じいさん相手にムチャを通せるかも」

　そんな事を言う鋼太郎を、小牧ちゃんは呆れたように見た。

「センセイ、またバカな事を考えてるんじゃゃ？」


　治療院の営業が終わり、後片付けをして閉めた午後七時。

　いつもなら太一の店でイッパイやって夕食にするのだが、喧嘩別れみたいになった直後だけに顔を出しにくい。

　鋼太郎は、町内の定食屋に足を向けた。最近は廃業が相次ぎ、絶滅危惧種さながらの街の中華料理屋や洋食屋だが、そこそこの味のものなら何でもあるこうした定食屋も、チェーンのファミレスや食堂に駆逐されつつある。

　それでも彼は、昭和の香りがする定食屋が好きだ。ビニールのテーブルクロスのかかった安っぽいテーブルと椅子。油で変色したメニュー。中華から洋食までなんでもあって、飛び抜けて美味くもないがマズくもない。しかもお酒もあるしツマミもある。

「定食ほんちょう」の古びた暖簾をくぐると、店内には既に先客がいて、大声で騒いでいる。相当出来上がっているらしい。

そういう手合いは無視する鋼太郎は、壁のメニューを見つめて、ぶりの照焼き定食にクリームコロッケ、さらに「おつまみ刺身」を頼んでビールを飲むことにした。

店内にある古ぼけたテレビでは、小学生女児が行方不明になったまま一ヵ月が過ぎたというニュースを報じている。この前、太一の店で見たニュースだが、まだ見つからないのか……。

とか考えていると……先客の一団が、やはりうるさい。

中年男三人に、若い男が一人。中年が寄ってたかって若い男をイジりまくっている。酔った上での悪ふざけなのか、あるいは先輩が後輩を「可愛がって」いるものか、それとも文字通りおもちゃにしてイジっているのかよく判らない。

鋼太郎はビールを飲み、マグロの赤身とハマチの刺身を摘まみながら、彼らを観察するような形になってしまった。なんせ彼らがやかましすぎて、店内のテレビの音がまるで聞こえないのだ。

「まあまあ飲めって！」

中年は若い男にビールのグラスを押しつけたが、若い男は「いやいや勘弁してください」と拒絶した。

「なんだよ、飲めよクズ」

「だけどハセベ先生、その中に醤油とラー油をどっさり入れたじゃないですか……」

「いいじゃないか。旨味が増して」

ホラ飲めクズ、と迫られた若い男は、それ以上断れず、意を決した様子で口をつけた……が、次の瞬間、「うえ～っ」と声を上げて、全部を床に吐き出してしまった。

「あ、汚ねえ。この低脳バカ野郎」

ハセベ先生と呼ばれた中年が、若い男の顔をビンタした。

「掃除しろ、この馬鹿」

若い男はよろよろと立ち上がって店主にぺこぺこと頭を下げ、モップを借りている。

その間に、中年男三人は、若い男の席にある食べかけのカツ丼に七味を山ほどかけて真っ赤にし、タクワンにはラー油をたっぷりかけている。

こいつら、中年だけど、やっていることはガキだ。出来の悪い中学生レベルだ。しかも、そういうクソのような悪戯をしながら、クスクスと嬉しそうに笑っている。どう見ても根性がひん曲がっている。頭がどうしようもなく悪いのか、それとも性格が最悪なのか……。

モップを借りて振り返った若い男は、真っ赤になったカツ丼とタクワンを見て、もの凄く悲しそうな顔になった。

「食えよ、クソ西田。いいか、残すなよ？　食べ物を粗末にするとバチが当たるぞ！」

そう言ったのはハセべと呼ばれた男か。それを他の二人が「粗末にしてるのはどっちだ」とチャチャを入れた。

「……食べますよ」

西田と呼ばれた若い男は覚悟を決めて真っ赤なカツ丼を掻き込み始めたが、すぐに激しくむせてしまった。

「なにやってんだよ！　ほら、さっさと食え」

ハセべは若い男の頭にテーブルのソースをぷちゅうとかけた。

それを見た中年三人は、「ぷちゅうだって！」と腹を抱えて大笑いしている。

気分が悪くなってきた鋼太郎は、気がつくと立ち上がっていた。

「あんたがた、ちょっと度が過ぎてやしないかね？」

「はぁ？」

ハセべと呼ばれたガタイのいい中年男は、キョトンとして鋼太郎を見た。

「アンタには関係ねえだろうが？」

ハセベの隣の男が慌てて割って入ろうとした。ちょっとハセベ先生、などと小声でたしなめている。

「どうもすみません。騒いで声が大きかったのは謝ります」

ハセベの隣の男が鋼太郎に頭を下げたが、ハセベは逆に食ってかかった。

「謝ることはないだろう。ここは高級レストランじゃないんだ。酒が入ってちょっと声が大きくなったくらいでいちいち文句をつけてくる、アンタのほうがどうかしてる」

「多少のコトならお互い様だからおれも我慢するけど、アンタらがやってるそれは何だ？　オトナのすることじゃねえって判らないのか？」

鋼太郎の側も、一歩も退くつもりはない。

ハセベは目力が強くて、睨まれるとヤクザのような迫力があったが、鋼太郎も怯むことなく、逆に腕を組んで睨み返した。

「なんだアンタ……この辺の地回りか？」

ハセベは急に弱気になったのか、目を泳がせている。

「いいや。整体治療院の整体師だ。なんならアンタの関節、外してやろうか？」

ハセベと反対側に座っていた男が立ち上がると「お勘定お願いします」と店のオヤ

ジに声をかけた。

このグループのテーブルには、餃子や肉野菜炒め、炒飯や焼きそばを食い散らかした皿と、瓶ビールが三本、あった。

「えーとビールが三本……」

とオヤジが電卓を打ち始めると、ハセべは「これで足りるだろ！」と千円札を三枚テーブルに投げつけると、若い男を残して店から逃げ出すように出ていった。

「あんた、大変だな……あれは会社の上司かなんかか？」

鋼太郎が若い男に声をかけると……西田と呼ばれていた若い男は、泣いていた。

「見たところ相当なブラック企業だな。労働基準監督署に駆け込んだほうがいいぞ」

若い男は箸を置くと、「失礼します」と鋼太郎に頭を下げ、ハンカチでソースまみれになった髪の毛を拭きながら、自分も店を出て行ってしまった。

「なんだ……あれは」

自分が見たモノが信じられないまま、鋼太郎は自分の席に戻った。テーブルにはブリテリ定食とクリームコロッケが置かれている。すっかり冷めてしまったそれを食べながら、鋼太郎は突然、「あ！」と叫んだ。

「ハセべと西田！」

おれとしたことが、どうしてすぐ判らなかったんだ、と彼は自分をばかばかバカ野郎と叱り、頭を抱えた。

が、そこで思いついた事があった。

「オヤジ、残してゴメンな！　また来るから！」

鋼太郎も、食べかけの定食を残して、店を出た。


鋼太郎はその足で、近所にある本町二丁目町内会長の家に出向いた。

「こんな夜分に突然お伺いして、失礼の段はどうかお許しください」

鋼太郎は座敷で頭を下げて手をついた。手土産は、そろそろ店を閉めようとしていた和菓子屋で調達した、売れ残りの海苔巻だ。

「まあまあそういうのはいいから」

ひたすら下手に出られて悪い気はしない町内会長は御年八十二。町有数の長老だ。八十を過ぎた老人は多数いるが、カクシャクとして言語明瞭なのはこの町内会長・巴さんだけだ。つい最近までソロバン塾をやっていたせいか、ボケにも無縁だ。

「アンタから訪ねてくるなんて珍しいね。明日は大雨でも降るのかな？　ちょっといくかい？　バアさんや、一本つけてくれ」

「いえいえ会長、お気遣いなく」

そう言いつつ、鋼太郎は売れ残りの海苔巻をうやうやしく差し出した。

安いものでも、こういう気配りが年配者には効く。巴会長の顔は綻んだ。

「で、なんなの？　アンタがこういう事をするってのは、何かあるんだろ」

「これは会長。さすがに鋭い！」

鋼太郎は幇間のように自分の額をペタッと叩いた。

「会長を見込んで、ちょいとお願いというか、ご提案がありまして」

「なんなりと。おいバアさんや。巻き寿司を戴いたから、お酒じゃなくてお茶にしてくれ」

「もうつけちゃったから、お寿司をアテにして飲んどくれ」

お勝手からダミ声の返事が飛んできた。

「まったくトシ取ってもああなんだから……で、頼み事ってのは？」

「お願いの筋は、ほかでもありません。つまり……日本の次の時代を担う子どもたちは大切な宝であります！」

鋼太郎はいきなり大きく出た。

「少子化が進む今、子どもはますます大切な存在であります」

「そりゃそうだ」

巴老人は頷いた。

「で？」

「えーと」

あっさり同意されて調子が狂い、鋼太郎は絶句した。本来ならばここから延々説得にかかり、最後には見事論破する展開を予定していたのだ。

「まあその……早い話が、今、小学校の教育現場はどうなってるか、単純に知りたくないですか？　我々の頃の小学校とずいぶん様変わりしてるでしょうねえ。我々の時は教室にテレビなんかなかったから、アポロの月着陸とかは視聴覚教室に集まって観たもんですが」

「わしの頃は戦争が終わったばかりで、ラジオがあるかないかだったなあ。この辺は空襲で焼けてしまってね」

御年八十二歳とアラ還のジェネレーション・ギャップは大きい。

「今は小学生もパソコンを操作したり、英語を習ったりする時代です。その学校で、今、何が起きているか」

「ＮＨＫスペシャルか？」

「いえいえ、会長は興味ありませんか？　お孫さんはどんな給食を食べているか、とか」

「ひ孫だな。孫はもうオッサンだ」

老人は妙に細かい。

「そこでですね、私は、町内会として、小学校と手を取り合って、地元の子どもたちの環境をぜひよくしたいと、そのご提案をするためにやって参りました」

「たとえば？」

巴会長の顔が険しくなった。予算的なことが頭を掠めたのかもしれない。

「登下校の交通安全は、既にやってますよね。地域の見守りも。それに加えて、たとえば子ども食堂を始める、などの活動はいかがでしょうか？」

「この辺で、親が貧乏で子どもにメシを食わせないって話は聞かないがね」

以前は商店街があってお店が並んでいたが、今はもうシャッター商店街と化し、店舗は普通の住宅に建て替わったり、数戸まとめてアパートやマンションになったりしている。そういう集合住宅の住人は町内会に入らないし、部屋に閉じこもられてしまえば、どんな人がどんな暮らしをしているのかも皆目判らない。

「そういやこの前、そこの区営住宅で独居老人が殆どミイラになって見つかったな。

可哀想に。戸建ての家でも、ちょっと前に、田崎さんの顔が見えないと思ったら、お彼岸のぼた餅を喉に詰まらせて死んでたってことがあったし……子どもも大事だが老人のことも」

「むろん、老人のことは大切です。明日は我が身って切実さもあると思います」

「だろ?」

巴会長の目が光った。

「ウチだってわしとバアさんが共倒れになる危険がある。この辺は老人が多いからね、町内会でも老人ばかりだから、そういう話にはみんな食いついてくるが……」

「しかし……我々の年金を払ってるのは、今の若い世代ですぞ!」

「ナニを言うか。我々だってえんえんと払い続けてきたじゃないか」

「ええと、年金じゃなくて健康保険かも」

鋼太郎も段々自信がなくなってきた。いやいや、老人の頭数の方が多いんだから、人口としては少ない若い世代が、人口の多い老人世代を支える構造になっているのだ。それは間違いないと思うが、鋼太郎には上手く説明出来ない。

巴会長の老妻がヨタヨタと、お盆に載せたトックリとぐい飲みを運んで来た。

「お前も飲みなさい」

巴会長がそう声をかけると、老妻は「へっ」と言って出ていった。

「なんだアイツは。愛想のない。まま、飲みなさい」

熱燗を注がれて、一口飲んだ。なかなかいい酒で、お腹に熱いモノが広がっていく。

「バアさんや。なんかアテはないのか？」

お寿司があるんだろ、とお勝手から声が飛んできた。

「なんだい、いや、済まんね。女房も古くなると扱いづらくてね」

巴会長は苦笑したが、なんだか家の中の微妙な力関係が垣間見えた。

「とにかくね、この町だって、昔とは違っているんです。町工場も八百屋も魚屋も豆腐屋も、みんななくなった。アパートやマンションばかりが増えて、引っ越してきたかな、と思うとすぐ出ていっちゃうような町になってきたんだから、私たち町内会としても、考えなくちゃいけません。なんとかずっと住んで貰えるように、それが無理でも、せめて、ここにいる間はみんな仲よく楽しく暮らせるように」

「うん。それは判る」

巴会長は杯を重ねて顔が紅潮してきた。ツマミが少ないので尚更酔いが早く回る。

「でもね、いきなりナニナニをアレすべきだ、とか言えないでしょう？　だから、まず、今の小学校を見学したいんです。だけど、私みたいな、その辺のオッサンがいきなり小学校に行っても、怪しまれるだけですよね」

「うん。そうだな」

「そこでですね、会長に教えていただきたいんですが、この本町二丁目町内会に、地元小学校に協力する活動の分科会みたいな、そういう部署ってありましたっけ？」

「ええとね、それは『青少年育成部』の範疇だろうねえ」

どっこいしょと言いながら巴町会長は立ち上がって戸棚からファイルを引っ張り出して持ってきた。その中には「本町二丁目町内会組織図」があった。

「防犯部、防災部、交通安全部とあって、この辺は判るよね？　火の用心は防犯部と防災部の合同、交通安全部はテントに座ってる役。婦人部は……盆踊りの練習とか、お祭りで焼きそば焼いたりって役目で、文化部は夏祭りの企画運営が主な仕事だな。老人部は……ここが一番強力でな、やる事が多いから『老人本部』に格上げして、その下にリクリエーション部とか見守り部とか健康増進部とかを置こうという話でな、そういう組織改革を今」

巴町会長は熱っぽく語り出した。たぶん町内会費の大半はこの分野に注ぎ込まれているのだろう。

「それは大変結構。人口の多くを高齢者が占めているんだから、老人対策は必要ですよね。でも、子どもたちのことを忘れてはいかんでしょう！　子どもをないがしろにしてこの町から子どもが去ってしまったら、小学校も統廃合の対象になって町から人がますます減って寂れるばっかりです。そもそも子どもがいない町に未来はないですよ！」

「いやいやアンタ。この町は逆に人口がどんどん増えているんだよ。交通の便はいいけど犯罪が多いとか今までは悪い評判が高かったけど、実際には治安もいいし、そんなことはないって事実が広まったんでね。むしろ子どもが多くなって保育園の待機児童も増えてるらしい」

「ほうら！」

鋼太郎はわが意を得たりという顔になった。

「だったら、尚更です！　老人対策と子ども対策。これは町内会の両輪です！」

「うん。そうだな」

巴会長はだんだん面倒くさそうな表情になってきた。

「この、青少年育成部」

鋼太郎は組織図の一点を指差した。

「この部長は誰なんです？」

「ええと……」

巴老人は今や面倒くささを露骨に見せながら、それでも老眼鏡をかけてファイルのページを指にツバをつけて捲り、「ああ」と呟いた。

「長年、青少年育成部長をやっていた朝永先生……この方は地元に生まれ育って地元に住んで、本町小学校の校長をやって退職してっていう、本町二丁目ひと筋の人生で、校長を退職以来、ずっと青少年育成部長をやって貰っていたのだけど、二年前にお亡くなりになって……それからは、余人をもって代えがたいというか、この分野に知識を持つ者がいないというか、つまり学がないというか」

ハッキリ言ってこの辺に住む老人に学歴はない。みんな義務教育か高校を終えて家業の店を手伝うか工場で働くかで、大学に進んだ者はこの町には住んでいないのだ。

「二年も空席なんですか？　ってことは、青少年育成部としては、活動していなかったということですか？」

「実質上、そうだね。新年会に本町小学校の校長か教頭を呼んで一緒に飲むとか……あとは運動会に顔を出すとか、防災訓練に校庭を使わして貰うのに挨拶に行くとか、そんな程度だね」

そうですか、と鋼太郎はニンマリとした。

「では、この私に、ぜひとも本町二丁目町内会青少年育成部長の任を与えてくださ
い！　私を青少年育成部長にしてください。不肖私に拝命させてください！」
　鋼太郎はそう言って、両手をついて頭を下げた。
「いやいや、そんなたいそうなことでは……」
　しかし、あくまで鋼太郎が大時代な作法で頼み込むので、巴老人も段々とその気に
なってきた。
「よかろう。貴殿がそこまで言うのであれば、青少年育成部長の任を貴殿に申しつけ
よう」
「有り難き幸せ！」
　鋼太郎は畳に額を擦りつけたが、がばと頭を上げて、訊いた。
「こういう人事って……町内会総会とか開いて決めるんですか？」
「いいや、そんな面倒な……今度の総会で、なんかのついでに、アンタを青少年育成
部長にしたから、いいよねって。その場には当然、アンタもいてくれないと困るんだ
けどね」
　巴会長は、適当な感じで言った。
「では、一筆書いて貰っていいですか？」

「なにを？」

「任命書です」

鋼太郎は、鞄から用意してきた半紙と筆ペンを出して、巴会長に渡した。

「本日付で、榊鋼太郎を本町二丁目町内会の青少年育成部長に任命するとかなんとか」

「それはいいが……」

巴老人は筆を執りながら言った。

「だけど、ハンコがない……町会事務所に置いてある」

「鍵を貸して貰えれば、行ってハンコついてきますよ」

そこまで言う鋼太郎を、巴はニワカに怪しんだ。

「あんた……急にどうしたんだ？　なんか町内会をよからぬコトに使おうとしてないだろうね？　借金するとか、町会の事務所を勝手に売り飛ばすとか」

「とんでもない！」

鋼太郎は手を振った。

「私、貯金がありますし、そもそも町会事務所は公園の隅に建ってるんです。公有地を勝手に売り飛ばせないでしょ？　それにあんな古いプレハブ、売ろうたって引き取り手がないですよ。中の備品だって金目の物はないんだし」

「失敬な。そこまで言うな」

　一応は怒ってみせた巴会長だが、すぐにニヤニヤした。

「まあ、アンタの言うことは間違ってはいないが……」

　そう言った巴老人は、鋼太郎をじっと見た。

「妙にコトを急いでるようだが、本心はなんだ？　なんか魂胆があるんじゃないのか？」

　実は……と言ってしまいそうになったが、鋼太郎は思い留まった。この町内会長がどんな人物なのかよく判らない。悪く言えば、本町小学校に内通していて「妙な動きがありますぜ」と鋼太郎の行動をチクるかもしれないのだ。

　見た目は善人そうだし、小学校と内通する理由などなさそうなものだが、ここは用心しておくに越したことはない。

「いや、私は千葉生まれの江戸っ子で、せっかちなのが玉に瑕ってヤツでね。思いついたら即、実行しないと気が済まないタチなんで」

　じゃあサイナラー、と落語に出てくる八つぁん、熊さんのように鋼太郎は巴老人の家を後にした。

町会事務所の鍵は借りたので、鋼太郎は堂々と事務所に行き、書いて貰ったばかりの「任命書」に町内会長印を押した。

＊

その翌日の夜、鋼太郎は学校帰りの瑞穂と待ち合わせて、再度本町小学校で起きているいじめの件について話を聞いた。

「小学校に、地元代表として見学に行くことにした。だから前もって、詳しい事を知っておきたいんだ」

瑞穂が語ったことは、先日、弟の純之介が一生懸命話した事と同じだった。しかし、高校生らしく話を整理してくれたのと、そのあと純之介にも追加で聞き足してくれた。

「弟は、本当に西田先生のことが大好きなんです。明るくて元気で大好きな西田先生が、どんどん元気がなくなって、いつも泣きそうな顔になってるのが、子ども心にも辛いって」

「子どもって、そういうところは敏感だからねえ」

客が来ない治療院の待合室（というより治療院の片隅）で、小牧ちゃんを交えて、タピオカミルクティーを飲みながら話を聞いた。

「で、クラスの悪ガキどもがハセベ先生に言われるままに、西田先生の授業の邪魔をし始めて……ええと、学級なんとかっていうんですよね？　クラスの秩序がグチャグチャになってしまうあれです」

「学級崩壊、だよね」

鋼太郎は頷いた。

「弟は、『みんな、やめようよ、こんなこと』って言いたかったし、そう思っている子たちが弟の他にもいるのは、みんなの顔に浮かんだ表情で判ったんだけど、悪ガキにいじめられるのが怖くて、黙って俯くことしかできなかったって」

「ますます許せん！」

鋼太郎は地団駄を踏んだ。

「悪ガキ……ウェイ系っていうんですか？　そのウェイ系のやつらはウラオモテが激しくて、表向きは明るくてクラスのムードメーカーなものだから、体育のハセベ先生に気に入られているんです。そいつらをうまく使って、ハセベはクラスのみんなを思い通りに動かしているんです。ゲームのラスボスみたいなものなんです」

「よし判った！　このおれが学校に乗り込む！」

ところが喜ぶと思った瑞穂は「そんな……やめてください！」と悲鳴を上げた。

「そんなことしたら、弟がいじめられます！　師匠、私、純之介ってルートがすぐにバレてしまいます！」

「そんなものかね？」

「そんなものです」

瑞穂は断言した。

「子どもでも悪党の情報収集力って凄いんです。みんな自分の悪口には敏感でしょ？」

「わかった。バレないようにやる。おれだって分別のあるオトナなんだから、学校に殴り込みをかけようっていうんじゃないんだ。いじめの話は出さないようにする。まずは自分の目で学校を見ておかないとね」

鋼太郎は、自分に信用がないことを悟って、内心ガックリした。


その明くる日。

施術の予約もないので急遽、治療院を休診にした鋼太郎は、本町小学校に見学の申し込みをした。

「町内会の担当者として、地元の小学校について、いろいろと知っておきたいと思いましてｏいえいえ、そちらにお伺いして、見学するだけです。教室には入りませんよもちろん。廊下からちょっと見せて貰ったりすれば、それでもう」

極めて愛想よく腰を低くしてお願いしたので、本町小学校の校長は気安く了解してくれた。

「で、何時いらっしゃいますか？」

「宜しければこれから」

「これからですか！　アポなしですね！」

「ですから今、アポを……」

ということで、本町小学校の見学が許された。

鋼太郎は卒業生だが、半世紀ほど昔の記憶は全く役に立たない。校舎は全面的に建て替わって、今どきの可愛いものに変身を遂げていた。

「一時、児童が減ったので、平成五年に本町第二小学校と統合したのを機に、校舎を全面改築しました……こちらが本校自慢の『多目的ホール』で、地域の方にも開放して区民オーケストラのコンサートなどもやったりしています」

鋼太郎が子供の頃は、そういうことはすべて体育館でやっていたのだが、殺風景な体育館とは別にある、木を多用した温かみのある多目的ホールはとても立派で、ちょっとしたコンサート会場のようだ。

思ったままを口にすると、案内役の初老の男性教頭は嬉しそうに微笑んだ。

「有り難うございます。本校の自慢です。本校は区のモデル小学校になっているので、いろいろ自慢出来る設備があります」

そう言われて案内されたのは、蔵書二万冊を誇る図書館、少し型落ちのものが並ぶパソコンルーム、給食を食べるランチルームに、屋上プール。

「プールが屋上にあるなんて、ホテルみたいですな。夏場は区民に開放してビアガーデンに……」

うっかり口を滑らすと、「そういうご要望もあるのですが、さすがに小学校でアルコールは」と苦笑されてしまった。そりゃそうだ。

「すべての教室と体育館には冷暖房が入っています。そして、給食は温かいものを出せるように給食室で調理して、さきほどのランチルームで食べます。味にも自信があって、これは美味しいと全国的に話題になりました」

「凄い！　ワタシの頃は給食と言えばマズメシの代名詞だったのに」

それでも鋼太郎はクジラの竜田揚げやカレーシチューは美味しいと思っていたし、実は学校給食が大好きだったのだが、マズいと言わないと貧乏人に思われそうで、付和雷同でマズいと言っていた。考えてみれば、給食のおばさんには申し訳ないことをしていたのだ。

教室は、従来のようなものと、廊下と教室が一体になった広々とした「オープン教室」があった。

従来の教室には廊下に「×年×組」と書かれたプレートが出ている。これは鋼太郎の時代から変わらない「学校風景」だ。廊下から覗くと、教壇に先生が立って、算数を教えていたり国語を教えていたりと、昔ながらの教室風景がそこにはあった。子どもたちは元気に手を挙げているし、先生に指されて答えられない生徒に隣の生徒が答えを教えて助太刀をしたりと、懐かしい光景があった。

「トシのせいか、涙腺が緩くなってしまってねえ」

懐かしさと子どもたちの可愛さに目頭を押さえる鋼太郎に、教頭はにこやかに接した。わが意を得たりという思いなのだろう。

「素晴らしいですね。実に素晴らしい小学校です。ワタシの時代とはまったく違う」

「それは有り難うございます。我々の苦労も報われます。地元の方にそう評価されるのは本当に喜ばしい限りです」

日頃から気苦労が多いらしい初老の教頭は笑顔を見せた。

そのまま廊下を歩くうちに、やがて四年生の教室が並ぶところにたどりついた。

一組を覗くと、先生が花の写真を見せて名称を言わせている。理科の授業か。

二組は、生徒が立って教科書を朗読しているが、読めなくて詰まっているのを先生が「その漢字はまだ習ってないよね」とフォローしている。

そして、三組。だが、この教室だけは様相が違った。

見るからに元気がなく、顔色の悪い若い教師が前に立って算数を教えている。西田先生だ。しかし生徒たちはまるで耳を貸さず、教室の後ろでプロレスをやったり紙飛行機を飛ばしたりスマホでゲームをやったりLINEを打ったり、近くの子とお喋りしたり、寝たり、お菓子を食べたり……。ひどいありさまになっている。教頭は慌てた。

「あ、ここは見ないでください。先へ参りましょう。当校自慢の音楽室を是非、御覧になってください。隣町が出身の世界的指揮者の方が、ご自身のレコード・コレクションを寄付してくださって……いまどきの若い先生はLPを知らないんですな。聴き方が判らないというので、我々ロートルが教えたりして……」

いきなり饒舌になった教頭は、立ち止まった鋼太郎の背中を押した。

「ささ、こちらへ」

教壇に立っているのはやはり、昨夜、定食屋でさんざんやられていた若い男……西田だった。そして、教室の中で一人ポツンと前を向いているのは、純之介だった。廊下に立っている鋼太郎を見ると、純之介は険しい視線を向けてきた。

「教頭先生……このクラスは……」

「いや、あの、大したことではないんです。たまたまです」

何か言おうとした教頭だが、やがて説明を諦めたのか、鋼太郎の背中を強く押した。

「さ、行きましょう！」

そこでチャイムが鳴り、生徒たちは一斉に立ち上がって、ますます混乱の度がひどくなった。

「給食の時間です。あの、宜しければ当校自慢の給食を食べていきませんか？」

教頭に誘われたが丁重に辞退した鋼太郎は、ここで本町小学校から帰ることにした。これで充分だ。純之介の言っていることは本当だった……。

「あの、すみません」

突然、声をかけられた。誰かが後ろから走ってきたのだ。

鋼太郎が振り返ると、若い女性が立っていた。知性的な、なかなかの美女だ。

「私、ここで教えている村田涼子（むらたりょうこ）といいます。さきほど、四年三組のことで教頭先生とお話しされていたようですが……」

「はい。私、地元の町内会の者で、榊鋼太郎と申します。ちょっと見学させていただいて」

鋼太郎は彼女の美貌(びぼう)に見惚(みと)れつつ名乗った。

「あの、今はあまり時間がなくて……すぐ給食に戻らなければいけないので。困ったことになっているんです。四年三組の状態が、深刻です」

鋼太郎は咄嗟にどういう態度を取ればいいか迷った。全く知らない風を装うべきか、それとも、ある程度は知っていて、問題意識を持っている態度を見せるべきか。

この先生は、わざわざ自分を追ってきてくれたのだ。鋼太郎は肚(はら)を決めた。

「三組の件は、いろいろ聞いています」

「そうですか……なら話は早いです。ウチの学校には、西田先生をいじめる先生方がいて、そのいじめが目に余るんです。ですが、みなさんベテランですし、うっかり庇(かば)うと自分たちにも火の粉(こ)が飛んできそうなので、みんな黙ってるんです」

「それって、いじめを止められない子どもと同じですね」

「お恥ずかしいです。いじめをしてはいけないと、教えている側なのに……」

村田涼子先生は唇を噛んだ。

「じゃれ合っているふりをして殴ったり蹴ったりはもちろん、激辛カレーを無理やり食べさせたり、鞄に水を注ぎ込んだり、西田先生がせっかく作った教材のプリントに醤油を垂らしたり、先生の新車のシートにソースをこぼしたり、放課後、仕事が残っているのに無理矢理自宅まで送らせたり、飲み会で強い酒を一気飲みさせたり……」

鋼太郎も実際に、その現場を目撃してしまったとは言えなかった。

「そうですか。そのお話、もっと詳しく伺わせていただけませんか？」

「そうしたいんですけど、今はちょっと時間が……」

腕時計を見て「それじゃ、すみません！」と言い残して教室に向かおうとする彼女に、鋼太郎は自分の名刺を押しつけるようにして渡した。

「なんとかしようと思っています。先生にもそのおつもりがあるなら、ご連絡ください」

彼は先生の後ろ姿にそう声をかけた。

「そいつはまずいな」

居酒屋「クスノキ」で、大将の太一は首を傾げた。

治療院では喧嘩別れをしたが、幼なじみで、お互いの性格も判っているので、逢えばすぐ元に戻る。

「まずいって、何がよ」

カウンターで鋼太郎は熱燗を飲みながら聞いた。

「いいか、誰が敵で誰が味方か判らんぞ」

太一はカウンター越しに顔を近づけてきて、小声で言った。

「早いハナシが、まず町内会長だ。あの巴のじいさんは、ソロバン塾時代から本町小学校とベッタリだった。昔は、暗算のスピードを上げるのはソロバンを習うことだって言われて、巴のソロバン塾は教室を三つくらい持って、それは繁盛(はんじょう)してたんだ」

「それは覚えてる。おれは習わなかったけどな」

「だから、昔からあの爺さんは本町小学校と繋がりがある。ってことは……、あんたの不自然な動きは小学校に筒抜けかもしれない」

しかし、仮に自分の行動の真意が事前に学校側に伝わっていたとしたら、西田先生のクラスの前を通るのは避けたはずではないか？　学校の内部にも、これはまずい、外部に知らせてなんとかしよう、という動きがあるのではないか？

教頭は、もしかしたら味方になってくれるかもと思った鋼太郎に、わざと問題のクラスの様子を見せたのではないか？

これサービスと、太一はちくわの磯辺揚げの皿を差し出しながら、言った。

「夜遅くわざわざ巴のじいさん宅に押しかけて、役職につけろ、今すぐ任命しろ、一筆書けって、如何にも不自然だと、あんた自分で思わないか？」

「美味い」

鋼太郎はちくわの磯辺揚げを一口食べて、褒めた。

「話を聞けよ。小学校とは昔から繋がりのある巴のじいさんが今の校長に電話を入れていてもおかしくない。妙なヤツが見学に行っていろいろ嗅ぎ回るだろうから気をつけろ、とかな」

そう言われれば、教頭は自分を警戒していたフシはあるといえば、あったような気もする。

「だけど、部外者の見学だし、どんなやつか判らないんだから、一応、慎重な態度にはなるんじゃねえのか？」

「それに、後からお前を追いかけてきたっていう若い女の先生。それも臭いぞ」

「そうかなあ？」

鋼太郎は首を傾げつつ、餅にベーコンを巻いた串焼きを一口かじり、またしても「美味い！」と叫んだ。

「お前、真剣か？」

「美味いモノは美味い。美味けりゃ褒めろって言ってたくせに」

「こっちの話を聞いてないからだよ」

「聞いてるさ。しかし、あの女の先生は、教頭の指金でこっちを探ったり、罠に掛けたりするような感じではなかったけどな」

「鋼太郎は甘いね」

　太一は鼻で笑った。

「そうかそうか。楠木太一先生は世間の荒波をくぐり、陰謀渦巻く現代社会を生き抜いてきましたってか？　ジェイムズ・ボンドかよ？　イッチョマエなことを言うけど、お前、生まれ育ったこの場所から一度も出た事ねえじゃないか！」

「いいや、板前修業で」

「錦糸町の親戚の小料理屋に十年くらいいただけだろ！　しかも通いで」

「あんただって実家を改造して治療院を作って、どこにも行ってねえじゃないか！」

「そんなことはない。学校は行ったし整体の修業もした」

「それは北千住の整体院だろ。お前だって通いだったじゃねえか」

　鋼太郎と太一は同じような境遇をお互いに突っ込み合い、双方うんざりしてしまった。

「今日はもう帰るわ。お前とやり合って酔いが覚めちまった」

「二軒目のスナックとかに行って散財するなよ！」

「ドリフのチョーさんかお前は。次は宿題しろよって言うのか？」

勘定を済ませた鋼太郎が、店から五分ほど歩いた自宅兼治療院に帰ってくると……

灯りが消えた治療院の前に佇む、二つの人影が目に入った。

「何か御用ですか？」

声をかけると、それは、今日、本町小学校で会った若い美貌の女性教師と、純之介の担任・西田先生だった。

「どうしました？」

「榊さんですよね？　昼間お目にかかった……」

女性教師が話しかけてきた。

「ご不在だったので、帰ろうかと思っていたところでした……」

「それは大変失礼を。患者も来ないので閉めて、ちょっと夕食がてら飲んでました。さあさあ中にどうぞ」

鋼太郎は治療院ではなく自宅の扉を開けて二人を迎え入れ、リビングに案内した。

畳の部屋に絨毯を敷き、L字型の古びたソファにコタツという和洋折衷。コタツに入ってソファに凭れて、気がついたら朝になっていたということも多い。

「コーヒーでも淹れましょう」

エアコンの暖房をつけながら、鋼太郎はこういう時、一人暮らしは面倒だとしみじみ思った。

「あの、実は私たち……」

リビングに隣接するキッチンに立つ鋼太郎に、美貌の女性教師が声をかけた。

「私たち、婚約してまして」

鋼太郎はびっくりしたが、あからさまに驚くのは失敬だ。

「そうですか……それはおめでとうございます」

オトナの余裕を醸し出すべく、ゆっくりとコーヒーセットを出し、コーヒーメーカーで淹れたコーヒーを注いだ。

「職場で知り合ったんです。僕が本町小学校に赴任した去年、出会ってすぐに」

「それはなかなか劇的なことで」

「彼女の方が一昨年から、僕よりも先に本町小学校に勤務していたんですが……どう言っていいのか、彼女に一方的に好意を持つ人物が」

「ハセベですか？」

「そ、そ、それをどうして？」

若い先生二人は、鋼太郎の口から出た名前に驚いた。

「私だけじゃない。悪いけど、子どもたちはみんな知ってますよ。だいたいのことはね。いや、私もその一端は見ましたからね。町中でまであういう露骨ないじめをやってると、いずれ地元の父兄の知るところになりますよ。子どもたちは、ハセベが村田さんに横恋慕してるかどうかは知らないにしても、西田先生へのいじめの首謀者であることは知ってます」

そうですか……と西田は頭を抱えた。

「僕がしっかりしないから……」

その姿を見て、鋼太郎も「男のくせに不甲斐ない」とついつい思ってしまった。オトナなんだから、理不尽ないじめをどうして跳ね返せないのか？

それが表情に出たのかもしれない。彼の婚約者・涼子が険しい表情で言った。

「榊さんがどう考えておられるかは判ります。いじめはいじめられる側にも問題があるって。いじめられている西田先生が毅然としていないから駄目なんだって。今、そう思われたでしょう？」

「いや、それは……」

　まさかその通りだとも言えない。

「でも、それは間違いです。会社のいじめでも教員のいじめでも、上下関係とかキャリアの差を盾に取られると、どうしようもないんです。拒否できませんし、いじめる側もタチが悪いんです。冗談めかしてやられると、洒落の判らないヤツとか言われたりするんです」

「そうなんです。ハセベ先生たちも冗談のつもりとか親しみの表現のつもりで、ちょっとじゃれ合いの度が過ぎた程度だと思っているのかもしれませんが……」

　そう言う西田先生の言葉を、村田先生が遮った。

「絶対に違います。ハセベ先生はファックスのロール紙の芯で思いっきりお尻を叩くとか、熱いヤカンを顔に押しつけてヤケドさせるとか、職員会議で信じられないほど汚い言葉で罵倒するとか、じゃれ合いをはるかに超えた、立派な暴力行為を何度も実行しているんです」

　見れば西田先生の頬にはうっすらとヤケドの痕のようなものもある。

　たしかに、鋼太郎が定食屋で目撃した光景も、親しい先輩後輩間の「イジリ」の範囲をはるかに超える暴力行為だった。

「あの……私はこういう個人経営の店をやってるんで、組織の中の人間関係ってヤツがよく判らんのですが……職員会議でもそんな……パワハラですよね？　そういうことがあるのなら、校長とか教頭の知るところになって、ハセべとかは注意されたりしないものなんですか？」

「駄目なんです。ハセべ先生と、その仲間の先生方は、なぜか全然、異動がないんです。ここ十年くらい、ずっと本町小学校にいるんです。だから、ヌシみたいな感じで、この地域にも学校のことにも精通していて」

「おっと」

　地域、という言葉が出たのに鋼太郎は反応した。

「地域っていうと、町内会とかにも？」

「だと思います。校長も教頭も数年で異動しますから、何も判っていないんです。古参の教師がいて、地元と密着した関係を築いていれば、実質的に権力はそれ以上になってしまうんです」

「じゃあ……私の動きもハセべには筒抜けかも」

　鋼太郎は町内会の青少年育成部長に、かなり強引に就任したいきさつを話した。

「巴さんか……」

西田先生と村田涼子先生は顔を見合わせて思案顔になった。

「前の町内会長の時は、地域の行事の打ち合わせそのほかで、校長も教頭もずいぶんベッタリだった、という話は聞いてますが、今の会長さんのことは……よく判らないです」

なんだかグレーな返事が返ってきた。しかし、この方面も充分気をつけておかねばならない。

鋼太郎は、思った以上に重大な問題に巻き込まれた緊張感で、胃のあたりが重くなった。相手にするのは「学校」であり、町内会もグルかもしれないのだ。学校での権力をほしいままにしているというハセベのバックにも、誰がついているのか判らない不安がある。

対抗するには細かな材料を集めて対策を練らなければならない。

「ハセベという人物について、いろいろ知りたいのですが」

「長谷部先生は、中高学年の男子体育担当の先生です。小学校でも四年生になると体格も大きくなって運動量も増えるので、体育は専門の先生が受け持つことになっています」

村田涼子先生が説明した。

「そして長谷部先生はさっきも言ったように、本校の最古参（さいこさん）です。チラッと聞いたところでは、要介護の親と地元の家で同居しているので長時間の通勤はしたくないと、区の教育委員会に強く要望して、それが通ってしまっているそうです。それに、先代の校長が、長谷部先生をとても可愛がっていたそうです。地元との連携を高く評価して、『本校に欠くべからざる人材』とやっぱり区の教育委員会に上申したとか」

「まあ、僕が言うのもアレなんですけど、教育熱心で、学校の風紀担当で、ただ叱るだけでなく生徒や親の相談にも乗ったりして、ウケがいいのも事実です」

「だけど、四十過ぎてるのに長谷部先生は独身なんです。私、好かれてしまったみたいで」

「要するに色目（いろめ）を使ってくるんですか？」

　鋼太郎の問いに、涼子先生はハイと頷いた。

「西田先生がここに赴任してくるまでは、長谷部先生も、まあ普通でした。『ほのかな恋心』みたいな感じで、なにくれとなく親切にしてくれていたんです。尊敬できる先輩だったんですが」

「西田先生が来て、お二人が惹（ひ）かれあっていくのを見て、長谷部の横恋慕がはじまったんですね？」

「そういうことに……なるんでしょうね」

西田先生は力なく言った。

「なるほど。横恋慕をこじらせてしまったわけだ。体育の先生なのに、なんだかなあ……。スポーツマンらしく潔く、片思いを断ち切るってわけにはいかないもんですかねえ」

二人は顔を見合わせ、西田先生が言った。

「長谷部先生がちょっと異常なのは、僕に対する嫌がらせだけではないんです。彼女にまで攻撃的な行動が始まってしまって。例えば、休みの日に彼女のアパートにいきなり訪ねてきて、先輩教師としてのアドバイスをしたいと称して上がり込んだり……」

「先輩がわざわざ見えたので、帰ってもらうわけにもいかず、仕方なく招き入れました。最初は教師の心構えとか生徒への対応とか、それなりに有意義なアドバイスをしていたんですけど、だんだん態度が大きくなってきて、これから飲みに行こうとか映画にでも行きませんかとか誘ってきたり、部屋の中をあれこれ物色するように見たり……衣類とか、本棚にあるアイドル本とかCDとか……私、キンプリが好きなので……へ～村田先生、こんなガキが好きなんだ、とかバカにするように言ったりして」

「彼女がトイレから必死に僕に電話してきて、僕が急いで部屋に行くと、ハセベ先生の顔色が変わりました。そういうことなのか、と捨てゼリフを吐いて、その日はなんとか帰って貰ったんですが」

西田先生が学校で、長谷部からあからさまに嫌がらせをされるようになったのは、その翌日からだったそうだ。

「長谷部先生には、子分みたいに付き従っている同じ体育教師が二人いて……西条先生と大宮先生なんですが、それに、六年の担任の大屋先生も……」

そう言った西田先生の言葉に、村田先生が反応した。

「大屋先生は一筋縄ではいかない卑怯者なんです。まだ体育の先生の方が単純明快なんですが、大屋先生はのら～りくらりと中立を装ったり長谷部先生の側に付いたり、その都度、トクになる側に付くんですよ！」

村田涼子先生の言葉には、憎しみがこもっている。

「それとね、校長にも問題があって。今の校長は、長谷部先生が好きなんです」

「ええとそれは、今流行の『おっさんずラブ』的な？」

「いえ。今の岩槻加奈子校長は女性です。彼女も独身です。いわゆる古参のお局様が教頭になり校長に昇格した、そういうキャリアの人です。ハッキリ言って、性格の良い人ではありません。私もずいぶんいびられました。それも私だけじゃなくて」

　特に若手の女性教師を目の敵にしていじめるのだという。

「なにかというと『私たちが若い頃はもっと大変だった』が口癖なんです。前任の校長に取り入るのが上手くて、それで教頭から校長になったんです。今の校長は、学校の陰の権力者である長谷部先生たちをずっと依怙贔屓しています。それで学校運営を、表向き安定させているだけなんです」

　そして村田涼子先生は憎しみを込めて言い切った。

「その岩槻校長が、長谷部先生のことを好きなんです」

「あー」

　鋼太郎は両手を挙げてギブアップした。

「ええと、長谷部は村田先生が好きで、子分を動員して村田先生の婚約者である西田先生をいじめている。そして現在の女校長は、その長谷部が好き、と。どっちも独身ならば、長谷部と校長がくっつけばいいのにねえ……」

「無理です。長谷部は岩槻校長を持ち上げて、いいように利用しているだけなんです。だって、もう六十手前なんですよ？　外見も……ちょっと残念な感じで」

　要するにブスでババアだと言いたいのだろう。

「そういうことなので、岩槻校長は長谷部先生の言動を黙認していて、注意も何もしません。ほかの先生方もそういう力関係を判っているので、黙って下を向いています。見て見ぬフリです」

西田先生も苦渋の表情を浮かべて訴えた。

「……それにも増して、本当に困った事に、長谷部先生が性的な嫌がらせまで始めてしまったんです。僕に、彼女のヌードを撮って送れとか、下着を盗み出して渡せとか、それを実行すればいじめを止めてやるとか」

「まさか！　それじゃモロに、頭が悪いエロ中学生の言い草じゃないですか！」

鋼太郎は呆れ返った。

「仮に、仮にですよ。本当に仮に、僕が彼女のヌードを盗み撮りして送ったり、下着を渡したりしたら、絶対に要求はエスカレートしてくるんです。それはもう目に見えてます」

「そうだね。それは火を見るより明らかだね」

それを聞いた涼子先生の顔は怒りで赤くなった。

「ねえ。冗談でもそんなこと言わないでくれる？」

「いや、だから、仮にでもって」

「仮にでも、そんなことしたらブッコロス！」

清楚な雰囲気に似合わぬ迫力で涼子先生は言い切ったあと、気弱げに付け加えた。

「……でも、西田先生は、そういう頼みを断ってから、余計にひどいいじめを受けるようになったんです。ねえ、飲み会で無理矢理飲まされて、救急車で運ばれたこともあったんでしょう？」

「うん……それに、ラーメン屋でコップ一杯のお酢を飲めとか、ラー油を飲めとか」

「そんなことしたら死んでしまうぞ！」

鋼太郎は、あまりにコドモじみたいじめの数々に呆れ果てるしかない。

「実は……本町小学校のある生徒から、西田先生がひどい目に遭ってるからなんとかしてくれと頼まれたんです。とは言っても、保護者でもないただの地元のジジイではどうしようもない。だから、急遽、町内会の役員になって……」

有り難うございます、とふたりの教師は鋼太郎に深々と頭を下げた。

「しかし……どうすればいいでしょうねえ？」

鋼太郎は二人を見て首を傾げた。

「私が入り込んだことで、長谷部たちの動きに少し影響が出るかもしれないし……水戸黄門(みとこうもん)じゃないけれど、『様子を見ましょう』という」

「駄目です。様子なんか見てるうちに、西田先生は殺されてしまいます。もしくは参ってしまって自ら命を……」

涼子先生は必死な面持ちで、西田先生を見た。

「いや、ちょっと待ってください。いくら長谷部がお宅の学校の最古参で、教師としても評判がよくて校長を色仕掛けで取り込んでいるにしてもですよ、学校のうち外かまわず若手の先生にあからさまな迫害を加えていて問題にならないんですか？　職員会議の席でも暴言を吐いて西田先生をいじめてるんでしょう？」

「……校長は、役立たずです」

西田先生が吐き棄てた。

「今の空気は、前任の校長が作ったもので、今の岩槻校長は、さっき村田先生が言ったとおり、前任の校長の時には教頭だったんです。だから、前の校長が作った雰囲気をそのままにしてしまっています。自分では何も変えられないんです。というより、あと数年で定年だから、波風を立てたくないんです。それは教頭も、学年主任も同じです。問題のある学校にいるだけで昇進に響くので、トラブルはなかったことにしてしまうんです」

「教頭は、普通の感覚の持ち主に見えたんですけど」

「駄目です。声が大きい教師の顔色を窺うばかりです。『学内融和』が口癖です」

小学校の中を案内して貰った教頭先生も、定年が近い年配だった。全員が事なかれ主義に陥っているということか。

「つまり、学校内の自浄作用には期待出来ないって事ですか？　ならば、教育委員会とかに直訴するのは？」

「それも駄目です。前任の校長が、区の教育委員会のナンバー2に収まってるんです。教育委員会の長は教育長ですが、区役所の部長とかを歴任した人がなるので、学校の現場については全くの素人です。だからこそ、現場経験者が『教育長職務代理者』になって実務を担当するんですが、そのナンバー2である前校長が」

「なるほど。その教育長職務代理者に、前任の校長がなってるから、訴えても握り潰されてしまうと。……じゃあ、いっそ警察沙汰にするのは？　西田先生が受けているのは、立派な暴力じゃないですか？」

鋼太郎がそう言うと、二人は尻込みした。

「それは……さすがにそこまでは。僕たち、やっと正規の教員になれたんです。東京都は教員が不足しているとはいえ、辞めたくないんです……結婚も控えているし……」

「デモデモダッテちゃんですか……」

鋼太郎はさすがに苛ついた。

「でもセンセイ」

西田先生にセンセイと言われるのはこそばゆい。

「センセイだって組織に入っていないようで入ってるんじゃないですか？　こういう整体のお仕事だって、業界団体があったり師匠がいたり、そういう繋がりがあるわけでしょう？」

「まあね」

「だったら……僕たちは、長谷部先生たちには腹立たしい気持ちはありますが、なんとか穏便にいじめをやめて貰って、普通の教員としての仕事が出来るようになれば、それでいいんです。今までのことは水に流してもいい。そう思っています」

「たとえば来年の異動で向こうがどこかに移るとか、私たちが異動するのでもいいんです。でも、異動が発令されるとしても、それはまだ先のことです。それに、もしかすると長谷部先生たちが西田先生をサンドバッグみたいに思って、いじめる相手を逃がしたくなくて異動させてくれないかもしれません。そうなると、この地獄はまた一年、続くわけです」

涼子先生はこれ以上ないような真剣な目で、鋼太郎を訴えるように見た。

「榊センセイ。なんとか、力を貸してください！」

鋼太郎は腕組みをした。

「買いかぶられても困るんだが……いささか私の手には余りそうだ。あなた方も、この辺に物好きにも他人のあれこれに首を突っ込む、酔狂なオヤジがいると聞いてきただけなんでしょう？」

ええまあ、と二人は決まり悪そうな笑みを浮かべた。

「確かに私は、筋が通らないことは大嫌いだし、正義は必ず勝つと信じてもいる。だけどねえ、私はただの、しがない整体師ですよ。やれることには限界がある」

「だけどセンセイは、電車での痴漢集団を壊滅に追い込んだんでしょう？」

涼子先生は縋（すが）るような目で言った。

アンタそれを誰に訊いた？　と問い返したくなったが、ホメられて悪い気はしない。

「ちょっと時間をください。とにかく情報を集めなければ」

とりあえず今は、なんとかして敵の情報を仕入れて、弱点を掴まなければならない。

「私に、考えが、なくもない」

鋼太郎は、何の根拠もなく、そう言った。

二人が帰った後、一計を案じた鋼太郎は、息子の浩次郎に電話をした。

「オヤジ？　最近急に電話くれるようになったね」

確かに以前はほとんど電話もしなかったし、同居していたときすらロクに会話はなかった。

「ああ。この前は助かった。それで……」

「またかよ。今度は何なの？」

息子の浩次郎は早くも逃げ腰だ。

「おれ、忙しいんだけど」

「まあそう言うな。実はお前のネット情報収集力に期待してだな」

鋼太郎は、事情を説明し、長谷部たちの情報を集めてくれ、と頼んだ。

「どんな情報でもいいんだ。どんなサマツな、くだらないことでも」

ツンデレの傾向がある浩次郎は「時間があったらね。アテにしないどいてくれる」と、やる気のない返事をしておきながら、鋼太郎が台所で洗い物をしてリビングに戻ってくると、早くもスマホにメールが届いていた。

『見つけた。この辺を見ると面白いかもよ』

というコメントに、リンクが幾つか貼ってあった。

それらをクリックしてみると、非常に興味深い情報が出てきた。

おそらくいろいろ関門を設けて赤の他人には簡単に突き止められないようなネット上の掲示板で、長谷部たちはどす黒いやり取りを重ねていたのだ。

一つは、長谷部の親族や関係者たちが集う場所へのリンクだ。どうやら長谷部家は代々この町の有力者で、以前はかなりの土地持ちで、大地主として羽振りがよかったらしい。その後、土地を切り売りして、当代の当主である長谷部は教師になった。地元から異動しないのは、おそらくは区の上層部にそれなりの人脈があり、暗黙の特別待遇を得ているのではないだろうか。その線で、区議会議員や区役所の幹部、区の商工会議所とも繋がりがある。

「やたらエラい連中に人脈があるんだな……所詮、区のレベルではあるが」

こういうヤツに対抗するには、区より上の「都」のレベルのエラい人を連れてくるか？　いや、都程度でも駄目で、国会議員レベルなら平伏するか？　いやいや、レベルが違いすぎると、逆に現実感がなくなってしまうかもしれない。たとえばおれの前に突然、ローマ教皇が現れて何かを命じたとしても、冗談としか思えないだろう。

別のリンクをクリックすると、とあるＳＮＳの中にある、四人のクソ教師しか入れない秘密の「グループ」が表示された。浩次郎はそこに入るパスワードをクラックできたらしい。

「なんだこれは……」

鋼太郎は、そこで交わされている会話を読んで戦慄した。

その時、治療院の玄関ドアがガンガン叩かれる激しい音がしたので、鋼太郎は飛び上がった。

もしや……ヤツらが先手必勝で攻撃してきたのか？

ありえない妄想に固まった鋼太郎が応対しないので、ドアを叩く音はますます激しくなっていく。

鋼太郎は、武器になりそうなモノを探したが、あいにく掃除で使う箒くらいしか見つからない。包丁はダメだ。手許がスべってこっちが相手を殺めてしまうかもしれない。

仕方なく箒を左手で構えて、右手でドアを開け、素速くドアの陰に隠れた。

入ってきたのは……純子・瑞穂・かおりの女子高生トリオだった。

「師匠、なにやってんの？」

剣道の上段の構えのままドアのうしろに隠れている鋼太郎を見て、純子が爆笑する。

「なにそれ？　なにかのコント？」

「お前たちこそ、こんな遅い時間になにやってるんだ！」

照れ隠しに怒ってみせるしかない鋼太郎。

「居酒屋のバイトは、夜八時までの約束じゃなかったのか？」

「だから終わってから来たんじゃん！」

純子が勢い込んで告げた。

「それより、凄い情報を手に入れたんだよ！　瑞穂が！」

高校にあるパソコンを使っていろんなキーワードで検索をかけていたら、あるサイトにぶち当たったのだという。

「そこは、瑞穂の弟くんの担任をいじめてるヤツらが集まるグループで」

そう言いかけた純子に、鋼太郎はスマホを見せた。

「これだろ？」

「そう！　違う！　そう！」

三人はテレビドラマの登場人物の口調を真似た。

「これこれ！　師匠、凄いじゃん！　ウチらよりＩＴ冴えてるんじゃない？」

「まあな。ワタシには、君らが想像する以上の能力があるのだよ」

鋼太郎はどや顔だ。もちろん息子の存在は口にしない。

「じゃあ師匠も読んだんだよね？　どうよ？　これマジで小学校の先生の考えることなの？」

そのサイトで語られている内容と言えば……西田先生を如何にいじめて楽しむか、そして彼のフィアンセである村田涼子先生をどのように辱（はずかし）めるかという計画で、クソ教師どもの淫（みだ）らな妄想がエスカレートし、パンパンに膨らんでいるのが窺えた。

「大変だよ！　長谷部ってヤツと太い繋がりのある区議会議員がガーデンパーティをやるんだけど、そこに西田先生とフィアンセの村田先生を呼びつけようって計画が進行中なんだ」

純子は怖ろしい話を語るかのように目を剥いた。

「長谷部とその子分の教師は、その場を利用して、村田先生をレイプして撮影する計画を立ててるんだよ！」

瑞穂も読んだ内容を説明する。

「村田先生の飲み物にクスリを入れるつもりだって。子分の一人が大学時代、薬学をかじったとかで、体内ですぐに分解されるなんとかって成分のクスリを使えば足が付かないとか」

おとなしいかおりだけは不安そうな顔をしているが、純子と瑞穂は知り得た事を競って言い立てた。

「師匠！　これ、なんとかしてください！　事前に判ってるんだから、知ってしまった以上、なにもしないなんて、そんなことが出来る師匠じゃないですよね！」

かおりが初めて声を上げた。

「……そうだな」

鋼太郎は腕組みをして呟いた。

「しかし……どうやるか。なんとかするには、おれも、このガーデンパーティに潜り込まないとな」

「師匠は、町内会の役員になったんでしょう？　だったら、役員だからって堂々と参加すればいいじゃんよ？」

鋼太郎は、頼もしい女子高生トリオと作戦を練った。

＊

翌日の昼休み。

鋼太郎が受付の小牧ちゃんを誘って、太一の居酒屋でお昼を食べていると、スマホが鳴った。

「村田です。昨夜はどうも。毎日のように連絡して済みません」

しかしその声は切迫していた。

「西田へのいじめがエスカレートしています。長谷部先生たちの遣り方がちょっとひどすぎるので、今まで見てみぬフリをしていた先生方も止めに入るほどで……職員室での暴言もひどいですし、あげくモノまで投げつけたり。榊さんが町内会の役員になって、学校を見学しに来たことまで、長谷部先生たちには筒抜けになっていて」

「それは申し訳ないことをしましたが……」

鋼太郎は謝るしかない。

「それで、今度の日曜日、長谷部先生と繋がりのある区議会議員が会場を借りてガーデンパーティをするそうなんですが、私と西田に、絶対に来るようにと……物凄く怖い顔で言うんです。岩槻校長も来るからって。でも、私、怖いんです。行ったら、なにか大変なことが起きそうで」

「断るわけにはいかないんですか？」

鋼太郎も計画を知っている以上、行くのは危険だと判る。

「駄目なんです。断れなくて。お願いです。助けてください！」

電話の向こうで涼子先生は泣いている。

「西田は今度こそ大怪我を負わされるかもしませんし、私だって、長谷部先生に目をつけられている以上、なにをされるか判りません……行くのは怖いんです。ですけど、来るんならいじめには手心を加えてやる、と言うんです。もちろん、長谷部先生は自分で『いじめ』とは言いませんよ。『指導』って言うんです」

「判りました。パーティには行ってください。あなた方の安全は、我々が保障します！」

さながらシークレット・サービスの警護担当官のように、鋼太郎は言い切った。

「このパーティの件は、私も摑んでいます。大丈夫です。あなたが危険な目に遭わないように、今、閃いたことがあるんです」

鋼太郎が思いついた計画がうまくいけば、長谷部の悪事を暴くことが出来るだろう……。

「そうでしょうか？」

涼子先生は疑いの色が濃い声を出した。

「私もなんとか、町内会の幹部ということで、そのパーティに顔を出すようにします。

イザとなれば柔道とカラテでインタハイに出た不肖私、榊鋼太郎が、あなた方を守りますよ」

「そうですか……そこまでおっしゃっていただけるなら……」

鋼太郎に説得されたような感じで、涼子は電話を切った。

賽(さい)は投げられた。

問題はパーティ会場を舞台に進行している陰謀を阻止するべく、鋼太郎が今思いついた計画を、どう実行に移すかだ。

しかも、このパーティにはかろうじて町内会長の巴は招待されているらしいが、鋼太郎への招待は、ない。おそらく巴会長は、その議員の票をかなり持っているから招待されたのだろう。長谷部と敵対関係にある鋼太郎は、待っているだけでは絶対に呼ばれない。

呼ばれないなら、押しかける。

そして同行を申し出ている女子高生トリオも連れて行く。

なんとかして四人で会場に入り込む必要があるのだ。

『大丈夫だよ。うちら三人を手土産がわりにすればいいじゃんよ。コンパニオンやりますって言ったら、先方もイヤとは言わないよ。だってオヤジのパーティじゃん？』

純子はそう言ってくれたが、しかし、女子高生をそういうことに使っていいものだろうか？　もしや、法律にも抵触するんじゃないか？　そうなると私人逮捕されるのは自分になってしまう？

「先生、なに心配してるんですか？」

考え込んで箸が止まってしまった鋼太郎に気づいた小牧ちゃんが聞いてきた。

「いろいろあってな。実は……」

鋼太郎は小牧に女子高生トリオをパーティに同行させる可否を聞いてみた。

「大丈夫なんじゃないですか？　あの子たち、ずいぶんしっかりしてるし」

「そうかな」

鋼太郎は心配になって、女子高生トリオに改めて確認のＬＩＮＥを送ったが、「心配ねーし！」という返事が返ってきた。

「ところで、小牧くん、君にも折り入って頼みたいことができたんだ」

鋼太郎はたった今、思いついたばかりの計画を小牧果那に話した。

「あら、面白そうじゃないですか。いいですよ。やります。それで先生たちのお役に立てるのなら」

「そうか！　やってくれるか」

喜んだ鋼太郎はそのあともいろいろと作戦を練り、各方面に渡りをつけて、パーティ当日を迎えた。

＊

快晴で、春先とはいえ日向(ひなた)では暑いほどの、まるで初夏のような日曜日の、午前十一時。

鋼太郎と女子高生トリオはガーデンパーティの会場に向かっていた。

地元から少し離れた古い洋館。ここは昔、紡績(ぼうせき)工場があったところだ。都心からそう遠くないこともあって、極東紡績の迎賓館(げいひんかん)のようなモノを建てたのだが、その後、会社自体が傾いてしまった。結婚式場やレストラン、イベント会場として転売を繰り返すうちに、敷地も狭くなり、お城のような洋館だった建物も傷みが激しくなってきて、よく言って古色蒼然(こしょくそうぜん)、ハッキリ言えば幽霊屋敷のような外観になってしまった。最近ではミステリアスな雰囲気が逆に面白がられて、貸切イベントの会場に使われるようになったりもしている。なんと言っても利用料金の安さが魅力なのだろう。

それでも一応は芝生の庭があり、屋外プールもある。夏なら泳いでもいい。ただし水質の保証はない。

「しかしこの辺には似合わない建物だよねえ？」

純子が驚いている。

「初めて来たけど、とても下町とは思えないよ」

「下町には似合わないから流行らなくなってどんどん狭くなり、建物もメンテするカネがなくてボロボロなんだ。このへんは昔は風光明媚な景勝地だったんだけどな」

「それっていつの話ですか？」

かおりが聞いた。

「う〜ん。江戸末期から明治の頃、かな？」

「時代劇の世界じゃん」

純子が呆れる。

「ここだけじゃない。北区の王子だって、昔は別荘がたくさんあったんだぞ」

鋼太郎は女子高生トリオに聞きかじりの知識を披露した。

「この区にだって映画の撮影所に、人工の温泉まであったんだ」

信じないだろうが……という言葉は純子の驚きの声にかき消された。

「スゴい！　ヤバい車がどんどん入ってくるじゃんよ！」

パーティ会場である極紡ガーデンパレスに歩いて到着した鋼太郎と女子高生トリオは、会場に続々やってくる黒塗りの高級車に目を見張った。

「宮中晩餐会でも始まるのか？」

鋼太郎がそう言いたくなるのも判るくらいに、セレブな雰囲気が充満している。

「おれは町内会幹部として招待されたが、お前たちはコンパニオンのテイで入るんだから、多少は働けよ」

「で、ウチらは女子高生として働くんですか？　それとも本当は女子高生だけど、建前は女子高生のコスプレをした大人ってことにするんですか？」

面倒な事を瑞穂が確認してきた。

鋼太郎は黒の略礼服に白ネクタイの「結婚式モード」だが、女子高生トリオは私服だ。本当の制服を着てきては、見とがめられて面倒なことになる。

「一応、テニスの格好を用意してきたんだけど」

純子はバッグからスコートを引っ張り出した。

「健康的だし適度に肌見せってことで、これならギリ大丈夫と思うんだよね」

女子高生トリオはスタッフ専用の入口から入り、鋼太郎は招待客として受付を済ませた。

そこそこ広い芝生の庭に、大きな屋外プール。
借り着のようなタキシードにイブニング姿の招待客が、シャンパングラス片手に談笑している。一見して日本、それも東京の猥雑(わいざつ)な下町とは思えないセレブさなのだが、よく見ると、どこか付け焼き刃な感じは否めない。所詮(しょせん)中身はこの区の住人だし、ここはマンハッタンでもパリでもないのだから、まあ仕方がないのだろう。真のセレブというより、ほぼ全員がセレブのコスプレだ。いわゆる鹿鳴館(ろくめいかん)時代もこんな雰囲気だったのかもしれない。

しかもその中には、目付きが鋭くてガタイのいい、どう見ても反社としか思えない男たちがいる。一様に仕立てのいいタキシードやダークスーツに蝶ネクタイといった姿で、こちらは借り着には見えない。そんな男たちが片手に余るほど来ている。

それとは別に、ネズミ色のスーツを着た、こちらも目付きの鋭い男たちがいる。しかしよく観察すると、こちらの男たちの耳にはイヤフォンが嵌まり、胸元にも小さなピンマイクのようなものが付いている。

あ、と思った。以前の私人逮捕事件で鋼太郎も会った覚えのある、顔見知りの刑事がその中にいるのだ。ということは？　このグレーのスーツの連中は、もしや全員が……。

さりげなく彼らに近づいて喋っている内容を聞くと……「××組の組長が来てるぞ」「半グレでマークしてる△△金融の社長もいますね」などパーティの出席者を不穏にチェックしている。

そこで顔見知りの刑事が鋼太郎を見て、目が合ってしまった。

鋼太郎は軽く会釈をし、相手の刑事も軽く頷いたが、人差し指をさりげなく口に当てた。「黙ってろよ」という意味だろう。

おそらくここには、経済犯罪を扱う地元署の捜査二係、そして暴力団関係を扱う旧四課・現組織犯罪対策課の刑事が身元を隠して来ているのだ。

会場にはますます人が増えてゆく。総勢、二百人はいるだろうか？

「桜を見る会よりは少ないな」

鋼太郎は聞こえよがしに言ってみた。もちろん、新宿御苑で開かれるという、アチラの会に招待された事などない。

やっと司会者が登場して、本日の「ガーデンパーティ」の開会式が始まった。

「本日はこの本町が地元の区議会議員、安倍川望彦（あべかわもちひこ）主催のパーティにようこそお越しくださいました。安倍川は、来たるべき都議会議員選挙に勇躍、参戦する予定です。みなさまのこれまでのご支援に感謝をし、よりいっそうの声援をお願いしたく、ここにお願いを……」

要するにこのパーティは、安倍川という区議会議員の事前運動なのだ。これが公職選挙法で許される行為なのかどうか、鋼太郎には判らない。ただ、連中は巧妙な抜け道を設定しているはずだ。でなければ、ここまでカネをかけた豪勢なパーティなんか開くはずがない。

来賓(らいひん)として区長や区議会議長、そして地元小学校の岩槻校長までがマイクの前に立って、ありがちな挨拶をした。これがまた長い。喋れば喋るほど主催者に恩が売れると思っているのかもしれない。

三十分ほどの挨拶で、会場はダレきってしまった。

やっと、主催者・安倍川区議の乾杯発声で、パーティがスタートした。

安倍川は長身だが空気が抜けたソフトボールみたいなぶよぶよ顔で垂れ目。何ひとつ冴えたところのない、およそ凡庸(ぼんよう)な男にしか見えない。

この男の「これだけははっきりと申し上げておきたいと思います。今日一日、いわば、まさにこのパーティにおいて、しっかりと楽しもうではありませんか！　それでは、乾杯！」の声で、広い会場の四ヵ所で、ビュッフェの提供が始まった。うち一ヵ所ではコックさんが鉄板でステーキを焼き、別の場所では大きなローストビーフの塊を切り分けているので、広いガーデンには美味しそうな匂いと煙が充満した。

その時、派手な音楽とともに、女子高生トリオが姿を見せた。テニスウェアのシャツにベスト、スコートという白ずくめの衣裳にサンバイザーという格好で、ドリンクをお盆に載せて、客に配り始めた。顔にはなぜか、目だけを隠す仮面のようなモノをつけている。

三人とも、笑顔で水割りやカンパリソーダ、シャンパンなどを配っている。

鋼太郎は姿形からしてリーダー格の純子に違いないだろうと思った一人に近づいて、さりげなく耳打ちした。

「なんだこの仮面は？」

「ハーフマスクとかゾロマスクとかいうらしいけど。身元がバレなくていいじゃん？」

純子の声が答えた。

「そうか。ところでさっそく指令だ。判るかな？　アッチにいる、目付きが悪くてガタイのいい、仕立てのいいスーツを着た連中が反社とヤクザ。こっちの、安物のスーツを着た目付きの悪いのが刑事だ。両方の動きをマークしろ」

「村田先生を守らなくていいの？」

「そっちにも抜かりはない」

鋼太郎は自信満々で純子に答えた。

女子高生トリオに続いて、いわゆる「きれいどころ」が続々と現れた。全員が、伸びやかで魅惑的な肢体を僅かに隠す、青いビキニの水着姿だ。やはり目だけを隠すハーフマスクをつけている。水着姿は芝生のガーデンにプールがあるからだろうか？　しかし、そのプールにはまだ冷たくて入れないというのに……。

その水着コンパニオンの一団に続いて、もっと派手で、乳首や局部だけをピンポイントで隠す「超マイクロビキニ」をつけた超セクシーな女性も現れた。やはり目だけを隠すハーフマスクをつけているが、彼女はコンパニオンではなさそうだ。飲み物を運ぶわけでもなく、ただ出席者と一緒に写真を撮られているだけなのだ。昼日中に、殆ど全裸の、超セクシーでグラマラスな妙齢の女が現れてポーズを取っているのだ。しかも写真撮り放題なのだから、出席しているおっさん連中の目の色が変わった。誰もがこぞって一緒に写りたがり、またはカメラを構えて、きわどい角度から半裸美女の写真を撮りまくっている。

その様子を反社側の男が一人、ニヤついて眺めている。

あの男はなんだ？　もしや、自分の女を晒して自慢したいという、屈折した男なのか？

　首を傾げている鋼太郎の元に、顔色の悪い西田先生が小走りにやってきた。

「大変です！　涼子が……いえ、村田先生が、水着になってコンパニオンの真似事をやれと言われてしまって」

「なんですと！」

　そんな言語道断なことは許せない。

「招待客をなんだと思ってるんだ！」

　オロオロする西田先生以上に、鋼太郎の方が激怒してしまった。

「彼女が水着になって会場をウロウロすれば、今後いじめは一切止めるという条件を長谷部先生が突きつけたそうで……」

「そんな約束、すぐ反古（ほご）にされるに決まってるじゃないですか！」

　会場では、その長谷部が、初老の女性と何やら話し込んでいる。半裸のマイクロビキニの女性を舐めるように視姦（しかん）しては、西田先生の方を見てほくそ笑んでいる。初老の女性は、英国のエリザベス女王が持っているようなハンドバッグを手に持っている。

「長谷部先生と話しているのが、ウチの岩槻校長です」

「そうか。判った」

鋼太郎はポケットからビー玉大の球形のモノを取り出すと、それを指先で玩(もてあそ)びながら、長谷部と校長の二人に近づいて頭を下げた。

「ワタクシ、このたび地元、本町二丁目町内会の青少年育成部長になりました、榊と申します。御挨拶が遅れて大変申し訳ありません」

「おお、あなたが榊さん？　お噂はかねがね」

訳知り顔の長谷部がニヤニヤして握手を求めてきた。

「長谷部先生ですね？　大変優秀でいらっしゃるとか。本町小学校の児童のために、どうか、これからも頑張っていただきたい」

鋼太郎は初対面を装い、親しげに長谷部の肩を抱き、背中をばんばんと叩いた。あまりの馴れ馴れしさに長谷部はあっけに取られつつ訊いてきた。

「ところで、以前にお目にかかってませんか？」

「まあ、狭い町内ですから、どこかですれ違ってはいるでしょう」

岩槻校長は、と言えば、どこか自信なさげに視線が宙を泳いでいる。その校長にも鋼太郎は親しげに握手を求め、おや、肩に何かついていますよ、と親切にゴミを取ってやるフリをした。

「ではまた。失礼致しました」

一礼した鋼太郎は西田先生の元に戻った。

「さっき見せた丸いモノは高性能盗聴器で、二人のポケットに放り込んでおきました。それが拾った音声はそのままネットに繋がって、ウチの息子がモニターしているんです」

鋼太郎は自慢げに西田先生に言ったが、西田先生は心配そうだ。

「というか榊さん。あなたが僕とこうやって話してるのを、長谷部先生や校長に見られてもいいんですか？」

「いいんですかって、もう見られちまったモノは仕方ないでしょう。それに、あなたから相談を受けているという情報だって、もう長谷部の耳に入ってるだろうしね」

それで、と鋼太郎は厳しい顔で西田先生に言った。

「とても忍びないけど、村田先生には、一度だけ、その衣裳になって貰ってください」

「なんですって！」

西田先生は顔色を変えた。

「そんな無茶苦茶なことを、言われるままにやれと言うんですか！」

「まあまあ。こっちにはそれなりの考えがあるんですから」

鋼太郎は西田先生に耳打ちした。

「……まあ、そういうことなら……」

「では、そうしてください」

鋼太郎は頭を下げ、西田先生は判りました、とその場を離れた。

女子高生トリオは空いたグラスを下げたりしているが、暇そうではある。

鋼太郎は三人にも、例の「盗聴ビー玉」を渡した。

「ちょっと危険な任務だが、あのヤーサンたちのポケットとかに、これを放り込んで欲しい。出来るかな?」

「出来るよ」

純子が軽く引き受けた。

ガーデンには、サラダバーやパンやご飯のコーナーもある。参加者は皿を持って食い物を貰っている。

どうもこういう立食形式が苦手な鋼太郎は、なにも食べずにビールだけを口にしている。

音楽が一際高鳴ると、コンパニオンと同じようなデザインだが、かなり透けたシースルー水着を着けた、スタイルのいい若い女性が胸と股間を手で隠して、恥ずかしそうに登場した。彼女をエスコートするように前を歩いているのは、長谷部だ。

彼女はドリンクを配るわけでもなく、ナニをするわけでもなく、ただ水着姿でガーデンを歩かされている。

これでは、ほとんど晒し者で、まさに市中引き回しのような羞恥プレイそのものだ。

彼女の後ろには西田先生がくっついているから、あのスタイル抜群の女性が、村田涼子先生なのだろう。ハーフマスクで誰だか判らないのが不幸中の幸いと言える。

鋼太郎はスマホを取り出した。通話ボタンを押し、ある指令を出す。その間にも会場を見渡すと、女子高生トリオがテニススタイルのまま至るところに入り込み、物怖じしないでいろんな人に話しかけている様子が見えた。

彼女たちを相手にした男たちは表情を緩め、要するにヤニ下がり、誰もがぺらぺらと喋っているようだ。反社であろうがヤクザであろうが政治家であろうが、相手が女子高生だと安心してガードが下がるものらしい。これも鋼太郎の狙いどおりだ。

酔っぱらいの声は大きい。だから少し離れたところにいる鋼太郎にも聞こえてくる。

「あの女の人はね、ほら、あのほとんど裸の人。あれは安倍川先生のコレなの。ああ、コレなんて言っても、お嬢ちゃんたちには判らないか。安倍川先生がデリヘルを呼んだら、えらく気に入って秘書にしちゃったの。私設秘書。でも秘書とは名ばかりで」

「要するに愛人ってことでしょ。けど、政治資金からお手当を払ってたら問題になるんじゃないんですか?」

マジメな瑞穂がいろいろと聞き出している。

「まあそれはそうだけどねえ、安倍川先生は巧いことやってるよ。でも政治資金以上にマズいのは、あの『私設秘書』にはヤバい男がついてるってことかな。ほら、あそこにいる、あの若いイケメン」

事情通らしいおじさんは、折しも会場に入ってきてキョロキョロしている若い男を指さした。純子がコメントする。

「マジ、ヤバそうなやつじゃん? あのヒト、今のうちになんとかしておいた方がいいんじゃね?」

「いやまあ、それを言い始めると、今ここにいるおじさんたちの中にも、ヤバい人らがゼロってわけじゃないから……」

おじさんはワクワクした表情で反社の連中、そしてネズミ色のスーツをきた男たちを交互に見ている。何かが起こると期待しているのかもしれない。

「私は安倍川さんの後援会長なんだけどね、最近ウチの先生は調子に乗りすぎてるところがあってね。この辺で適当なお灸(きゅう)をすえるか、もしくは地盤を誰かに譲った方がいいと思ったりもしていてね」

　後援会長なのに、凄いことを考えている。

　その時、別なところで別な面々が揉め始めた。反社の連中と区議会議長が押し問答しているようだ。

「聞こえないな……」

　残念がる鋼太郎に、かおりが「大丈夫です！」と自信たっぷりに言った。

「あのコワモテの人のジャケットのポケットにも、あの丸いのを入れておいたから、あとから聞けると思いますよ」

　議長とその反社の男の揉み合いの輪は収まるどころか広がった。あちこちで似たような小競り合いが起き始めて、会場は騒然となった。

「そろそろ揉めると思っていたんだ。たぶん、ヤーサンたちが金返せと詰め寄ってるんだろうな」

　後援会長は完全に他人事のように、揉め事を眺めて楽しんでいる。

「他人の不幸ほど面白いものはない。ホントだよ！」

　鋼太郎はみんなの注目が数ヵ所で起きている揉め事に集まっている隙を見て、西田先生と、そして村田先生らしい水着の女性にも声をかけて、奥に引っ込ませた。

一方、騒ぎには無関心の客も多い。彼らはひたすら水着姿のコンパニオンにお触りしようとしている。だが女子高生トリオは容赦(ようしゃ)なく「おじさん、それセクハラだよ！」とイエローカードを出している。

揉め事にもお触りにも関心のない客の興味は、飲み食いに集中している。

「おい酒がねえぞ！　とっとと持って来い！」

「皿が空じゃねえか！　さっさと補充しろ、この無能が」

ビュッフェの飲み物と料理を補充するダンドリが悪くて欠品が出てしまい、スタッフを大声で怒鳴りつける客にも、女子高生たちは「はいそれパワハラ！」などと警告を発して、物怖(ものお)じする様子もない。ハラスメント警察だ。

そうこうしているうちに、例のシースルーの、超エロい水着を着せられた村田先生が、ふたたび現れた。

さっきと同じ水着姿だが……なんだかどこか違和感がある。

そこで、村田先生が来るのを待ち構えていた様子の長谷部たちが彼女を取り囲み、そのまま、拉致(らち)するように連れ去ってしまった。

「おい、あれを追ってくれ！」

鋼太郎は女子高生トリオに命じた。

「長谷部たちは最悪の計画を実行に移す気だ」

鋼太郎はそのままガーデンに残って周囲の状況を観察していたが、やがてスマホが鳴り、瑞穂からの報告が入った。

「今……本館っていうの？　レストランとかチャペルとかがある、ボロい建物の二階。そこの部屋に、村田先生が押し込まれて……」

彼女の声の背後からはギャアギャアと泣き叫ぶような悲鳴が聞こえている。

「ドアは開けっ放しです。閉めたけど鍵がかかってなくて……押せば開いたの」

どうやら長谷部たちはコトに夢中で他の注意が疎かになっているようだ。純子が通話を代わった。

「……おっさん、じゃなくて師匠、今、すごいものが目の前で展開してるんですけど？　村田先生が水着を剝ぎ取られようとしてるんですけど？　なのに物凄い抵抗をして、襲いかかる男たちをぶん殴るわ蹴り飛ばすわで……なんか、カンフー映画みたいな？」

「いかん。教育に悪い。それ以上見てはいけません。けど、それ、スマホで撮っとけ」

両立不可能な指令を出した鋼太郎に純子は力強く答えた。

「もちろん！　全部撮ってるから」

すぐ行く、と言って電話を切った鋼太郎は本館に飛び込んで階段を駆け上がった。

本館は昭和三十年代に建てられたままの外見はコンクリート造りだが、実は木造モルタルの安普請で、館内は昔の田舎の小学校のようだ。廊下は木の床で走るとミシミシ鳴るし、天井からは無粋な蛍光灯の光が薄暗くあたりを照らしている。昔はお洒落だっただろう楕円形の窓もガタが来ていて、今にもガラスが外れて落ちてきそうだ。

気がつくと女の悲鳴は聞こえなくなっている。だが激しく肉を叩くらしい鈍い音や、男の悲鳴は聞こえ続けている。

音の源を求めて走ると、廊下に固まっている瑞穂、顔を覆って震えているかおり、対照的に夢中で部屋の中を撮影している純子を見つけ、その部屋に飛び込んだ。

「もういい！　ストップだ！」

と叫んだのはいいものの、事態は事実上すでにストップしていた。

長谷部たちが腹や股間を押さえて床の上でのたうち回り、襲われたシースルー水着の女が、涼しい顔でビキニのストラップを直している。

「ご苦労！　小牧ちゃん！」

「休日手当と特別手当をたっぷり貰うからね！」

エロい水着の女はそう言ってハーフマスクを取った。

彼女は、村田先生ではなく、小牧ちゃんだった。

「道理でちょっと背が低くなったと思ったんだよね」

「胸もなんか小さくなった感じだしさあ」

「足だって短くなったし」

「うるさい！」

廊下で好き勝手なことを言っている女子高生トリオを一喝した小牧ちゃんは、長谷部の腹を爪先で蹴った。

「コイツ、マジで脳味噌海綿体のクソ野郎だった……それか、両脚のあいだにぶら下がってるモノが、てめえの脳味噌なのかもな」

人間ならチンコに支配されてんなよ、と罵る小牧ちゃんに、長谷部は悔しそうに呻いた。

「くそう……人違いだったとは……」

「今後のこともあるから、こいつらはとりあえずクローゼットにでも閉じ込めておこう」

鋼太郎はかねて用意の結束バンドで四人の手足を拘束して、会議室か控え室かよく判らない部屋のクローゼットを開けた。備品のパイプ椅子などを引き出し、その空いたスペースに四人のレイプ未遂男を詰め込んだ。

クローゼットのドアが簡単には開かないように、前にはテーブルを積み重ねてバリケードもつくった。

「これなら、ちょっとやそっとでは出てこれないだろう」

ひとつ片付けた鋼太郎は、息子の浩次郎に電話を入れた。

「そろそろ材料が集まったんじゃないか？　適当に見繕って編集してくれよ」

「めんどくせなあ。まあ、クソオヤジたちのクソな会話に大笑いしたけどね」

鋼太郎はシースルーエロ水着の小牧ちゃんに自分の略礼服のジャケットを掛けてやり、みんなでガーデンに戻った。

瑞穂が鋼太郎に訊く。

「うちらが撮った動画、師匠に言われたアドレスに全部送ったけど、どうするんですか？　さっきのだけじゃなくて、最低な狼籍がたくさん撮れたけど」

「君たちが撮った動画や音声を、おれの息子が編集している。ここに来るのはイヤだと言うから、自宅でやって貰ってる」

「もしかして息子さんって、ヒッキー？」

純子のぶしつけな質問に鋼太郎はいいやと答えた。

「理系オタクだからこういう騒がしい場所は嫌いなんだとさ」

その時、司会者がマイクを握った。

「宴たけなわではございますが、ここで安倍川先生の、この一年の政治活動をまとめたムービーをご紹介したいと思います。みなさま、是非ご覧くださいませ」

屋外スクリーンには「安倍川望彦　この一年の政治活動報告」というタイトルが映し出され、安倍川が陳情を受けたり大雨で増水した川の土手を見に行ったり区議会で質問に立ったりする、どうでもいい姿が続いた。

それをにこやかに見ているのは安倍川とその側近だけで、一般客はわいわいとお喋りと飲み食い、そしてコンパニオンへのセクハラに夢中だ。

が……。

突然、政治活動報告のツマらない映像がぶった切られ、ＬＩＮＥのやりとりが現れた。しかも、浩次郎が編集した際に自動読み上げ機能を使って文字を音声化しているものだから、イヤでもその内容が出席者たちの耳に飛び込んでくる。

「西田をボロボロにしてやろうぜ」

「いいねえ。じゃあ婚約者をメチャクチャにしてやるのはどうだ？」

「ますますいいねえ」

といったやりとりが自動読み上げ機能「棒読みちゃん」の無機質な音声でえんえん流れ、同時に不穏なやりとりがスクロールしてゆく。さすがに客たちの全員がスクリーンに注目し、パーティ会場は静まり返った。そこで突然、棒読みではない生々しい音声が流れ始めた。岩槻校長と長谷部の密談だ。このパーティ会場で盗み録りしたものに切り替わったのだ。

「長谷部先生、あなたの指導の熱心さは認めるけど、ほどほどにしてよね。それにやっぱり、西田先生へのアレは、ただのいじめにしか見えないんだけど」

「違いますよ校長。西田のバカは学校教育と地域との連携をまったく考えていないのです。だからそのへんのところを、このワタシがカラダで覚えさせようとしてるんです」

そのくだりが大きな音量で会場に流れると、さすがに参加者はザワザワし始めた。

岩槻校長が長谷部に答える。

「……だけど、いじめの件はそろそろ外部にも漏れて問題になりつつあるのよ。こないだだって、町内会の役員だっていうヘンなオヤジが小学校に見学に来て、教頭にあれこれ聞いて詮索していたそうよ。そのヘンなオヤジはこの会場にも来てるし……あら、そこにいるじゃないのよ！」

ヘンなオヤジ呼ばわりされ、ゴキブリみたいに扱われたことに、鋼太郎はおおいにムカついた。

そこで更なる衝撃映像が流れた。小牧ちゃん扮する「村田先生」が恥ずかしい水着を着せられた上に長谷部たちに無理矢理拉致されて、さっきの部屋に押し込まれてレイプ寸前までいくという禁断の映像だ。彼らを密かに監視し追跡していた女子高生トリオがスマホで撮影して浩次郎に送り、編集された映像がどういう高等テクニックを使ったものか、そのままネットで繋がったプロジェクターに送られてきているのだ。

大画面では「村田先生、実は小牧ちゃん」に対する乱暴狼藉が展開しようとしている。ほとんど裸の女体に馬乗りになった長谷部が屈強な体格を生かして、小牧ちゃんのビキニブラを剝ぎ取ろうとしたところで突然、「何すんだよこのスケベオヤジが！」という怒号が５・１サラウンドで会場に響き渡った。

次の瞬間、長谷部は股間を押さえて床にひっくり返っていた。

小牧ちゃんが彼の股間を思いっきり蹴り上げたのだ。

「いっ、痛い！　タマが潰れた……」

長谷部は泣いている。

他の一味が慌てて襲いかかったが、所詮、百戦錬磨の元ゾクでヘッドの彼女だったという小牧ちゃんの敵ではなかった。

鳩尾を蹴られ、顔面に頭突きを食らわされ、腕を掴まれてスイングされ壁に激突する。それでも男の沽券を守ろうと痛みを堪えて再度小牧ちゃんに襲いかかるが、鼻に肘打ちを食らって顔面血だらけのまま戦意を喪失したり、腹の上にニードロップを決められてあばらが折れる音がしたり、髪の毛を掴まれて床に何度も叩きつけられて失神したりと、四人のエロオヤジは秒殺で制圧され、無力化されてしまった。

「もういい！　ストップだ！」という鋼太郎の声が画面の外から聞こえた瞬間、小牧ちゃんはカメラ目線になって親指を立て、映像は終わった。

恐るべき激しいアクションに、客たちは凍りついている。

「レイプ犯の末路ですなあ」

思わず呟いた鋼太郎の声が、しんとしたガーデンに響いてしまった。

そこに、たった今、画面の中でボロボロに返り討ちに遭ったばかりの四人が、ボロボロな姿のまま、よろよろと現れた。

「脱出マジックか？　結束バンドをよく外せたな！」

驚く鋼太郎に、四人は口々に「これは卑怯だ」「まるで話が違う」「村田先生のはずだったのに」などと、理屈にも何にもなっていない非難をし始めた。

「黙れ、バカどもめ！　キジも鳴かずば撃たれまい。飛んで火にいる夏の虫。そして負け犬の遠吠えとはお前らのことだ！」

負けを認めさせようとする鋼太郎に、長谷部は往生際悪く「許さん！」と叫びながら飛びかかってきた。だが鋼太郎は長谷部の首筋にあっさり空手チョップを決め、またもダウンした長谷部に馬乗りになった。

「刑事さ〜ん！　こここここ。私人逮捕ですよ！」

鋼太郎の呼びかけに応え、会場の隅で映像を見ていた刑事たちが走ってきた。長谷部たち四人の極悪教師に、次々と手錠をかける。

「十三時三十五分、強制性交未遂の容疑で逮捕する！」

この騒ぎで、初めてこの場所に刑事がいたことを知った政治家は青ざめた。商売柄、ヤクザや反社たちは会場を見て刑事が居ると判っていたようだが……。

身柄を確保された四人が連行されていく。

一方、スクリーンに映し出される映像は、今度は、主催者の安倍川区議と、これもエロ水着の愛人のイチャイチャ画面に切り替わっている。

「これ、いつ誰が撮ったんだろう？」

鋼太郎は首を傾げつつ息子の浩次郎に電話を入れた。

「おお、オヤジか。順調に再生されてる？」

電話に出た浩次郎は、のっけに聞いてきた。

「順調も順調、大順調だ！　凄いなお前！　トンビがタカを生むってのはこういう事なんだな！」

鋼太郎は興奮して言ったが、浩次郎は「いやおれは母さんの息子だから」と軽くいなされてしまった。

「それはそうと、今流れてるこの映像はどこで手に入れたんだ？」

「ネット。パスワードで守られてるプライベートなエリアにあったのを見つけたんだ。たぶん、女性の方が撮っておいたんだろうな」

スクリーンに映し出されるイチャイチャは、イチャイチャを越えて「濡れ場」に移行し始めた。愛人の肌が曝け出され、その腕やお腹、ふっくらとした下乳、パンティーから覗くヘアなどを、安倍川の手が愛撫していく……。

「ヤメロやめろ！　機械を止めろ！」

安倍川の側近が慌ててプロジェクターに走ってきて電源を抜こうとしたが、それを邪魔したのは、愛人のヒモというか、愛人の男である若いヤクザだった。

「触るんじゃねえ！　これが証拠だ。全部見せろ！　安倍川、てめえ、人の女に手を出してんじゃねえぞ！　タダで済むと思うな」

「ちょっとあんた、やめて！」

恫喝する若いヤクザに、まさに濡れ場を公開されている真っ最中の愛人が必死に駆け寄り、やめさせようとした。

「うるせえ！　この売女が！」

ヤクザは愛人を平手打ちし、羽交い締めにすると、その首筋に包丁を突きつけた。

「邪魔したらこのクソビッチの命はねえぞ！」

こうなっては誰もプロジェクターに近づけない。

「人質事件発生！」

刑事が警察無線を使って署に連絡を入れている。

その間にも映像は上映され続けた。きわどいところで濡れ場は終わり、会場には落胆のため息が広がった。その次に聞こえてきたものは安倍川の声だ。相手は反社のメンバーで、どうやら随意契約に関する密談のようだ。黒い画面に白字で「この音声は本日、この会場で収録されたものです」とのテロップが画面に流れる。

「浩次郎のやつ、仕事がいやに丁寧だな」

我が息子ながら行き届きすぎだ。鋼太郎は思わず感嘆の声をあげてしまった。

盗聴だから音声だけだが、それだけに生々しさがある。

「安倍川センセイ。区の老人交流センターな、リネンとかの納入、ウチが仕切るということでエエな?」

「ええ、それはもちろん兼ねての約束の通りで」

「まあ、そのへん、アンタへのキックバックもあんじょう考えとるから、悪いようにはせん。ウィンウィンっちゅう奴や!」

「まさに、その通りであります。区と菊川連合さんの契約の中において、これからも、しっかりと、ていねいに、まさに、切れ目のない仕事をお願いしますよ!」

会場では、客は呆気にとられてスクリーンの映像やスピーカーから流れる衝撃的な音声に目も耳もクギ付けだ。しかしその中でさえ、区議会議長などはコンパニオンのお尻をしつこく触っている。それを純子がすかさずスマホで撮っている。

「それはそうとな、安倍川はん」

スピーカーからは別の男の声がした。

「例のカネ、六千万、もう期限切れとるけど、どうなってる?」

「いやそれは、今まさに返済をしようとですね」

「いつ返せるんやと聞いてるんや。あんたはのらりくらりと答えを引き延ばす名人やけどな、カネのことだけはアカンで。キッチリしましょうや」

「借金の件に、私自身が、向き合わなければならないのは事実です」

安倍川は答えた。

「デフレマインドを払拭して頂いて、今日この後から、もう一杯飲みに行こうという感じで、年度末に向けてどんどん財布の紐をグッと開いて頂きたい。そのためにも財政出動をしなければなりません。お金の件を解決するのは決してたやすい道ではありませんが、必ずや私の手で成し遂げていきたい。令和の時代にふさわしい借金返済手段の策定を加速させる所存であります。緩みが出ないか、自らに問いかけつつ、より緊張感を持って進んでいきたい」

「なに言うとるんや、アンタ？」

ピシャリという音が聞こえた。どうやら金を貸したヤクザが漫才よろしく、安倍川の頭をはたいたらしい。

「すぐ返せんのやったら、利益供与しかないやろ。うちの組にも随意契約、流さんかい。区役所のコピー機とパソコンを全部新しいのに取り替えて、それの納品をウチがやるちゅうのは、ドヤ？」

「あなたのおっしゃる通りです。お互いの未来に向けて菊川連合と不肖ワタクシ、安倍川望彦、駆けて駆けて駆けぬけようではありませんか！」

あっさりと恫喝に屈している。

「これはもう完全にアウトだろ。反社とズブズブじゃないか。反社の定義が出来ないとか言い逃れてもこれは無理だ」

鋼太郎が大声で指摘すると逆上した安倍川は、これでもかと流れてくる密談の再生を止めるべくプロジェクターに突進した。

しかしそこには若いヤクザが、安倍川の愛人を人質に取っているのだ。

自分に向かってくる安倍川区議を見たヤクザは「コノヤロー！」と叫びながら、自分からも突進していった。

その手には包丁がある。

「いかん！　刺される！」

鋼太郎も叫んで突進し、若い男の腕を捩じ上げ、包丁を叩き落とした。

「暴漢を私人逮捕！」

それを見て危険は去ったと知った安倍川区議の秘書、そして暴力団関係者、反社の連中が一斉に襲いかかってきた。鋼太郎を突き飛ばすと、若い男を取り囲んでボコボコにし始めた。

「てめえら何をしやがる！　ボコるならおれじゃなくて安倍川だろうが？　安倍川は税金を愛人に使ってるんだぞ！　そんなヤツが区議から都議にランクアップなんて、絶対許せねえ！」

会場は騒然となった。

「警察！　早く逮捕！」

鋼太郎は叫び、刑事たちが若いヤクザの身柄を確保し、安倍川区議を引き離した。

「区議。区議からもいろいろとお話を聞かねばなりません」

「云わばまさに、金銭問題の中においてですね、しっかりと真摯に反省をして、丁寧に説明し、ご理解を頂く所存であります」

このパーティに出席していた半分以上の客が、そのままパトカーに乗せられて地元署に向かうという大混乱になってしまった。

「榊鋼太郎さん？」

現場に残った刑事の一人が挨拶に来た。

「私、地元・墨井警察署の藪原です」

一見して反社と見分けのつかない剣呑な風貌の、不機嫌そうな表情の男が名刺を差し出した。

「この度のお働き、有り難うございました。警察としては大変助かりました」

刑事にそう言われて、鋼太郎は嬉しさを隠せない。だが。

「……と、言いたいところですが、榊さん、困るんですよね、ああいうことをされては。そもそも無謀です。安倍川区議の件は警察として内偵をしていたんです。西田先生のいじめの件にしても、警察に相談があって、こちらも内々に……」

「内々にって、全然なにもしてくれてないじゃないですか。だから仕方なく素人の私が出て行くしかなかったんだ。なぜさっさと捜査して長谷部を捕まえなかったんだ！」

物の道理を説き始めると止まらなくなる鋼太郎は、女子高生トリオや先生カップル二人が止めるのもきかず、藪原刑事に説教を続けるのだった。

＊

「まあそういうわけで、西田先生の件は動かぬ証拠があるし、安倍川区議の件も同じくで、よからぬ噂があった連中は全員、捕まったってコトだな」

鋼太郎は娘の俊子と食事をしていた。地元ではこの店しかないという一流の料理屋だ。

最大の功労者・浩次郎を誘ったのだが、「やだね。オヤジと差し向かいでメシを食うなんて」と断られてしまった。今回の事を誰かに喋りたくてたまらない鋼太郎は、仕方なく娘を呼び出したというわけだった。

「そもそも、ああいう席で女性をコンパニオンがわりに使うのはよくないと思うぞ」

「そう言うけどさ、オヤジだってママにおなじようなことやらせてたじゃん？」

「まさか。私はそんなことをした覚えはない」

「いや、やってた」

俊子は断言した。

「オヤジはいつも、外に飲みに行っては夜中にお友達を連れてきて、そのたびにママを叩き起こしていたでしょう？　何かつまみをつくれ、酒を買ってこいって。子育てが一番大変な時期で、睡眠時間はいくらあっても足りなかったのにって、私、ママにずーっと愚痴られてたんだからね」

たしかに、そういうことはあった。しかも、何度も。

だが鋼太郎は、その本心を言えなかった。実は彼は、妻の美貌を自慢したかったし、料理の上手さも見せびらかしたかったのだ。しかし、それを言ってしまうと、自分がどうしようもないバカに見えてしまいそうで怖かった。

「しかもオヤジは、おれが食わせてやってるんだ、亭主のツレをもてなすぐらい当り前だろうが！　とか言ってママを怒らせてたんだよね」

俊子は「どう考えてもパパが悪い！」と言い切った。

「それはそうかもしれないが……」

と弁解しかける鋼太郎を、娘はなおも追撃した。

「ママから聞いたんだけど、オヤジがよく連れてきてた友達の中に、ひとり、とてもイヤなやつがいて、ママを女中あつかいして、しかもセクハラまでかましてたんだって。知ってた？　その話？」

「いや、全然……そんな事があったのか！」

「今すぐ、ママに電話して謝ったら？」

俊子はスマホを突き出した。

「いやしかし……今さらそんなことで電話しても……」

鋼太郎は、自分の認識と妻の認識に大きなズレがあったことを初めて知った。

「ま、これからゆっくり謝る事ね」

娘は食後のお茶を、涼しい顔で飲み干した。

第三話　デスキャンプ

夕方の中央図書館。

治療院を早仕舞いした鋼太郎(こうたろう)は通路を徘徊(はいかい)し、書棚を眺(なが)めていた。

勤労意欲がないわけではない。ぶっちゃけ患者が来ないという理由から、毎週火曜と木曜は治療院を早く閉めてしまうのだ。

鋼太郎は、図書館が好きだ。本が好き読書が好きというよりも、図書館の知的な雰囲気と、多少の圧迫感と緊張感が好きなのだ。

墨井区はあまり裕福な区ではないが図書館は充実している。よほどの稀覯本(きこうぼん)を除いて、だいたいの本はあるし、所蔵していなくても他区や都立中央図書館から借りてくれる。

若い頃は勉強嫌いで図書館には無縁だった鋼太郎だが、整体師になってからはいろいろと勉強しなければならないことが多くなった。やむを得ず図書館に通ううちに、次第にその存在と雰囲気が気に入ったのだ。

区内に点在する小さな図書館支所は統廃合されて数を減らしているが、その分、中央図書館は地上十階もある大きなビルだ。区の他の部署も入居しているとはいえ、立派な建物だ。

まず、静謐(せいひつ)なのがいい。そして、誰もが学びに来ているところがいい。寝に来ている老人もいるが、それはそれでご愛敬(あいきょう)だ。併設の、最上階にあるレストランも川をのぞむ絶景で、しかも安くて美味(うま)い。

とはいえ、そんな知の殿堂にも、たまに不心得者(ふこころえもの)が乱入してくることがある。

鋼太郎が一階の雑誌コーナーでバックナンバーをチェックしていると、エントランスから大きな怒鳴り声が聞こえてきた。

何事かと見てみると、一人の中年男を図書館の職員が三人と警備員が一人、取り囲むように対峙(たいじ)している。中年男は「おれは酔ってないぞ!」「シラフだ!」を繰り返している。どう見ても酔っ払いだ。

だったらさっさとご退場願えばいいのに、図書館の職員たちは何も出来ずに、遠巻きにしているだけだ。困ったように「お静かに」と繰り返すばかり。完全に腰が引けている。

「うるせえちきしょう！　な〜にがお静かにだ？　おれは騒いでねえぞ！」

と大きな声を出す酔っ払いに、鋼太郎の足はごく自然に近づいていった。

「あ、お客さん、ちょっと！　かかわらないでください……」

男に向かって行く鋼太郎の後ろから、職員の声が飛んだが、本気で止める気もなさそうだ。

「ちょっとあなた」

鋼太郎は穏やかに小さな声で話しかけた。

「あなた、酔ってないなら、どうしてそんなに大きな声を出すんですか？」

「あ？」

虚を衝かれたのか男は一瞬固まった。すかさず畳み掛ける鋼太郎。

「シラフなんですか？　だったら穏やかにいきましょうよ。ここは図書館で、みんな静かに本を読んでいるので、ね？」

「あ、ああ……わかったよ。静かにすりゃいいんだろ」

すぐそばにいる警備員が鋼太郎に大きく頷いた。職員たちもホッとしたような表情だ。鋼太郎も頷き返して、ゆっくりと後ずさった。

男は警備員に肩を抱かれて、関係者専用のドアの向こうに消えた。

「なんか……どうもすみません」

職員たちはありがとうございます、と鋼太郎に頭を下げた。

「いやいや、私はなんにもしてませんから」

鋼太郎はにこやかに外に出たが、さすが小役人ども、波風立てないことばかり考えて、なんにも出来ないいんだな、と独りごちた。

それからというもの、警備員や職員が鋼太郎に黙礼してくれる。

今日も今日とて警備員や職員に軽く会釈されながら入館した彼は、そのまま二階の「自然科学」の閲覧室に入ろうとしたところで、ちょっと見過ごせないものを目にしてしまった。

二階は「自然科学」と「児童書」の開架閲覧室になっている。二つの部屋は階段ホールを挟んで向き合う形になっているのだが、そのホールの長椅子に座っている小学生くらいの少女と、一緒に座っている若い男の様子が、どう見ても不自然なのだ。

二人の姿は階段を上がってきて真っ先に目に入った。最初はお兄ちゃんと妹かなと思ったのだが、少女が明らかに嫌がっている様子がすぐに判ったのだ。

鋼太郎は足をとめ、ホールにある「お知らせ」の掲示板を見るフリをしながら、長椅子の二人をチラチラと観察した。

男の方は「茶髪の一見チャラいイケメン」だ。可愛い小学生女子にしつこく話しかけている。

小学生女子は、美少女といっていい。服装も垢抜けてお洒落で、しかも小学生らしさも失わないというセンスの良さだ。こんな下町に美少女モデルが？　と鋼太郎が一瞬思ってしまうほど華がある。

だがその美少女がいきなり立ち上がった。しつこい若い男を振り切るような仕草だ。

「え？　行っちゃうの？　どこに？」

「トイレだから！」

美少女の口調には怯えと緊張がある。

「トイレ？　だったらボクも一緒に行ってあげるよ」

若い男も立ち上がり、ずうずうしく一緒に付いて行こうとする。

不穏なものを感じた鋼太郎は、二人の後を尾けた。どうもこの若い男は虫が好かないと思ったからだ。何もなければそれでよし、何事もなく本当の兄妹ならそれでいい。

しかし、何かあったらしゃしゃり出よう。

二階のトイレは、階段ホールから繋がった廊下の角を何度か曲がった、その奥にある。

鋼太郎が廊下の、最後の角を曲がったとき、例の若い男は壁ドンをして美少女を壁ぎわに追い詰めていた。そしてその空いた片手は……美少女のカラダを触ろうとしているようにしか見えない。

「貴様っ！　いたいけな娘御を拐かして何をするつもりだっ！」

瞬間的に頭が沸騰して怒鳴りつけた。最近愛読している時代小説の影響か、口から出る言葉が時代劇さながらになってしまっている。

「なっ何もしてねえよ。おれはただこの子と……」

美少女は怖いのか立ち竦んでいるが、その目は鋼太郎を見て「助けてください！　この人、私に変なことをしようとするんです」と訴えている。

「助けてくれと、その子は目で訴えてるぞ！」

「言いがかりだ！　ガキのくせに大人を陥れるつもりかよ。ただで済むと思うなよ！」

イケメンの若い男は少女に顔を近づけて脅すと、鋼太郎を見てせせら笑った。

「いいトシしたおっさんが正義の味方気取りかよ。おっさんはおっさんらしく年金か健康法の本でも読んでろよ。どうせ家族にも相手にされてなくて、ぷらぷらしてるんだろ？」

痛いところを衝かれた。

「なんだとっ！」

激怒した鋼太郎は……気がついたらチャラ男の胸ぐらをつかみ腕を取り、盛大に背負い投げを食らわせていた。

「おっおれはインタハイで柔道で都代表になったんだ！　これ以上やると警察を呼ぶぞ。イヤそれ以前に現行犯だから、私人逮捕出来るんだぞ」

警察を呼ばれるのは実は自分の側だ、先に手を出した以上、という意識は鋼太郎にはない。

ほどなくドターンという大きな音を聞きつけて警備員や職員が飛んできて、図書館は大騒ぎになってしまった。

「あなた、図書館の中で狼藉は困りますよ！」

「判ってますよ。だけど、こいつは図書館の中で、まだ小学生の女の子に不埒なことをしようとしたんだ！」

警備員や職員は、鋼太郎のことを知ってるくせに、イケメン男の背中に馬乗りになって腕を捩じ上げている彼を加害者認定するばかり。

「もっと穏当にやっていただかないと……こういう乱暴は、本館では困るんですよ」

「だろ！　早くこのオッサンを退かしてくれよ！」

鋼太郎に組み敷かれているイケメンが喚いた。

「とりあえず、その人を放してあげてください」

さ、早く退いて、と急かす職員に鋼太郎は抗議した。

「その前に警察を呼べ。この男は、その女の子を拐かそうとしてたんだぞ！」

「おいオッサン、証拠もないのに勝手な事言うなよ！」

やがてトイレに続く廊下には続々と野次馬が集まってきた。職員は焦っている。

「ですから何かあっても直接手を出さないで、まず、こちらに連絡していただかないと」

「だってあんたら何もできないじゃないか！　何かあっても見ているだけで」

だから警察を呼べ、という鋼太郎にイケメンはここぞとばかり抗議した。

「何かあって、つうけど何もねえよ！　このオッサンがいきなりおれを投げ飛ばしたんだ。頭おかしいんじゃねえの、このオッサン？」

組み伏された男がイケメンだけに、場の空気が急に鋼太郎に敵対的になってきた。

野次馬の視線がキツくなってきたのだ。

「あの……」

それまで怯えて立ち竦んでいた、被害者（になるところだった）美少女が、そこで言葉を発した。

「このおじさんの言ってる事は全部ホントです。私、この人に物凄くしつこく『どこかに遊びに行こう』とか『かわいいね、触らせて』とか言われて……」

少女はしくしくと泣き始めた。

それで、場の空気が再び変わった。

警備員が携帯電話で警察を呼び、職員は彼女を保護して鋼太郎に詫びを入れ、野次馬もぞろぞろと散っていった。

「いや……助かったよ、お嬢ちゃん。証言してくれてありがとう」

制服警官に連行されていくイケメン男の背中を眺めながら、鋼太郎は彼女に言葉をかけた。

「こちらこそ、助けていただいてありがとうございます」

美少女も礼儀正しく、鋼太郎にペコリと頭を下げた。

*

その週の土曜日。

居酒屋クスノキのランチタイムに、鋼太郎とくだんの美少女と、そしてもう一人の美少女がテーブルを囲んでいた。

「義を見てせざるは勇無きなりってね。あんたにしちゃ上出来だ」

三人分のワンプレートランチを運んで来た太一が、そのまま四つ目の席に居座ってしまった。

「お嬢ちゃんたちもえらいね。こうして感謝の気持ちを表すのは、人間として大事なことだよ」

助けてもらったお礼に一席設けたい、という趣旨の昼食会なのだ。

「いやあ、いくらあの時のお礼がしたいって言われても、まさかおじさんが小学生の女の子にご馳走になるわけにはいかないでしょ」

鋼太郎は照れた。

「でも、ほかの大人の人たちはみんな知らん顔だったたし、気づいてくれたのが榊さんだけだったので」

被害を受けるところだった美少女が答えた。

「あ、私、まだ名前も言ってませんでしたよね！　菅沼恵里香って言います」

今どきの小学六年生って、こんなにしっかりしているのか、と鋼太郎は感心した。

「で、あのう、改めてお礼を。あの時は本当に有り難うございました！」

恵里香に頭を下げられて、鋼太郎はいやいやと照れて手を振った。

「せめて、お昼ごはんをご馳走させてください」

「いや、そんなのは駄目だよ。小学生にご馳走になるわけにはいかない」

「よし！　今日の分は後から出すパフェも含めて店の奢りだ！　それでいいでしょ？

恵里香ちゃんは払わなくていいからね！」

太一が太っ腹なところを見せる。

「で、味はどうだい？」

女の子ふたりにはオムライスとハンバーグにエビフライ、鋼太郎には豚生姜焼きに牡蠣フライにご飯のワンプレート。どちらも美味しそうだ。

「あの、凄く美味しいです！」

そうかいそうかいと太一は眼を細めた。

「で、あのう、私の隣にいるのは、幼稚園からずっと一緒の、安田美晴ちゃん」

紹介された美晴は、華やかな恵里香の更に上をいく、まさに正真正銘の美少女と言えた。派手で可愛いらしい恵里香に対して、美晴は見るからに清純で聡明そうな、たとえて言えば、そう、学習塾のCMには打ってつけ、と言えそうなタイプだ。食べ物で言うなら愛らしい恵里香はクリームをたっぷり載せたパンケーキ、美晴は、と言えば最高級のみずみずしいシャインマスカットというところだろうか。その、清楚系(せいそけい)正統派(せいとうは)の美少女が、「安田美晴です。よろしくお願いします」と鋼太郎に頭を下げた。

それを受けて恵里香が言う。

「でね、この美晴ちゃんが、ちょっと困ったことを抱えていて……」

「いいよいいよ。なんでも」

引き受けるよ、と言いかけたところで太一に口を塞(ふさ)がれた。

「おい鋼太郎。あんまり安請(やすう)け合いするな。この前の一件もけっこう大変だったろうが」

「そりゃあまあ……区議からイモヅル式に国会議員まで捕まったし、校長も辞めたし教育委員会もひっくり返ったし」

「お前自身も新聞に『私人逮捕おじさん』とか載せられちゃって」

とは言っても、目の前に困っている人や、あるいは違法行為をしているヤツがいたら、見て見ぬフリは出来ない。鋼太郎は、そういう性分(しょうぶん)なのだ。

「あの……おじさんもいろいろ大変だとは思いますけど、美晴ちゃん、本当に困っているので、どうか相談に乗ってあげて欲しいんです」

「ねえちょっと。話だけでも聞いてあげなよ、師匠！」

バイトの純子とかおりと瑞穂の女子高生トリオも寄ってきて、鋼太郎をせっついた。

特に純子がうるさい。

「だって小さな女の子が困ってるんだよ！」

「だから聞かないとは言ってないだろうが」

鋼太郎はトリオをイケイケと手で追い払い、美晴ちゃんに顔を向けた。

「とりあえず、話を聞かせてもらえるかな？」

美晴はハイと頷いて、つっかえつっかえ話し始めた。

「あの……ウチのパパとママは、写真を撮るのが好きで、撮ったらそれをネットにあげるんです。インスタグラムやフェイスブックだけじゃなくて、もっとマイナーなところにも。そうしたら、そういうのが好きな人たちと仲良くなってしまって」

美晴ちゃんは本当に困った様子で続けた。

「そのうちにホームパーティとかバーベキューとかピクニックとかに、やたらに参加するようになってしまったんです。前は全然連れて行ってくれなかったのに。今は……ひどいんです。土日が全部、潰れます。いろんなイベントに連れ出されるようになって」

「それは、ご両親にお願いして、回数を減らしてもらったらいいんじゃないかな」

「何度も頼みました。でもダメなんです。パパが怒ってしまうんです」

美晴が嫌がると父親は逆ギレし、『家族ぐるみの付き合いだからいいだろ！』と血相を変えるのだという。

「それで嫌々行くと、やっぱりいっぱい写真を撮られるんです。それも、パパだけじゃなく、よそのおじさんやお兄さんたちにまで」

それが一番辛い、と美晴は訴えた。

「最初の頃は月イチくらいだったのに、だんだん増えてきて、今は毎週、連れ出されるんです」

美晴は女子高生トリオの純子が運んで来たパフェを、スプーンで突つきながら話し続けた。興味津々の瑞穂とかおりも、いつの間にか傍で聞き耳を立てている。

「パパとママと私とで、家族だけでお出かけをするのならいいんですけど、いつもいつもよその人たちと一緒なのは、もう、イヤで。だって、ずっと写真を撮られ続けるんですよ。『情熱大陸』じゃあるまいし、なんかの密着取材みたい」と美晴は言った。

「写真集の撮影だって、ずーっと撮られっ放しなんてこと、ありませんよね？」

そんなものなのだろうか。

「パパやママが撮るなら、まあ我慢出来ます。後から見て、これヘンな顔だからアップしないで、とか言えるし。だけど、よその人が撮った写真には文句言えないし……インスタとかフェイスブックに出ちゃったものが変な顔に写っていたりするので……そういうのは嫌だから、なにか食べてるときでも寝てるときでも、いつも気をつけてなくちゃいけないし」

全然楽しくないし、リラックス出来ないし、もう嫌、限界だ、と美晴ちゃんは訴えた。

「お休みの日くらい、自由に過ごしたいんです。本当は地元女子サッカーのクラブに入りたかったのに、土日のイベントに参加出来なくなるから、ってパパが反対してダメになりました。私、タレントでもないのに、どうしてイベントスケジュール最優先なの？」

肩を落とす美晴に、女子高生たちが怒った。

「ひどいよね！」

純子が言った。

「聞けば聞くほどあんたのパパがクソじゃん。あっ、ごめんね。ひどいこと言って。でもホントのことだから」

純子の怒りと美晴の哀しそうな顔を見ていて、鋼太郎は苦い記憶を思い出してしまった。

娘の俊子がまだ中学に入ったばかり、そして息子の浩次郎が小学校高学年だった時、鋼太郎ひとりが勝手に盛り上がりアウトドアのキャンプに出かけようと、サプライズ的に準備を進めたことがあったのだ。ところが、当日出発しようとしたら、家族全員に予定があり、大揉めに揉めた末に旅行が中止になったという黒歴史だ。

その時はかなり腹が立った。せっかくおれが家族サービスをしようとしたのに、それが判らないのか！　家族なら黙ってついてくればいいのだ！　と激怒したのだが……。

今にして思えば、サプライズだから驚くけど絶対喜ぶに違いないと勝手に思い込んだ自分の独善が判るし、事前の調整を一切しなかったのは大きな落ち度だと判る。だから、美晴のパパの大きな勘違いもよく判るのだ。父親と家族、双方の立場から。

しかし、純子はなおも美晴のパパを罵り続けた。

「そんな父親、家族のことを何も考えてないし、くっだらねープライドと見栄だけの男じゃんよ？　自分の顔を立てたいとか家族を自慢したいとか、そんなことで家族を引っ張り回す父親ってまじサイッテー！」

「たしかに……その通りなんですけど」

美晴は涙ぐんでいる。ダメな父親とはいえ、他人に悪く言われるのは辛いのだろう。

「まあまあ、泣かないで。ごめんね。このお姉ちゃん、口は悪いけど、ちょっと突っ張ってるだけだから、気にしないで」

慌てて宥めながら鋼太郎は訊いてみた。

「そういうイベントでは……どんな写真を撮られているのかな？」

たとえば……と、美晴はスマホでフェイスブックのページを開いて見せた。

そこには、美晴、そして恵里香をはじめとした少女たちの画像がこれでもか、と載せられている。しかもボカシもモザイクも、一切かかっていない。それどころかスカートのまま木登りしたり寝転んでいたりする写真には、少女の下着までが写っている。

「うっそ……なにこれ」

純子たち女子高生トリオは、その写真を見て驚き呆れた。

「ちょっとこれヤバいじゃんよ。あんたらの親は何考えてんの？　子どもの写真を顔出しで載せるなんて……」

「これってさあ、ライオンの檻に羊を入れるようなものだよね」

と、真面目派の瑞穂。

「アリの群れに砂糖を落とす的な？」

と、大人しい、かおり。

「泥棒だらけの場所で財布から万札を出して見せびらかすようなものだ……というタトエはオッサンくさいか……」

と、鋼太郎もぽつりと口にしたが、女子高生トリオの怒りは収まらない。

「しかもあんたら、カワイイじゃん」

純子は美晴と、そして恵里香の二人を見ながら言った。

「今の日本にはロリコンの変態がうじゃうじゃいるのに、これじゃどうぞ狙ってくださいって言ってるようなもんだよマジで」

「やっぱり……」

と、美晴はさらに不安そうな顔になった。

「でもこれはフェイスブックでは非公開のグループだから……誰でも見られるってわけではないから大丈夫だって、パパはそう言うんですけど」

「大丈夫？　マジで？　そのグループは何人くらいいるの？」

純子が畳みかける。

「メンバーの身元は確かなの？　パパは全員のことを詳しく知っているの？　メンバーだけじゃなく『メンバーの友達』まで見られる設定になってない？　もしそうならザルだよ」

純子はガンガンと攻め立てた。

「パパは大丈夫だって言うばかりで……みんないい人たちだからって」

美晴はますます不安そうになり、自信なさげな表情になっていった。

これは「大丈夫ではない」パターンだと、さすがにSNSには疎（うと）い鋼太郎にも判った。

「今までは海水浴とか、バーベキューとか、お花見とか、そういう日帰りのイベントばかりだったので、写真をガンガン撮られても、まあ、我慢できたんです」

美晴は辛そうに言った。

「でも今度は日帰りじゃなくて、お泊まりのキャンプなんです。お昼過ぎに行って、翌日のお昼までの。ってことは、写真撮りまくりの気持ち悪い人たちと、ずうっと一緒にいることになるんです。どうしよう……」

「行きたくないって、言えないの？」

かおりが優しく訊いた。

「言いました。何回も。でも、そのたびにパパは機嫌悪くなるし、ママも、パパには逆らわないんです。結局、私が友達と約束があってもそんなの無視で。仕方ないので、いつも今日だけは我慢しようって、気を張っていればこれまでは切り抜けられたけど……」

美晴は俯いてしまった。そんな美晴を、隣の恵里香は肩を抱いて慰めて、代わりに喋った。

「私たちに出来ることって、変な写真を撮られないようにしたり、スカートの裾とかをいつも気にしたり、絶対に一人にならないようにしたりって、そのぐらいです。だけど、私たちが言うのもなんですけど、コドモにそんな心配させるのって、アリでしょうか？」

「アリじゃない、絶対に！」

女子高生トリオが声を揃えた。

「……ありじゃないよ、それは」

鋼太郎も、重々しく、言った。今度は美晴が顔を上げて言う。

「お泊まりが心配で……テントの中で、隣にパパやママがいますけど……寝顔とかこっそり撮られたりするのいやだし、そういうの、何をされても防ぎようがないので」

太一が大きく頷き、鋼太郎を見て言った。

「こりゃ、榊鋼太郎、男一匹、ひと肌脱ぐしかないな」

「お前、さっきは安請け合いするなと言わなかったっけ？」

太一は答えず、知らん顔をして席を立ってカウンターの中に消えた。

女子高生トリオと恵里香、そして美晴は期待に目を輝かせて、鋼太郎を見つめた。

こうなると、答えはひとつだ。

「よし、判った。私がそのキャンプに参加して、きみを守ってあげよう」

鋼太郎はそう言って、サイモン&ガーファンクルの「明日に架ける橋」の歌詞を思わず口ずさんだ。

「なに師匠？　その寝言みたいなのは？」

「君が困っていたり哀しかったら助けてあげよう、という歌だ。アイム・オン・ユア・サイド！」

純子のツッコミに、鋼太郎は胸を張った。

「ありがとうございます！」

美晴と、親友の恵里香は顔を輝かせた。

「条件は、家族での参加なんです。『家族の絆の会』ファミリー・ボンドの会って言ってます」

「ボンドの会？　なんだそれは？　スパイかよ。それで、家族参加以外に条件は？」

カウンターの中から太一が顔を出して、言った。

「たとえばさ、釣りが好きだとか山歩きが好きだとか、焚き火が好きじゃなきゃダメだとか、そういう縛りは？」

「別にないです。大勢で楽しみたいだけの、誰でも入れるゆるいグループなんですけど、ただ一つの条件が」

「家族での参加、そういうことか。わかった」

美晴に、鋼太郎は胸を叩いた。

「まかせなさい」

「あの、でも、聞いたところでは、榊さんは独身だと……」

美晴は心配顔で訊いた。

「今は独身だけど、以前は妻も娘も息子もいたし、交流はある。今、連絡をしてみよう」

鋼太郎は、その場の勢いで別れた妻に電話をかけた。

「あ、おれ」

すると、スマホの受話器からは剣呑な声が漏れてきた。

「は？　ドチラサマですか？」

「おれだよ。急に悪かったね。どうだ？　元気か？」

鋼太郎の声が猫撫でトーンに変わった。

「いや実はさ、みんなでキャンプとか行かないかなあと思ってさ」

「なんなの、いきなり？」

トゲのあるけんもほろろな声が再度、スマホから漏れた。

「キャンプ？　あなたと？　冗談じゃないわ。何よ今さら。一緒に暮らしていた時は私たちのことなんかどうでもよかったくせに。俊子が学芸会で主役をやった時でさえ、観にきてくれなかったこと、忘れてませんからね、私も俊子も。浩次郎だって熱があるのに学校行けって追い出そうとしたし……忙しいから切るわよ！」

ガチャ切りされてしまった。

場の空気も凍りついている。全員がどう慰めていいのか判らない、腫れ物には触りたくない雰囲気になってしまった。

鋼太郎自身、固まっているし、美晴と恵里香も、女子高生トリオも困惑している。

ようやく純子が口を開いた。

「これって……あれだよね。ほら、熱湯風呂に入ったダチョウ倶楽部が、本当に熱湯だったのでヤケドしちゃったみたいな……」

変なたとえで説明する純子に、美晴と恵里香も追従した。

「おじさん、元気出して……」

「そうだよ、何も家族だけが人生じゃないと思う」

気の毒そうな顔で聞いていた小学生ふたりにまで慰められてしまった。

「いや、女房は怒りっぽくてね。学芸会に行かなかったくらいで何もあんなに」

鋼太郎はカラ元気ではっはっは！　と笑って見せたが、すかさず純子が突っ込んだ。

「『くらい』って何それ？　晴れの舞台を親が観にきてくれないって、わりとダメージでかいよ。おっさん、何してたのその時？　仕事？」

鋼太郎は師匠からおっさんに格下げされてしまった。

「……いや、仕事じゃなかったと思う。一体、何をしてたんだっけな……」

ごまかしたが、実は覚えている。小学校の校舎の外で、車椅子マークのある駐車スペースに車を止めていた健常者に注意したことからトラブルになり、揉めているうちに娘の出番は終わってしまったのだった。しかもその男がＰＴＡ会長だというので、セコい権力をカサに着やがってと鋼太郎は激怒したのだが、その会長には外見では判らない障害があって、あとから平謝りに謝るしかなかったというオマケがあった。

そこに太一がニヤニヤしながらタピオカミルクティーを運んで来た。

「なんだよ、カミさんに断られちまったのかよ。だったら代役を立てるっきゃないな。ほら、あの『ぷりめーら』のママ、麗子さん。彼女なら気っ風がいいし、年格好もお似合いだし、頼めばあんたの女房のフリくらいしてくれるさ。ただし日当ははずんでな」

「ぷりめーらのママ、ねえ」

思いがけない提案をされた鋼太郎は小首を傾げて考えていたが、次第にエロオヤジ風のニヤニヤ笑いが顔に広がってきた。それを見て瑞穂が訊く。

「ねえ、そのママさんって、どんな人?」

訊かれた太一はサラッと答えた。

「そうさなあ、女優の原田美枝子からオーラを抜いた感じ?」

「おっさんの娘役なら、あたしが立候補するよ」

純子が手を挙げて、「じゃあ私も」と瑞穂とかおりも手を挙げて、三人で「どうぞどうぞ」と譲り合うギャグをひとしきりやったが、最後に純子がマジな顔になって言った。

「そんなキモいキャンプ、ぶっつぶしてやんなよ、おっさん。あたしは協力するよ」

そうこうしているうちにランチライムが終わる頃、一人の美熟女が「こんにちは～」とやってきた。

「やあ、ママさん！　ホントに来てくれるとは！」

太一が最敬礼で出迎えて、鋼太郎の席にうやうやしく案内した。

「ぷりめーらのママ、麗子さんだ！　みなのもの、くれぐれも粗相がないように！」

大袈裟な歓迎に美熟女は苦笑した。

「イヤだわ太一ちゃん、なにそれ」

若い頃の美女が年を重ねて貴婦人になったような気品と、優雅な物腰と余裕。

鋼太郎は麗子ママの色香に思わずくらくらっとなってしまった。

「太一ちゃんはよく来てくれるけど、鋼太郎さんは滅多に来てくれないわね」

「だってママの店、高いから……」

思わず本当の事を言ってしまう鋼太郎に、麗子ママはほほほと笑った。

「あら？　そうかしら？　ごめんなさいね。私、他所のお店のことはよく知らないから」

かなり天然が入っている感じのママは婉然と微笑んだ。

「話は太一ちゃんから聞いたわ。私、アウトドアは得意じゃないけど、料理は得意だから」

そう言って鋼太郎のテーブルに集まった一同を確認した麗子ママは、美晴のそばに座って、肩を抱いた。

「可哀想に……心配ないからね。そこのおじさんと私と、そこのお姉さんが、きっとなんとかするから！」

麗子ママは意外にも姐御肌のようだ。


その日の深夜。

繁華街が尽きて住宅街になる境目のような場所にあるスナック「ぷりめーら」は、麗子ママの自宅の半分を改造して店になっている。その狭い庭には、ちょっと押せば倒れてしまいそうな古い物置があった。

「死んだ亭主がアウトドア好きでね、いろいろ買い込んでは、毎週のように出かけてたの。私はインドア派だからお留守番。凝り性で一流好みで、ほかに趣味がなかったから、かなり注ぎ込んでたわね」

鋼太郎は麗子ママの店が看板になるまで飲んだ。途中で居酒屋の営業を終えた太一も合流したので、酒臭い三人が深夜、物置を物色しているような光景になっている。

「おお、さすがですね。コールマンにノースフェイスに……デンマークのノルディスク。スウェーデンのヒルバーグ。ノルウェイのベルガンス。フランスのケシュア。この分野、日本製もスノーピークとかユニフレームとかロゴスとかモンベルとか、なかなかいいものを作ってるんだけど、亡くなったご主人は全部、舶来品で揃えてたんですね」

太一がマニアックに言った。

「お前がアウトドアに詳しいとは知らなかったな！」

鋼太郎は驚いた。呑兵衛の太一にアウトドアの趣味があったなんて、今の今まで全然知らなかったのだ。

「これを持っていけば、使い込んだ跡もあるから、ベテランのキャンパーで筋金入りって感じになりますよ。ほら、このコッヘルの凹み具合。使い込んだ感じがして、実にいいなあ！」

太一は、ママへのおべんちゃらではなく、心底マニアとして、素直に敬意を込めて喋っている。

「そうか？　俺には全く判らない世界だけど……しかし、奥多摩のキャンプ場に、あんまりゴツい装備を持っていっても笑いものになるだけじゃないの？　チョモランマに登頂するわけでもないし、冬の谷川岳を征服するわけでもないんだし」

鋼太郎には、案配というかグレードが判らない。それほど、麗子ママのご亭主が遺したアウトドアグッズには重装備から軽装備まですべてが揃っている。ヒマラヤのような酷寒の雪山で使うようなものからビーチの日除けみたいなものまで千差万別だし……。

麗子ママはひとつひとつ太一に確認しつつ、必要な装備を選び出そうとしている。

「関東近郊のキャンプ場で一泊でも、寝袋は必要ですよね？　テントの中を照らすランタンとかも？　キャンプ場だとバーベキュー場はあるから、スタンド式のバーベキューの焼き場？　クッカーとかいうんですか？　これは要らないんですよね？」

「たぶん、あの連中はコールマンのパワーハウスLPツーバーナーストーブ、そしてテーブルにチェアを持って来るだろうな。フル装備持ってるぜってところを見せつけるに決まってる」

「この写真を見ると……」

鋼太郎はスマホで、美晴から転送された過去のイベントの写真を表示させた。

「たしかに、このメンバーはかなりの見栄っ張りみたいなんだよなあ」

「そう。持ってるモノがいちいちブランドものの、それも一番高いヤツだ。たしかに、こいつらはどうしようもない見栄っ張り揃いだ。こんなヤツらにナメられないためには、こっちも道具で一発かましてやんないとな」

　こいつこそ見栄っ張りなのでは？　と鋼太郎は疑いの目で太一を見た。

「とりあえず、いいものばかりだから、全部車に入れていこう。それでおれは全部持ってるぜって顔が出来る。あっ！　あ〜いいなあこれ」

　太一は小さな鍋かお椀のような、取っ手の付いたステンレスの容器を手にした。

「これはシェラカップ。これでコーヒーを沸かしてそのまま飲めるし、フライパンみたいにして調理も出来るし、ご飯も炊けるし計量カップにもなるし……キャンプで重宝する万能アイテムなんだよ。またこの新品じゃない風合いが、実にいいなあ」

　太一はそのステンレスのモノを矯めつ眇めつ、じっくり眺めている。

「いや、前から欲しいと思ってたのよ。ほらずっとセンに、お前と秩父の神社にお詣りに行ったことがあっただろう？　その帰りの西武電車に、えらく元気そうなジジババの集団が乗り込んできたことがあったじゃないか」

　それは鋼太郎も覚えている。たしか町内の知り合いに頼まれて、三峯神社のお札をもらいに行った帰りだった。

「ああ。山歩きのグループだろう？　みんなリュックをしょって、杖(つえ)かなんか持って」

「そいつらが四人がけのクロスシートで、ポットに入ったコーヒーをみんなで飲んでたろ。ほら、これと同じ、ステンレスのカップで」

「カップにしては口が広くて、妙な形だなと思ってたんだ」

「それが、おれにはえらく美味しそうに見えてな」

「テレビの『ロンパールーム』で飲むミルクが妙に美味しそうだったのと同じか」

「そのタトエはよく判らんが」

太一はシェラカップを愛(いと)おしそうに撫でた。

「あの、よかったらそれ、差し上げますけど」

あまりにも物欲しそうにしているので、麗子ママは太一に申し出た。

「え。いいんですか？　そりゃ嬉しいなあ！　おれはね、これでコーヒーを飲むのが夢でね。いやあ、あのジジババたちが楽しそうで、おれは本当に羨(うらや)ましかったんだ」

お前さんにもこれでコーヒーをご馳走してやるよ、と太一は妙に威張(いば)った。

「でもまあ、それ、百均(ひゃっきん)でも売ってますけど……」

麗子ママは太一の熱に水を差すようなことを言う。

「それに、太一ちゃんがそこまでアウトドアに造詣が深いんなら、鋼太郎さんより太一ちゃんが例のキャンプに行った方がよくはないの？」

麗子ママの言葉に、太一はイヤイヤイヤと手を振った。

「おれが出ていったら、妙な意地の張り合いとかしちゃうかもしれないからさ。オーディオとかアウトドアとか、こういう趣味ってマニアはとことん凝って、頑なに自分が一番、みたいに思い込みがちだからね……」

「判るよ、それは。あんたを見てれば」

呆れる鋼太郎に太一は言った。

「いや、やっぱりおれも行く。ど素人がこんな凄い装備で参加したら、逆に怪しまれるじゃないか。フォローする人間が必要だ。やっぱり、おれが行かなきゃハナシにならない」

太一は勝手にその気になっている。

「おいおい。それじゃ趣旨が違うだろうが？　そもそも麗子ママにお願いしたのは、家族じゃないとキャンプに参加出来ないからだ。一家に父親が二人もいらんだろうが？」

鋼太郎は口を尖らせて抗議した。

「そこはお前……キャンプ初心者をサポートする親戚ということで……いいだろ？　とにかくお前は素人過ぎて見てられねえんだよ！」

かくして、何故か居酒屋の大将・楠木太一もキャンプに参加することになってしまった。

＊

キャンプ当日の朝。

都内で集合して車の隊列を組んで行くことはせず、現地である奥多摩に、各自直接赴くことになった。

鋼太郎たちは荷物を積み込む関係で、麗子ママの家に集合した。

太一は４ＷＤのゴツいランドクルーザーを出してきて、余裕の笑みを浮かべている。

「すげえだろ？　これならどこにでも行けて一週間は余裕でキャンプ出来る荷物が積める」

「しかし太一がこんなヘビーデューティー志向だったとはなあ。いやしかし、だったらおれは必要ないんじゃないの？」

「お前たちだけじゃあ放っておけねえとしゃしゃり出てきた、椿三十郎（つばきさんじゅうろう）みたいなもんなんだから、おれは。お前という若侍（わかざむらい）がいないと存在感がないのよ」

太一は三船敏郎（みふねとしろう）ばりに渋い顔を作ってみせた。

「そうか？　あんたは三十郎っていうよりタコ社長だけどな」

「鋼太郎、オマエ、もう少し気を遣（つか）ってモノを言え」

太一に怒られて、鋼太郎は「へ？」と首を傾げた。

文句を言われてその理由にまったく心当たりのないところが、鋼太郎の鋼太郎たるゆえんだ。意に介する風もなく、鋼太郎は予定表を読み上げた。

「お昼ごろに現地集合、ランチのバーベキューを堪能（たんのう）したあと、夕方まで自然を満喫（まんきつ）して、夜はダッチオーブンなどを使った凝ったキャンプ料理に舌鼓（したつづみ）を打って、夜空を眺めながら就寝。二日目は朝の新鮮な空気の中で、朝食を食べて現地解散」

鋼太郎たちが参加を許可されると同時に、スケジュールがメールで送られてきたのだ。

「なになに？　参加費は食材込みで……一家族一万九千八百円？　高いな。こいつら、食材で儲（もう）けようとしてるんじゃないのか？」

「失敬な！」

何故か太一が怒った。

「おれが居酒屋をやってると主催者にメールで自己紹介したら、じゃあ食材の用意をお願い出来ますかと、予算はこれこれでと言われたんで、俺が全部仕切ったんだよ！」

太一は自分の店から積んできた、大きなジュラルミンのキャスター付きキャリーケースを見せた。

「この保冷できるキャリーケースの中には、おれが吟味した、とっておきの食材が詰まってる！」

ああそうですか、と鋼太郎が気のない返事をして、麗子ママの物置からキャンプ道具を黙々と運び始めたので、太一も協力した。それを麗子ママは「大変ねえ、頑張ってね」などと言って応援している。

「ところで、キャンプの主催者って、美晴ちゃんのパパだっけ？」

テントの支柱など重くて長いモノを一緒に運びながら鋼太郎が聞いた。

「いや、メールしてきたり事務的なことを細々としてるのは美晴ちゃんのパパだけど、主催者は菅沼というヒト。大袈裟にいえば、美晴パパは事務総長で、菅沼が大会組織委員長って感じ？」

「オリンピックかよ」

などとダベリながらも、キャンプで必要な荷物をすべて積み終わった。それを見計(みはか)らったように、「娘役」の純子がやって来た。

「なんだ今ごろ。手伝ってくれるんじゃなかったのか？」

ムッとする鋼太郎に、「チカラ仕事は男の役目じゃん」と純子はケロリとしている。

「そうそう。チカラ仕事は男の役目ですよ。じゃあ行きましょうか」

太一は後部ドアを開けてお姫様をエスコートするように、純子と麗子ママを乗せた。

「なるほどね」

太一の本心は、麗子ママと一緒にキャンプに行きたかっただけなのだ、とようやく鋼太郎は悟(さと)った。行きたいのはヤマヤマだが、生来(せいらい)の照れと臆病(おくびょう)さが顔を出して腰が引けていたに違いない。それで「キャンプの指南役(しなんやく)」という、よく判らない、一歩引いた役割を無理やり設定したわけなのだ。

太一の気持ちは判っているのだろうが、あえて口には出さない麗子ママは、後部シートで寛(くつろ)いでいる。その隣には純子がいる。

「あのなあ鋼太郎。お前、もう少し気を利(き)かすとかって、ないの？」

「あ？　どういうことだそれ」

鋼太郎はすっかりキャンプ気分でバナナを食べている。

「ガキかよまったく。おれが車を出して運転してるんだから、お前が後ろに座るとか、さ……判んねえの？」

「そうして欲しけりゃ言えばいいじゃねえか。立派な口が付いてるんだから。なんならおれが運転してやろうか？　お前は後部シートで麗子ママと仲よくやればいいじゃないか」

「バカ言うな。免許取り立ての六十の手習いジジイに愛車を運転させられるか！　もうすぐ返納かってトシなのに、免許なんか取るなっての！」

「まあまあ、コドモじゃないんだから仲よくやってくださいね」

麗子ママは、なんだかこういう年寄りのガキみたいな喧嘩を楽しんでいるようだ。

「あのさあ、娘役もいるって事を忘れないでね！　オッサンの変則デートじゃないんだからね！」

「おお、お前がいるの、完全に忘れてた！」

太一のランドクルーザーは一路中央道と圏央道をひた走り、奥多摩は秋川のかなり上流にあるキャンプ場に、十二時前に到着した。

駐車場で、鋼太郎の一行は参加家族たちと初めてご対面した。

五組のうち、鋼太郎・太一・麗子ママ・純子のニセ家族組だけが初参加で、他の四組は常連らしい。

「初めまして！　ワタクシ、まとめ役の菅沼といいます。このグループは、キャンプを愛するシンプルな集まりです。みんなでテントを張って火をおこして料理を作って食べて、子どもが寝た後は大人同士、美味いお酒を飲んで焚き火を見ながらあれこれと語り合い、夜空に広がる星や天の川を眺め、自然を満喫しましょう！」

言葉では、とてもいいことを言うリーダーの菅沼は、このグループで一番高級そうな車に乗ってきている。恰幅がよすぎて……要するにデブな男だ。

「アウトドアっつっても、あの感じじゃねえ……。テントのそばから離れずにビールをかっ食らっているだけじゃねえの？　要するに、外で酒飲むのがうまいってヤツ」

太一が鋼太郎に耳打ちした。

どうも菅沼氏の装備が超一流らしくて、太一には面白くないようだ。

「ちっ。麗子ママのダンナの装備に勝てるヤツはいないと思ったのに」

「おい。今日はそういう勝った負けたの会じゃないんだからな！　装備でマウンティングなんかするなよ！」

「まあ、装備で負けても他のことで勝ってやるから、見てろ」

太一は全然めげていない。

菅沼は具体的な事は何も言わない。テントの場所などについて具体的に指示を出して、テキパキ準備を進行するのは、美晴ちゃんのパパだった。

美晴パパは笑顔を絶やさず、参加費をメンバーから徴収（ちょうしゅう）したり、テント設営に不慣れな家族を手伝ったり、荷物の整理も手伝ったり、八面六臂（はちめんろっぴ）の大活躍だ。しかし、自分の家族のテント設営や荷物の整理は奥さんに丸投げ状態で、美晴ちゃんもママと一緒に黙々と働いている。しかし、テントを張るのはチカラ仕事だ。女性と子どもの手だけでは、ふらついて上手（うま）くいかない。

「鋼太郎、いけ！」

それを見ていた太一が、鋼太郎の背中をどん、と叩（たた）いた。

鋼太郎もテントを張るのなど初めてなのだが、成り行き上、仕方がない。

「お手伝いしましょう。どうすればいいですか？」

鋼太郎は、美晴ママの指示を受けて地面にフックを打ち込んだり支柱を支えたりして、なんとかテント設営に漕（こ）ぎ着けた。

「有り難うございます。助かりました」

ママと美晴ちゃんは鋼太郎に礼を言った。

「お宅のご主人は他人の世話ばかりで、自分トコはやらないんですか？」

つい、そう訊いてしまったが、ママは苦笑するばかりだ。

「昔から……人にいい顔をしたい人なんです」

そのパパは、菅沼に命じられるまま菅沼のテントを立てて、菅沼の荷物も、車からかいがいしく運んでいる。

「菅沼さんって、お宅のご主人の上司（じょうし）かなんかですか？」

訊くと、美晴ママは首を横に振った。

「そういうわけではないんですけど……あのヒトは、ああいう性分なんです。ハッキリ言って、誰にでもいい顔をしたいというか、みんなから悪く言われたくない八方美人（はっぽうびじん）体質というか……」

「外ヅラだけはいいってヤツですか？」

鋼太郎はそう言ってしまってから、シマッタ！　と思った。これではモロに批判だ。

「と申しますか、あのヒトは菅沼さんを凄（すご）く尊敬しているので……」

尊敬しているから尽くしているのではなくて、なんだか弱みを握られているから言いなりになっている、という感じが、どうしてもしてしまう。

そう思って見ていると、菅沼はかなり高圧的に美晴パパをコキ使っている。

それでいて美晴パパは作業をこなしつつ写真を撮りまくっている。きっとあとからＳＮＳに上げるのだろう。

そういえば、菅沼も、他のメンバーも、さかんに写真を撮っている。美晴も撮られていて、カメラを無視しているが、ブスッともしてられないので、時折り、作り笑顔をカメラに向けている。

「菅沼って人は、ナニモノなんですか？」

「私もよく知らないんですけど、個人で輸入雑貨商をやってるらしくて……」

みたところ羽振りはいいので、商売は成功しているらしい。

「ウチの人はサラリーマンなんですけど、宮仕えより一国一城の主になりたいって、いつも言ってます。それだけに菅沼さんが余計に仰ぎ見る存在なんだと思います……」

みんなが公務員になりたがる今の時代、そういうふうに思う人もいるのか、と鋼太郎は妙な感心をした。

「榊さんは、ご商売かなにかをされてるんですか？」

美晴は当然、鋼太郎たちが参加することになった経緯を説明していない。

「私、墨井区本町で整体院をやってまして」

「手に職というか資格があるのはお強いですね。では、先生とお呼びしようかしら？」

「いえいえ、先生だなんて、とんでもない」

話が弾んでいるところに、太一から「出来たぞ！」と声がかかった。

「あ、あれは、ええと、義理のアニキで。ええと、妻の兄です」

鋼太郎は咄嗟にデマカセを言った。

各家族のテント設営や準備が一段落して、男たちは火をおこしてツマミを用意して、いそいそとイッパイやり始めた。それでも酒を飲むお互いを撮ったり、高そうな酒のボトルや手の込んだツマミの写真を撮ったり、遊んでいる子どもたちを撮影する手は休めない。

要するに、こういう「リッチなキャンプが出来るおれたちスゲーだろ」という自慢をしたいのか？

そのいっぽうで、一家族だけがなにもせずに手持ち無沙汰でブラブラしている。

「ええと、皆さんはオートキャンプですか？　それか、そこのコテージに？」

気になった鋼太郎が声をかけた。その家族はテントも張らなければテーブルを出して食事の準備をするでもないからだ。

「もしかして、なにかあってキャンプの道具が……」

台風とかの災害に遭ってキャンプ用品をすべて失ってしまったのではないか？　しかし、そうだとすれば、このイベントは欠席するのではないのか？

「ええまあ、いろいろありまして……そちら、いろいろ装備が凄いですね。テントの余分とか、あったりしませんか？」

小学校高学年と思われる男の子と女の子、まだ小さい末っ子、そして妻と夫の五人家族だ。その夫が、まったく悪びれる様子もなく訊いてきた。

「まあ、予備のテントはありますけど……小さいのですよ？」

麗子ママが言ったひとことに、その一家、というか夫が縋り付いてきた。

「是非！　ぜひ貸してください！」

だが、太一が車から予備テントを出してやっても、彼らはなにもしない。

「テント、どうぞ。お貸ししますから使ってください」

鋼太郎がそう言っても、彼らはなにもしようとせず、鋼太郎を見つめるだけだ。

「あの、よそ様のテントだと要領が判りませんし、万一、傷つけたりしてもいけないので……張っていただけたら」

父親は同じく悪びれた様子もなくそう言った。

鋼太郎は思わず太一を見たが、太一は「いいですよ」と簡単に引き受けて、テキパキとテントを立ててやった。

「有り難うございます！」

その一家は借り物のテントにいそいそと入ったが、すぐに父親が顔を出した。今度は、「あの、寝袋とかの予備っていうのは……」と訊いてくる。もはや借りて当然、テントと一緒に差し出すのが常識、みたいな感じにすらなっているのが実に不思議だ。

「はいはい。それもありますよ」

太一は寝袋と、そして簡単な折り畳みテーブルなども車から出してやった。

その様子を、他の家族たちが呆れたような、苦々しいような表情で見ていることに鋼太郎は気がついた。そこで美晴ちゃんのママがそっと耳打ちしてきた。

「あそこのご一家に、あんまり世話を焼かない方がイイですよ」

鋼太郎には意味が判らない。

「余田さんっていうんですけど、あそこはいつもああなんですよ」

「っていうと？」

「いえね、だから、いつも手ぶらで来るんです。飯盒とかお米とかも持ってこないんですよ。それも他の人たちに借りる、っていうか、食べ物は返すわけじゃないから、ハッキリ言ってタカリですよね。参加費だって、ああだこうだと理由を付けて一度も払ったことがないんです。結局、ウチのヒトが立て替えたりして」

美晴ママは腹立たしそうに言った。

「図々しすぎて、便乗一家とかタカリ家族とか、借りパクの余田さんって、陰で呼んでますけど」

そうは言うが、余田家の両親はともかく、上の子どもたちふたりはなんだか申し訳なさそうな顔でこそこそとテントの中に隠れてしまった。

「どうしてあの一家が毎回参加してるのか、私は凄く不思議なの。なんか菅沼さんの知り合いらしいんで、その繋がりらしいんですけど」

美晴ママは憤懣やるかたない、という顔で文句を言った。

それを知ってか知らずか、美晴パパが声を上げて音頭を取った。

「じゃあ、大人の皆さんはお昼の準備を始めましょうか。その間、子どもたちは安全な場所で遊んでてね！」

大人たちは持ってきた食材を出したり、野菜を川で洗ったりと調理の準備を始めた。

太一も、車から例の巨大なジュラルミン製のキャリーケースを運んで来て、パカッと蓋を開けて、中に詰め込んである食材を取り出して、調理の準備を始めた。

テント設営の手伝いを終えた子どもたちは、遊び始めている。さすがにここまで来てスマホでゲームをする子はいない。林や河原を走り回ったり、渓流にいる沢ガニや虫などを捕らえたりと、みんなはしゃいでいる。

そこで一部の大人たちが一斉にカメラやスマホを取り出して、またもや子どもたちの姿を撮り始めた。なにかの撮影会のような雰囲気だ。

同年配の子どもたちの中で、美晴の可愛さ・美しさは群を抜いている。

この年頃の「可愛さ」というのは残酷なモノで、長ずれば育ちや教養、賢さが魅力の要素に加わって、「地」を凌ぐ場合もあるのだが、子どもの場合は「地」が剝き出しになってしまう。

菅沼家の娘・恵里香はとても可愛いし、可愛い服を着て、髪にも可愛いリボンをしているのだが、真正の美少女である美晴と並ぶと、残念ながらその優劣はハッキリしてしまう。

菅沼の妻で恵里香の母親は、これまたハッキリ言うと、器量が「少し残念」なタイプだ。美晴ママも特別美人ではないのだが、そこはもう、運命のいたずらと言うべきなのだろう。天下の美男美女からイカツイ顔の息子が生まれたり、さほどハンサムでもなく美人でもないカップルから凄い美男や美女が生まれることもある。

しかし、そんな事は子どもたちには関係ない。美晴と恵里香は仲がよくて、鋼太郎に相談に来た時と同じように一緒にキャッキャと言って遊んでいる。それに他の家族の子どもたちも加わって、実に楽しそうだ。

「アレでもう少し華があれば、パパのツテで芸能界に入れられるんだけど……」

カメラを手にした恵里香ママが誰に言うでもなく、独り言のように漏らした。そう言われてみると、恵里香ママの装いは、キャンプというテーマに沿って、かなりオシャレだ。麗子ママは普段着の延長みたいなジーンズにトレーナーというカジュアルなファッションだが、恵里香ママはといえば、まずウィンドブレーカーが海外ブランドだし、格好いいデザインのブーツに、首のスカーフも色鮮やかで高そうだ。

ヒマそうにしていた純子もお姉さんぶって、子どもたちに「そっち行ったら危ないよ!」などと注意しているうちに、一緒になって遊び始めた。

「恵里香ちゃんのママは、自分が芸能界に入りたかった夢を、娘に託したいんでしょうね」

鋼太郎の耳元で、麗子ママがさらりと言った。女なら、そういうことはすべてお見通しなのか?

「恵里香ママが？　そうかもしれないですね……」

その時、鬼ごっこか何かで追いかけっこをして走ってきた恵里香が、勢い余って麗子ママにぶつかり、二人とも尻餅をついて倒れてしまった。

「あっ。ごめんなさい」

素速く起き上がった恵里香は素直に頭をペコリと下げて謝った。

「私は大丈夫よ。あなたは平気？」

麗子ママはゆっくり立ち上がって、恵里香を気遣った。

「大丈夫です！　お姉さんは大丈夫ですか？」

「大丈夫よ。さ、遊んでらっしゃい」

その麗子ママは彼女に「お姉さん」と言われたのに気をよくしている。

「あの子、親はいけ好かないけど、いい子じゃない？」

その恵里香ママは、といえば、子どもはそっちのけでママ同士、ワインを開けて飲み始めて話に夢中になっている。母親たちは子どもたちの撮影に興味がないのか？

だが、父親たちは夢中になって子どもたちの写真を撮りまくっている。

キャンプ場には屋根付きのバーベキューをする場所は一応用意されているが、テントからは遠いし、テーブルが分かれてしまうので、メンバーは、めいめいが持参したバーベキューグリルやテーブルを組み立て始めた。

　鋼太郎も、麗子ママ所有のバーベキューグリルを組み立てようとしたが、もちろん説明書はないし、麗子ママは「いつもやって貰ってたから」やり方が判らない。頼みの太一も食材の用意に専念して買い集めた肉自慢をしているので、助けにはならない。ええいままよ、と「動物的カン」だけで組み立て始めたが、この超高級バーベキューグリルは鋼太郎がイメージしていたモノとはまったく違って、脚があり蓋があり、ツマミも多いし部品も多い。おまけに熱源はプロパンガスだ。カセットコンロに網が載っているだけのような簡単なものを想像していたのに、まるで勝手が違う。

「お、ウェーバーですな！　これまた本格的な。コールマンとは大違いだ！」

　他の家族が見に来て褒めてくれるが、どこをどうすればいいのか皆目判らない。部品が多い上に、長期間仕舞い込むことを考えて徹底的にバラされているので、細かな部品がどこにどうセットされるのか、鋼太郎のような素人には見当もつかない。その上、カセットのガスではなくプロパンガスだから、怖い。下手したら爆発事故を起こしてしまう。

　そんなこんなで鋼太郎が四苦八苦していると、「や！　オヤジ！」と背後から声がかかった。

振り返ると、そこには鋼太郎の息子・浩次郎が立っていた。

「どうしたオマエ……こういう場所は嫌いなんじゃなかったのか？」

「たしかに……好きじゃないけど」

そういう浩次郎は、ゴアテックスのアウトドアウェアに身を固めている。

「あれこれ迷うよりゴアテックスが間違いないって、ネットに書いてあったから」

「オマエはなんでもネットなんだな」

鋼太郎は息子をちらと見ただけで作業に戻った。

「おれが来た理由はさ」

浩次郎は父親のそばに来て小声で話した。

「このキャンプのメンバーはSNSで非公開グループを作ってるんだろ？　で、パスワードをクラックして、遡(さかのぼ)って読んでみたら……いろいろとヤバいことが目についてて」

「ヤバいこと？」

「メンバーのほぼ全員がさ、なんか訳ありっていうか、凄く面倒な感じで、これは放っておけないなと思って」

浩次郎がそう言うからには、相当ヤバいのだろう。

「なんか、大変なことになるかもしれないのか？」

と言いつつ、なかなかハマらないパイプを力任せに捩じ込もうとしたら、バキッと音がして割れてしまった。

「どうしたどうした？」

その音を聞きつけて、太一が飛んできた。

「あ〜っ！　鋼太郎、オマエ、なんてことを！」

太一は鋼太郎がやってしまった状況を見て悲嘆に暮れた。

「いいか、これはＷｅｂｅｒのジェネシスⅡ Ｅ－４１０。四連バーナーガスグリルのＧＢＳ、つまりグルメバーベキューシステム対応搭載型で、一度に十人分くらいのバーベキューが焼ける二十万はするヤツだぞ！　それをお前は力任せに壊したのか！」

「知らんもん、そんなコト」

鋼太郎は口を尖らせた。

「判んなきゃおれに訊け！」

「だって、オマエはあっちで仕込みをやってたろ？」

スネた鋼太郎はコドモに退行してしまったようだ。

「……しかたがねえな。お、浩次郎くん、久しぶりだな！　きみ、ちょっと、不出来なオヤジの尻拭い（しりぬぐ）の手伝いをしてくれないか？」

「はい。いいですよ」

浩次郎は昔馴染みの太一には素直に従う。

二人は、河原から石を運んで来て、そこに大きな網を渡して、あっという間に簡単なグリルを作ってしまった。

「じゃ、火をおこしてくれ、鋼太郎。そのくらいなら出来るだろう？　バーベキューするんだから、この、持ってきた備長炭に火をおこすんだ。新聞紙とか木の切れっ端で着火して」

「皆まで言うな。そのぐらい判ってる」

そう見得を切った鋼太郎だが、煙に燻（いぶ）されるばかりで、なかなか炭に着火しない。

「オヤジ、おれがやる」

見かねた浩次郎が手を出して、丸めた新聞紙で息を吹き込み、ふたたびあっという間に炭火をおこすことに成功した。

「ねえおっさん……じゃなかった、パパ。仕切りがダメすぎるよ」

それを見ていた純子が嘆いたが、浩次郎を見て慌てて言い足した。

「あ、今日だけの設定だから。別に隠し子とかじゃないからね」

「だいたいのことは聞いてます。ニセ家族なんですよね？」

浩次郎は麗子ママにも「どうも。ふつつかなオヤジですが」と挨拶をした。

「じゃあ、焼きましょうか！」

太一は、下準備を済ませたA5ランクの松阪牛やアンガス牛、阿波尾鶏、三元豚などをそのまま、あるいは野菜と一緒に串に刺して焼こうとしている。浩次郎と純子も、太一の助手としてかいがいしく働いている。このグループの中では一番若いから、自分たちが動かないといけないと思っているのかもしれない。

「あ、ちょっとちょっと」

そこで太一が美晴ママに呼ばれて、耳打ちされた。

「さっきも鋼太郎さんには言ったんですけどね……参加費も払わず、キャンプ道具も持ってこないクセに、人から借りるだけ借りてそれで済ましてるヒトたちがいましてね」

そう耳打ちされた太一は、はいはいと応じた。

「さっき、うちがテントを貸した余田さんご一家のことですよね？」

「そうです。あの一家はこの集まりの常連なんですけど、一度も参加費を払ったことがなく、いつも装備なしの手ぶらで、食材も何ひとつ持ってきたことがない……」

横目で見ると、例の図々しい便乗一家の余田家は、素知らぬ顔でバーベキューが始まるのを待っている。

「便乗一家とかタカリ家族って陰で呼んでるんですよね？」

ええ、と美晴ママは頷いた。

「いつもなんですか？」

そばにいた鋼太郎が確認すると、恵里香ママもやって来て、頷いた。

「いつもなんです。だから私たちはもう腹が立って腹が立って」

「じゃあどうして参加を断らないんですか？」

「それは……」

美晴ママと恵里香ママは顔を見合わせて、言いにくそうな顔になった。

「それは、言いにくいですよ。どなたかのお知り合いだった場合……それに、余田さん一家が参加するようになった経緯だって判らないし……もしかすると誰かに『参加費無料、手ぶらでＯＫ』とか言われたのかもしれないし……」

「菅沼さんのお知り合いだから、という話がありましたが？」

鋼太郎は恵里香ママに正面から訊いた。

「いえ。それは違うと思います。私の知る限りうちの知り合いではないし、菅沼が誘ったのかもしれませんけど、菅沼と仕事上のお付き合いがあるという話も聞いていません」

恵里香ママは首を横に振った。

「じゃあ、この際ハッキリさせた方がよくないですか？　参加費に不公平があると、みんな根に持って、不満が燻ってますよ」

「そうなんですけどね……事を荒立てると……ほら、最近はSNSとかに何を書かれるか判らないし。私、悪口言われるの、凄く嫌だし、そういうのって尾鰭がついて凄く大きくなって広がるじゃないですか。広がってしまったらもう消せないし……」

ママ二人は文句はあるからなんとかしたいけど、トラブルになるのはイヤだから内々にどうにかできるものなら、と匂わせた。

「それでね……ご相談なんですけど、楠木さんが頑張って買ってきてくださったA5ランクの松阪牛、あれをね、せめて、今日は出さずに、あとからね、私たちだけで別の日に、それこそ楠木さんのお店に行って出していただくとかって、どうかなと思って。余田さんたち、お金は出さないくせに、食い意地が張ってるというか、モーレツに食べるの。私たちが食べようと思ってたものもヒョイヒョイ取って行くし」

「そうなのよ。それにあの人たち、ただ食い意地が張ってるだけかと思ったら、美味しい肉をよく知ってるのよ。で、美味しくて高い肉からどんどん食べていくわけ。こっちが子どもにジュースを飲ませたりしてるウチに、あらかた食べられちゃったりして」

だからね、と美晴ママは提案した。

「こういう場だし、ワイワイ騒いで食べるんだったら、鶏肉とか豚肉でいいんじゃない？　バーベキューの串に刺すんだって、豚バラのブロックをキッチリ焼けば美味しいでしょう？」

「私、賛成だわ」

恵里香ママが同調した。

「もう一人のママさんはどうなんです？」

「同じ意見だと思うけど。いつだってあとからみんなブーブー言ってるんだし」

それを聞いた太一は腕組みをした。

「まあね、バラ肉ってのは要するにカルビですからね。牛も豚もね。牛肉もA5ランクだけじゃなくて、いろいろ用意してるから。カルビだから、そりゃタレに絡めて焼けば美味いですよ」

とは言うものの、太一は残念そうな顔をした。

「しかしまあアタシとしちゃあ、美味い肉を皆さんに食べて貰いたかったんですけどね」

でもそうしろということなら、と太一は「焼き場」に戻り、Ａ５ランクの松阪牛をジュラルミンのキャリーケースに戻そうとした。だがそのキャリーケースは何故か移動しており、誰かのテントの前に置かれている。

「あれ？　誰が動かしたんだ？」

と太一がぼやきつつキャリーケースの蓋を開けると、中から衣類がどさっと出て来た。

「あー。どうしたんですか？」

テントの中から夫婦が出てきた。今まで全く存在感のなかった夫婦だ。子どもはいないようだ。

「これ、ウチのキャリーケースなんですけど」

たしかに、キャリーケースの隅には「ＵＣＨＩＤＡ」とマジックで名前が書き込まれていた。

「内田さん？」

「ハイ。内田です」

テントから出て来た夫婦は頷いた。

「え？　あれ？　じゃあ……」

太一が「焼き場」を振り返ると、最初から少しずれた位置に、同じ形のジュラルミン製のキャリーケースが置いてあるではないか。

「あ、すみません！　あれと同じに見えてしまったので……勝手に動いちゃったのかなと思って……相スイマセン」

太一は平謝りに謝ると「焼き場」に戻って自分のケースを開け、Ａ５ランクの肉を中に戻した。

それを眺めていた鋼太郎は、こっちのママさんたちも余田一家に負けず劣らず食い意地の張った連中だなと思ったが、この際、長いモノに巻かれて何も言わないことにした。

そこに、酔いですでに顔が赤くなっている菅沼パパがフラリとやってきた。

「なにか揉めてるの？」

恵里香ママ、こと菅沼妻が改めて夫に事情を説明すると菅沼パパは「それでいい」と同調した。

「あの図々しい連中には、高い牛肉は買えなかった、ということにしておけばいい。だいたいアイツらは参加費も払わないシミッタレなんだから」

その言葉に鋼太郎は引っ掛かった。

「え？　あの余田さんは、菅沼さんの、ご主人の方のお知り合いでは？」

「知らんよそれは」

菅沼は意外なことを言った。

「え？　そうなんですか？　じゃあ、彼らは誰のセンで？」

その時、「焼き場」から太一の大きな声が響いた。

「さあ、始めるぞ！　肉を焼くぞ！」

その号令に、他の家族たちも自宅で仕込んできた密閉鍋やダッチオーブンを、続々と焼き場に運び込んで来た。

「これ、ウチ秘伝の豚汁です。深夜食堂のマスター秘伝です」

と、今まで存在感のなかった内田さん一家の奥さんが、密閉容器に入れてきた豚汁をシェラカップに入れて温め始めた。

「ウチはカレーを煮込んできました。六時間煮込んだから、もうお肉なんか、とろっとろですよ！」

と、美晴ママ。

「いいですね。じゃあ汁物は隅の方に置いてください。真ん中だと煮えたぎってしまうから」

太一の指図に、麗子ママがハイハイと従った。

焼き場の指揮を取るのは太一だ。プロの貫禄があるから、みんな彼に従う。ただし、例の「図々しい便乗タカリの余田一家」は例外だ。指一本動かすでもなく、ただひたすら肉が焼けるのを待ち構えている。

子どもたちも遊ぶのを止めて「焼き場」に集まってきた。先を争うように肉を取って食べ始める。

「あ！　美味しい！」

「だろ？　今日はプロの料理人・楠木さんが参加してくれて買い出しもしてくれたからね！」

美晴も恵里香も、他の子どもたちも無邪気に食べ始めた。それを大人たちは撮影会のようにパチパチ撮っている。美晴はもう、気にするのにも疲れたのか、カメラを無視している。

わいわいと賑やかな声を聞きつけてか、余田家のダンナは不愉快そうな顔で大声をあげ、「A5ランクの松阪牛とやらを出して貰おうか！」と図々しく要求した。

「おいおい、その喧嘩腰は……」

　菅沼がなだめるように声をかけると、余田家の父親は「聞いたんだぞ！」と声を上げた。

「アンタらは、ウチに黙って最高の肉を隠して持ち帰るつもりなんだろ！　すべて聞いてたぞ！」

「え？　誰がそんなことを」

　まったく何も知らされていない美晴パパが素っ頓狂な声を上げたが、余田家の父親は、なおも言い募った。

「嫌だ！　絶対にイヤだぞ！　美味い肉が思いっきり食える絶好のチャンスなんだ。絶対に食うからな！　うちにだけ食べさせずにウソついて肉を持って帰って、あんたらだけで肉をこっそり食べるなんて、絶対に許さないからな！　そうはいくか！」

　亭主の言葉に余田家の妻も大きく頷いて、図々しい一家は凄まじい肉への執着を剝き出しにした。

「いやいやいや、ちょっとあなた、ナニを言ってるんですか？」

　美晴パパは誰にでもいい顔をする「調整役」というか八方美人らしく、あわてて取りなしにかかった。

「ここまで来て、そんなセコいことを誰が言ってるんです！　さあさあ、みんなで仲よく食べましょう！　楠木さん、Ａ５ランクの肉を出してくださいよ。みんな楽しみにしていたんですから」

グループのナンバー2にそう言われてしまってはどうしようもない。美晴ママも恵里香ママもお互いに顔を見合わせて、なんとも妙な、居心地の悪い雰囲気になってしまった。

だが、そんなことに一切頓着（いっさいとんちゃく）しないのが、問題の根源である「図々しい余田一家」だ。らんらんと目を輝かせ、太一が肉を取り出す手元を凝視（ぎょうし）している。

果たして。太一がジュラルミンのキャリーケースから取り出して焼き始めた肉、それもトリや豚には目もくれず、Ａ５ランクの松阪牛のみを、余田夫婦は狙いすましたようにさらって食べていく。

「ちょっと、おれはもっと火を通したいから待ってたのに！」

堪（たま）りかねた鋼太郎が文句を言っても、余田家の夫婦は聞こえないふりを決め込んでいる。

余田パパが、意地汚く焦って肉を取ったときに、ステーキのように大ぶりの肉をウッカリ下に落としてしまった。

「あ」

と一応言ったものの、余田はその肉を平気な顔でゴミ袋に捨てようとした。

「ちょっと待って！　その肉、焼けば食える！」

「は？」

余田は理解出来ないという顔で目を剝いた。

「落ちたんだよ？　落ちたモノを拾って食えっていうのか？」

「砂を落として焼き直せばいいだろ。焼けば消毒になる」

「何言ってるんだ。今どきホームレスでも落ちたモノは食べないだろ」

ムカついた鋼太郎は、その肉を網に載せて焼き直した。

「結構。おれが食うから、アンタは黙ってろ」

鋼太郎はレアだった肉をミディアムまで焼いて、タレをつけて口の中に放り込んだ。

「美味い」

「へ〜え、あんた、落ちたモノを食べるんだな……」

意地汚え、と小さく呟いた余田家のパパだが、みんなのキツい視線を感じて、ビールを飲んで黙った。「それはあんたじゃんよ？」という声も聞こえてきた。たぶん純子だろう。

が、その険悪な雰囲気が消えないまま、今度は余田家のママがやらかした。美晴ママが持ってきたカレーを鍋から勝手に、しかもごっそりよそって、子どもたちに「食べなさい」と渡し始めたのだ。

しかも一言の挨拶もない。ここにあるものはすべてフリーでしょ、自由に食べて当然でしょ、という図々しい空気を全身から発散しているのが不愉快極まりない。

余田家の子どもたち、小学校高学年のお兄ちゃんとお姉ちゃんはさすがに肩身が狭そうにしているが、父親と母親が、「ほら、なくなっちゃう前にたくさん食べなさい」とけしかけている。

上の二人は、親よりも常識があるらしく、恥ずかしそうに遠慮しているが、小学校低学年の末っ子は、まったくしつけも出来ていないので、バーベキューのタマネギやピーマンを「きら〜い」と言って地面に捨てるわ、「お肉、お肉」とカレーの入った鍋を勝手にスプーンでかき混ぜて人参がヒットすると、「やだ〜人参大きら〜い」と叫んで、スプーンですくった人参を投げ捨てたりなどの狼藉に及んでいる。

余田夫婦も、まだ食べきっていないくせに自分の皿に肉をどんどん取ってくる一方だ。それを見た鋼太郎は、ついに我慢できなくなった。

「あんたら、少しは遠慮したらどうだ？　せめて皿にある肉を食べてしまってから新しいのを取りなさいよ！」

キツい口調で言ってしまった。

「私は猫舌なんでね。冷まさないと食べられないんですよ」

余田パパは悪怯(わるび)れずに言い返した。薄笑いまで浮かべているのにますますムカついた鋼太郎は詰問した。

「まさかその肉を持って帰ったりしないだろうね？　見たところ十枚くらいあるけど？」

余田パパの皿には、肉がパンケーキのように積み重なっている。

「そんなに溜め込んでも冷えちゃうだろ」

「そうしたら焼き直すから」

「猫舌なのに？」

鋼太郎に突っ込まれカチンと来たのか、余田パパは箸を皿に叩きつけた。

「いちいちうるさいんだよ。中学校の風紀委員か？　あんた」

「なら言わせて貰うが、あんたら自分ではテントも食材もな〜んにも持ってこなかったくせに、肉はどんどん他人の分まで取ってしまって、図々しいにもホドがあるんじゃないか？」

場が凍り付いた。雰囲気は決定的に悪くなったが、よくぞ言ってくれましたと美晴ママなどは音を立てずに拍手している。

静まり返った中に、女の子のしゃくりあげる声が響いた。余田家のお姉ちゃんが泣き出してしまったのだ。お兄ちゃんは、といえば真っ赤になって俯き、涙をこらえている。

しまった、子どもたちは悪くないのに、と鋼太郎は後悔したが、それも一瞬のことだった。一番ワガママで不作法な余田家の末っ子がギャン泣きして、「やだー、カレーもっと食べた～い！」と喚き始めたのだ。

そしてなんと、その一部始終までを美晴パパたちは写真に撮っている。余田ママが爆発した。

「こんなところ、撮らないでよ！　なにアンタら？　戦場カメラマンかなんかなの？」

余田パパも鋼太郎を睨み付けた。

「あんた、子ども相手にひどいじゃないか！」

食ってかかる余田パパには空気を読むつもりなどまったくないようだ。

「そうよそうよ。子どものしたことじゃないの！」

同じくKYの権化のような余田ママがヒステリックに糾弾するので鋼太郎はキレた。

「バカかあんたら！　それを言っていいのは迷惑をかけられた側だ。あんたらは迷惑をかけっぱなしじゃないか！　しかも家族ぐるみで」

普通、ここまで言われれば、少なくとも食事を止めてこの場から消えるか、荷物をまとめて帰ってしまうだろう。だが余田一家は子どもはしくしく泣き続け、そしてオトナは不機嫌に黙ったまま、あくまでも焼き肉から離れることなく食事を続けた。

なんと強烈に食い意地の張っている事よ！

もしかしてこの一家は普段の食事にさえ事欠いてるんじゃないか？　と思ってしまうほどに、食う事に執念を見せている。

座が完全にシラケてしまったそのとき、麗子ママが「焼きそば出来ましたよ〜！」と明るい声で呼びかけた。鋼太郎が声を荒らげて余田パパとやり合っているあいだ、麗子ママは鉄板を出してきて焼きそばを作っていたのだ。

「お。バーベキューの〆といえば焼きそば！　いただこうかな」

険悪な空気を切り替えようと、菅沼も明るい声で応じて、早速手を伸ばした。

「僕もいただきます」

と、すかさず追随する美晴パパ。言い争いの真っ最中には腰が引けたのか、一言も言わずに黙っていたくせに。

一番影が薄い内田一家も焼きそばに手を伸ばして、第一弾はあっという間に完食されてしまった。

「えーっ！　もうないんですか」

「もっと食べたかったなあ」

口々に言うメンバーに麗子ママはにこやかに応えた。

「大丈夫ですよ。材料はまだたくさんあるので、すぐに第二弾を作りますね。ほらアナタ、手伝って」

麗子ママにアナタと呼びかけられて、鋼太郎は一瞬、誰に言ってるのか判らなかった。

「手伝ってよ、鋼太郎さん！」

そこまで言われてやっと判った鋼太郎は、いそいそと包丁を握り、キャベツや豚肉を切って、麗子ママとならんで仲よく焼きそばを作り始めた。

「あら鋼太郎さん、手慣れてるじゃない？」

「焼きそばは、町内のイベントの出店でしょっちゅう作ってるし、ウチでも自分が食うのに作るからね」

「あら、私も得意なのよ。今度やりましょうか、焼きそば対決？」

などと二人が仲よく喋って焼きそばを焼いていた、その時。

「ちょっとあなた。忙しかったけど、来てあげたわよ。あなたがとても大事なキャンプだって言うから、万難を排して」

という恩着せがましい声がした。

「あ、お袋！」

浩次郎の声で鋼太郎が顔を上げると、彼の目の前には、中年の女性が立っていた。目鼻ぱっちり眉毛クッキリのスリムな女性で、全身にパワーが漲っている。さあこれからアウトドアするぞ！　という意気込みすら感じさせる、スポーティなファッションに身を固めてもいる。

「弥生……」

鋼太郎は驚愕のあまりあんぐりと口を開けてしまった。

「ねえ、あなた、こちらは、どなた？　綺麗な方ね」

「え～と」

　鋼太郎は、しどろもどろで麗子ママに事情を説明した。

「こちら、函南弥生さん。おれ、いや、私の別れた妻です。こちら、麗子ママ。近所のスナックの……」

　元妻・弥生は冷たい目でそんな鋼太郎を眺めている。

「あら、そうなの。よかったわね。仲がよさそうで」

「いや……これには事情があって」

「いえあの……奥様だったんですか。なんか、すみません」

　麗子ママも、おろおろしている。

「いいのよ。私たちはもう別れてるんで、すみませんもなにもないんですよ」

　弥生はそう言ったが、表情は硬い。

「そうだ。もう別れてるんだから、あれこれ言われる筋合いはない」

　鋼太郎は強気に出た。

「そもそもオマエが誘いを断ったんじゃないか。それでこちらに頼み込んで……」

　鋼太郎を挟んで二人の女が対峙している格好になったところに、美晴パパや美晴ママ、菅沼パパや菅沼ママが集まってきた。

「ええと、これはどういう……？」

鋼太郎は、これまで経験したこともない事態に直面してほとんどパニックになってしまった。

すなわち、茫然自失。純子が雑に話をまとめる。

「だからさ、こっちが元のママ、で、こっちが今のママ。今の世の中、バツ1バツ2なんてよくあることじゃん」

「そうそう。ゼンサイにコンサイ」

「ちょっとクスノキのおじさん、料理じゃないんだから」

横から茶々を入れた太一に、仕込みの助手をつとめている浩次郎が突っ込む。

やや空気が和んだところで麗子ママが如才なく言った。

「あの、ダブル家族ということで参加費も倍お支払いしますから。いいですよねそれで?」

おかげでこの場はなんとか収まった。

「オマエ……絶対来ないって言ってたろ」

焼きそば製作を麗子ママに任せた鋼太郎は、弥生を離れた場所に引っ張っていき、小声で非難した。

「言ったけど……アナタが凄く残念そうな声を出してたから気になったのよ。そうしたら……」

　弥生はキツい目で鋼太郎を見た。

「いえね、私はもう、アナタが誰と付き合ってるのかとか、そういうのにヤキモチ焼いたりする気はないの。まったくないの。だけど、アナタがまた余計なことに首を突っ込んで、ひとりよがりの正義感を振り回して、またややこしい事になってるんじゃないかって、それが心配だったのよ」

「それは……悪かったね。よく来てくれた。ありがとう」

　鋼太郎のその言葉を聞いた前妻は驚愕の表情になった。

「え？　今、なんて言ったの？」

「いやだから……心配かけて悪いねって」

　ふ〜ん、と前妻は半信半疑ながらも妙に感心している。そんな彼女に鋼太郎は言った。

「まあ、せっかく来たんだから、ゆっくりしていきなよ。浩次郎も来たことだし、テントをもう一つ張ろう」

　お昼の食事が終わり、一部の大人たちはその後片付けをし、残りの大人たちは酒を飲んだり子どもと遊んだり、写真を撮りまくったりと自由時間になった。

「この感じで夕食までダラダラするの？　お茶の間と変わらないんじゃない？」

活動的な弥生は、このだらっとした時間を持て余している。

「ええと、十四時から十六時まで奥の森でアスレチックをやる。大人も子どもも一緒に。そういう予定」

鋼太郎はメールで送られてきた予定表を前妻に見せた。

太一はといえば、保冷機能が付いた大きなジュラルミンのキャリーケースに余った食材などを仕舞い込もうとしたのだが、開けてみたら今度は中身が空っぽだった。

「使わずに入れておいた食材がない！　っていうか、これはおれのケースじゃないぞ」

近くを探したら、またもや同じ型のキャリーケースがあって、こちらが太一のものだった。

「なんだよ。紛らわしいな！」

ぼやきつつ、太一は残った食材を仕舞って在庫管理をしている。

「おじさん。自分の持ち物はキチンと管理しないとだよ！」

「そうですよ。さっきも間違って謝ってたでしょ！」

と手伝いの純子と浩次郎に叱られている。

麗子ママは美晴ママや菅沼ママ、内田ママたちと一緒にお皿やコップ、網や鉄板などを洗っている。一方、完全にヘソを曲げたのか、余田一家はパパもママも子どもたちも、一切ナニもせずにテントの中に引き籠っている。

「なんだろうねえ。あの一家は。おれならこんなに居心地悪くて針のムシロ状態なら、とっとと帰ってグループと縁を切るけどね」

呆れたように太一が言い、鋼太郎も同調した。

「そもそも悪いのはあの一家なんだけどな。帰らないのは晩飯の魅力に勝てないんだろう」

洗い物を終えた菅沼ママと美晴ママは自分たちのテントに戻って、娘たちにアスレチックの用意をさせた。

「ね、お揃いのアスレチック・ウェアを用意したの。どうかしら？」

それぞれのテントから二人の美少女、美晴と恵里香が出てきた。どちらも同じチェック柄で、色違いのショートパンツとトップスだが、美晴が着せられている赤いチェックのショートパンツはカットがきわどく、脚の付け根までが見えてしまいそうだ。

トップスも美晴のほうは臍出しで、恵里香のほうは上下とも無難なデザインだ。

「おお！」

と小さなどよめきが起きて、パパたちがカメラを手に集まってきた。まるでなにかの記者会見か新作ファッションの発表会のようにカメラの放列が出来て、フラッシュが絶え間なく閃き、シャッター音がひきもきらなくなった。その中でもとりわけ熱心に美晴の姿を撮りまくっているのは菅沼パパだ。我が子である恵里香はそっちのけで、恥ずかしがる美晴を連写している。

美晴はといえば、このコスチュームがとても恥ずかしい様子で、お臍と脚を必死に隠そうとしている。

「せっかく用意してもらった服なんだから、そんなに恥ずかしがるのは失礼だろう」

美晴パパが恥ずかしがっている娘を叱った。

「とても可愛い服じゃないか。恥ずかしがるのがどうかしている」

「でも……」

と、美晴はテントの入口から離れられない。俯いた顔を真っ赤にして、躰を屈めて恥ずかしそうにしているのに、美晴パパは叱咤した。

「ほら、もっと顔をあげて、笑顔で！」

美晴パパの手にもカメラがある。

「ほら、腕で前を隠すんじゃない！　そんなことをしたら、かえっていやらしく見えるだろうが！」

ストロボがばんばん焚かれ、高級一眼レフの連写の音が響いた。

菅沼パパも「美晴ちゃん、可愛いよ！　最高だよ」などとベタ褒めしつつ写真を撮りまくっている。相変わらず、自分の娘である恵里香には見向きもしない。

よその子に夢中になっている父親を悲しそうに見つめている恵里香の姿が、鋼太郎には妙に気になってしまった。

森の中のアスレチックで遊ぶ時間になった。

鋼太郎は、小さな子どもを同伴していないし、慣れない運動をして捻挫（ねんざ）や脱臼（だっきゅう）をするのも嫌だったので、テントに居残って、太一とともに酒を飲むことにした。そこに浩次郎や純子、そして麗子ママや前妻・弥生までが集まってきて、元家族と偽家族の合同飲み会が始まった。太一もいるのでツマミは潤沢（じゅんたく）だ。

その集まりに、余田一家も加わりたそうにしているのは判っていた。少し離れた場所から一家でこちらを物欲しげにじっと見ているのだから、気づかない方がおかしい。

「どうかな。あの人たちも呼んであげたら？」

「浩次郎は我が息子ながら優しいねえ。だけど、さっきのことがあるからね。駄目だ。おれは、あの一家が嫌いなんだ」

鋼太郎が突き放し、ほかの全員も一切知らん顔を決め込んだので、余田一家もやがて諦め、森の奥に向かって行った。

「やれやれ。ああいう『タダならなんでも貰う』連中って、ほんと、駄目なんだ、おれは」

鋼太郎はうんざりして言った。

「ああいう精神構造が判らない」

「でも、よくいるじゃない？　店の好意でオマケをしてあげたら、それを見ていて、『どうしてウチにはくれないんだ！』って突っ込んでくるヒトとか」

麗子ママが言うと、前妻・弥生も頷いた。

「いるいる。オマケとかサービスとか絶対見逃さないし、絶対自分もゲットしないと不公平だとか騒ぎ立てるヒトね」

「どんな安いものでもゲットしたいのよね。他人が貰ってるモノは絶対、自分も手に入れなくちゃ気が済まないっていうの？」

弥生は眉をひそめた。

「そうそう。そんなのはズルい！　とかすぐにイキるやつ」

純子も同調する。

「そういう連中をきっちり叱らないから蔓延るんだよ。駄目なものは駄目、欲しけりゃきちんとカネを出して買えって、誰かがガツンと言ってやらなきゃダメなのに、みんな事を荒立てたくないとか言っちゃって」

憤懣やるかたないという感じで鋼太郎が言い、太一が「まあまあ」となだめる。

「鋼太郎は鋼太郎でさ、そういう連中をきっちりシメすぎるんだよ。妙なヤツは、どんな世の中だろうが少しは居る。それは仕方がない」

そう言いつつ、太一は鋼太郎のグラスに焼酎を注ぎ、炭酸水を足してやった。

「みんな遊びに行ったから、帰ってくるまでゆっくりしよう。純子は遊びたいんじゃないのか？」

この中で一番若い純子はしきりに森の方を気にしている。

「って言うか、せっかくここまで来たのに、ダラダラしてるのってもったいなくね？　おじさんたちだって、お酒なんかどこで飲んでも同じでしょ？」

「同じじゃないんだよなあ、それが」

鋼太郎が異を唱えた。

「外で飲む酒は美味いんだ」

「あ、純子はまだ高校生だから酒はダメだったんだな。そりゃツマらないよな。遊んできたらどうだい？」

じゃあ、行ってこようかな、と純子が腰を上げたとき、森の奥からぞろぞろと、全員が戻ってきてしまった。

「え？　もう終わったの？」

拍子抜けする純子に美晴パパが説明した。

「アスレチックの、ワイヤーで奥の方までスベっていくヤツが壊れてて……他にも使えない遊具がたくさんあって」

しかし、ぞろぞろ帰ってきた中に、美晴と恵里香の姿が見当たらない。

「ねえ、美晴ちゃんと恵里香ちゃんがいないみたいだけど？」

「そのうち戻ってくるんじゃないか？」

鋼太郎は特別気にしていないが、純子がいきなり不安そうになり、しきりに森の方を眺めていることが、逆に気になった。

「……行ってみるか？」

「一応」

鋼太郎と純子、そして「おれも行く」と浩次郎の三人が森のアスレチック場にたどり着いてみると……。

奥に向かう道の脇の、少し入り込んだ場所に、美晴が倒れていた。

「美晴ちゃん！　どうしたの⁉」

純子が駆け寄って、抱き起こした。

「帰ろうと思って歩いてたら……なんか、チクッとして、そのままよく判らなくなって、気がついたらここに……」

「えっ！」

大人たちは顔を見合わせた。

「意識を失って倒れたんだね？」

鋼太郎が確かめると、美晴は頷いた。

「はい……あの、恵里香は？　恵里香ちゃんはどこ⁉」

美晴は、そこであたりを見回しパニックになりかけた。

「恵里香ちゃんが？　どうしたの？」

「一緒にいたんです。それなのに……」

それを聞いた浩次郎が走り出した。

「探してくる！」

消えた？　女の子が？

鋼太郎も事態の容易ならぬことを悟り、テントの方に向かって、「恵里香ちゃんがいないぞ！」と怒鳴った。

「美晴ちゃんが倒れていた。不審な人物がキャンプ場に紛れこんでいるかもしれない」

恵里香の両親である菅沼パパ、菅沼ママをはじめ、大人たちがドヤドヤと走ってきた。

「美晴！　どうしたの！」

純子に抱き起こされている美晴を見たパパとママも飛んできた。

「どういうこと？　ナニがどうなったの？」

「ごめんなさい。突然何もかも判らなくなって……気がついたら恵里香ちゃんがいなかったの」

純子が美晴の両親に説明した。

「チクッとしたって言っているので、なにか、スタンガンみたいなモノでやられたんじゃないかと思うんですけど」

うん、と引き攣った顔で頷いた美晴パパは、娘のウェアを捲ってみようとして、手を止めた。

「ここに……」

美晴の首筋に、赤く変色した痕が見つかった。

「ここにスタンガンを当てられたのか……」

「ひどい……でも無事でよかった！」

美晴ママが娘を抱きしめている横で、恵里香の両親である菅沼夫妻がオロオロしている。

「恵里香は……娘はどうしてしまったんだ！」

「今、息子が奥の方に捜しにいってます」

「いや、これは……誘拐じゃないのか？」

「そうよ……ウチにはお金があると思って、お金目的で……」

スマホを取り出して警察に電話しようとした菅沼パパだったが……。

「なんてことだ！　圏外だと！」

菅沼パパは車に向かおうとした。

「駄目でしょうあなた！　お酒飲んだのよ！」

「こんな時に飲酒運転とか細かいことを言ってられるか!」

その時、美晴パパが「あれ?」と声を上げた。

「美晴、お前、なんか服が違ってないか?」

一同の目が、美晴のウェアに注がれた。

言われてみれば、さっきテントの前でお披露目された服と同じチェック柄ではあるけれど、色と、そしてカットの大胆さが違う。美晴が最初に着せられていた赤いチェックの服は、ショートパンツのカットがきわどくて脚の付け根までが見えてしまいそうだったし、トップスも臍出しという過激なデザインだった。しかし、今着ている服は青いチェック柄で、ショートパンツのデザインも大人しく、お臍も見えない。

「あの……戻ってくる前に、恵里香ちゃんと服を取り替えたんです。恵里香ちゃんが、私のを着たいって。私はアレ、凄く恥ずかしかったから、いいよって言って」

菅沼夫婦は顔色を変え、恵里香!　と叫びながら森の奥に走って行った。

「誘拐だな」

鋼太郎は太一に重々しく言った。

「そうだよ。いちいち言われなくても判る」

「しかし問題は、動機が何かって事だ」

「そりゃ、身代金じゃないのか？　菅沼さんちは金持ちっぽいじゃないか」

「いや……二人が服を交換していることが気になるんだ。もしかすると、恵里香と美晴を間違えて誘拐したのかもしれない」

「う〜む」

「恵里香は、あんな服を着せられて恥ずかしがっていた美晴を、とても羨ましそうに見てた。アレを着れば自分も美晴みたいに自分も人気者になれる、父親からも写真をたくさん撮ってもらえると思ったんじゃないのか？」

「なんだその『天国と地獄』は？」

　太一は古い日本映画のタイトルを持ち出した。

「ほら、あの、金持ちの息子を誘拐したと思ったら運転手の息子だったっていう」

「いや、たぶんお前のその推理は全然違うと思う」

　太一の意見を鋼太郎はあっさり否定した。

「これがカネ目当てだとは、おれには思えない」

　太一が「どうしてそう思う？」と言っているところに、美晴を両親に任せた純子に、麗子ママ、そして弥生もやってきた。

「この親睦グループは気持ち悪い、純子はそう言ってたよな？」

「言った言った。美晴ちゃんがそう言ってたってこともあるけど、おかしいよ、このグループは。子どもの写真を撮りまくるワケじゃん？　それをボカシもナンにも入れないでSNSにアップするってどうよ？　撮られた画像と投稿と照らし合わせれば、どの子が何て名前で、どこのウチの子かまで簡単に割れちゃうじゃんよ？」

どんな変態が見てるか判ったもんじゃないってのに！　と怒る純子に鋼太郎も同意した。

「おれも、その辺じゃないかと思う。このグループの家族の子どもで、一番可愛いのは美晴ちゃんだろ？　ハッキリ言って」

鋼太郎の言葉に、一同は頷いた。

「そしてその美晴ちゃんが、一番きわどいウェアを着せられてただろ？　それを恵里香ちゃんに頼まれて交換したんだよな？」

「そうか！　カネ目当てじゃなくて、エロ目当てってことか！」

太一が自分のおでこをピシャリと叩いた。

「ってことは相手は変態だ。慎重にやらないとな」

森の奥まで捜しに行っていた浩次郎が戻ってきて「見つかりませんでした！」と大声で報告した。

「携帯は繋がらなくても、管理事務所の電話は使えるだろ！」

鋼太郎が気がつくと、美晴パパが「ハイ！」と叫んで事務所に走った。

「しかし……」

鋼太郎は考えた。

「もしかして……犯人がこの中にいるのか？」

「この中って……キャンプの仲間って事？」

麗子ママが訊いた。

「そうかもよ。例えばさ、余田とか」

無責任かつ不用意に純子が言った。

「動機は？」

「ええとそれは……よく判んない」

太一も自分の推理を述べた。

「こういう場合は消去法じゃないのか？　夕方再放送してる刑事ドラマでも、推理はだいたい消去法でやってる」

店の仕込みをしながら見ていて気がついた、と太一は言った。

「ほら、アホでも判る犯人当てをみんなが難しい顔でやってるっていう、例のパターンだ」

「お前みたいなアホな視聴者に合わせてくれているんだよ」

鋼太郎が言い、浩次郎も意見を述べる。

「でも、消去法は有効ですよね。それでいけばまず、美晴ちゃんの一家と菅沼さん一家が消えるでしょう?」

「いやいや、菅沼はどうだか判らないぞ。あのウチは事業をやっていて羽振りが良さそうだが、実は火の車の自転車操業で金に困っているのかもしれない。それで、実の娘の誘拐を企てて」

太一が推理したが、弥生が「楠木さん、あなたバカね」と即座に否定した。

「狂言誘拐をして、どうお金にするの? 菅沼さんは『誘拐保険』にでも入ってたの? 世間の同情を買ってもお金にはならないでしょ」

「そうだよな。菅沼はむしろ身代金を払う側だ」

と鋼太郎。そこで浩次郎が言った。

「あのね、ちょっと聞いてほしいんだ。そもそもおれがここに来たのは、SNSでこのメンバーが作ってる非公開グループの中を覗いたら、いろいろとヤバいことが目について、すごく気になったからなんだ」

そういえば浩次郎はそんなことを言っていた。

「なんだ、そのヤバいことってのは？」

「メンバーがそれぞれ問題を抱えてるってことだよ。菅沼は半グレと繋がって商売してるし、美晴ちゃんのとこのパパも会社の業績が不振。余田さんとこは家のローンが大変だから大ケチケチ作戦を展開中で、それをブログに書いて広告をつけて儲けようとしてる」

「あ……」

太一は思いだしたような声を上げた。

「内田さんっているだろ。子どもがいなくて夫婦だけで参加してる影の薄い、おとなしくて存在感のない」

はいはいと全員が頷いた。

「おれが食材を入れて運んで来たジュラルミンのデカいケースがあるだろ。内田さんたちはあれと同じものを使ってて、おれが間違えて開けたら衣類がどっさり出て来たんだ」

な？　と太一は全員を見回したが、他の面々は首を傾げるだけだ。

「で？」

「で？　って、判らないのか？　あのジュラルミンのケースはデカいから、子ども一人ぐらいならラクラク入るって事だよ！　カルロス・ゴーンだって入るぞ！」

「じゃあ犯人は太一かもしれないってことになるじゃないか」

「いやいや、おれが言いたいのは……」

一同の反応がいまいち良くないので、太一は苛立っている。

「鋼太郎はさっき、カネ目当てじゃなくて変態のエロ目当てじゃないかとか言ったよな？」

「ああ、言ったな」

「子どもがいない夫婦が、可愛い子どもが欲しいと思って……というのはどうなんだ？」

いやいやいや、と全員が首を横に振った。

「メンが割れてるのに、よその子を誘拐して自分の子として育てるって、無理がありすぎるだろ。出来の悪い刑事ドラマの見過ぎだよ！」

推理合戦が膠着状態になったところで、美晴パパが管理事務所から戻ってきた。

悲嘆に暮れる菅沼夫妻に代わって美晴パパが「みんなでもう一度、徹底的に捜索しましょう！」と提案し、全員がそれに従うことになった。

「警察には連絡しましたが、所轄署の刑事さんが到着するまで時間がかかるそうです。それまで、全員で探しましょう。なにか手掛かりがあるかもしれないし」

それに異論はない。

みんなで、いや、このキャンプ場に居合わせた他のキャンパーたちも協力してくれて、かなりの人数で森の奥の奥、小川の底も含めて大捜索を展開する運びになった。

しかし……手掛かりは出てこなかった。

恵里香は、忽然と姿を消してしまったのだ。

「これってもしかして……神隠し？」

探しながら純子がまた不用意なことを言ったが、鋼太郎が即座に否定した。

「美晴ちゃんがスタンガンで気絶させられたんだから、誰かが誘拐したのは間違いない」

「だったら、もう、この辺にはいないんじゃないの？　誘拐して、すぐ、どこかに行ってしまったんじゃないの？」

「すぐ行動を開始したら、我々がこうやって探してるんだから、目についてしまう可能性もある」

浩次郎が冷静に言った。

「だから、むしろ、まだ近くに隠されている可能性もあるんじゃないかと思うんだけど」

「隠されてる……」

一同は考え込んだ。

「隠されてる場所って……」

「やっぱさあ、ジュラのケースなんじゃないの？　ゴーンだって隠れられる大きさなんでしょ」

純子の意見を最初はいやいやと薄ら笑いで否定していた全員だが、やがて一人二人と元のバーベキューエリアに戻りはじめ、やがてみんなが走り始めた。

「ジュラケースを開けろ！」

菅沼が命令し、美晴パパが開けようとしたのを太一が止めて、自分で開けた。

「気をつけてもらわないと中の肉が傷んでしま……」

しかし、またしても出て来たのは、衣類の山だった。

「これは内田さんのケースじゃないか！」

太一の叫びに、内田さんが怒った。

「ウチを犯人みたいに言うな！　疑うのなら……ほら、見てくださいよ」

内田さん夫妻は自分のテントに走って入口を大きく引き開け、全員の見ている前でジュラルミンケースを引っ張り出した。

「やけに重いな……でも疑うなら、中を見てください！　さあっ！」

開けますよ、と蓋を開けると、いきなり赤いチェック柄が全員の目に飛び込んできた。

「恵里香っ！」

菅沼夫妻はケースに閉じ込められていた我が娘に飛びつき、抱き起こした。

「ママ……それにパパも」

恵里香は朦朧とした様子で、それでも両親に抱きついた。

「いやこれは……」

大見得を切った内田夫妻は、思いがけない事の成り行きに、ショックのあまりへたり込んだ。

「これはどういうことなんですか！　内田さん！」

美晴パパが内田夫妻を問い詰める。

「これは、警察が来るまでもないです！　あんたらは誘拐犯人だ！」

「いえ違います！　何かの間違いです、これは」

必死に否定する内田夫と内田妻を、一同は取り囲んだ。

「どうしてこんなことを？」

鋼太郎が訊いた。

「だから、私たちじゃありませんって！」

「たしかに……内田さんたちには動機がないように思える」

その時、ケースを調べていた太一が思い出したような声を出した。

「あ……そういや」

「今度は何ですか？　またこれは自分のじゃない、って言うつもりですか」

浩次郎が呆れたように言った。

「いや、ジュラルミンのケースは三つあるはずなんだ。おれのと、内田さんのと、そしてもう一つ、中味が空っぽだったやつと」

そして、と太一は進み出てジュラルミンのキャリーケースに見入った。

「衣類が入っていたものがまず一つ。それが内田さんのだ。二つ目は食材を入れたおれのケース。だがこのケースはおれのじゃない」

なぜなら内張りが保冷仕様になっていないからだ、と太一は指摘した。

「それと、内田さんのものには小さく名前が書いてあったんだよな。マジックで」

そう言いつつ太一はさらにケースを調べたが、恵里香が入れられていたこのケースには、どこにも名前が入っていなかった。

「マジックなら消せるだろ！」

美晴パパが剣呑な声を上げ、浩次郎がバーベキューエリアに取って返し、置きっぱなしになっていたもう一つのジュラケースを調べ始めた。衣類が満載になっている分だ。

「ありました！　こっちのケースにはローマ字でＵＣＨＩＤＡと書いてあります！」

「と、すると」

浩次郎が叫び太一は考え込んだ。

「つまり、同じキャリーケースが三つあった。肉が入っているおれのと、衣類が入っている内田さんのと、そして、保冷仕様でもなく名前入りでもなかった、空っぽの三つ目が」

「いや……そういえば」

こんな大騒ぎになっても、我関せず的なクールな態度を取っていた余田一家のパパが口を開いた。

「ウチらのグループの人間ではない、知らない男が、その銀色のキャリーケースみたいなのを、ごろごろ引っ張って運んでたのを見たけど」

「あんた、どうしてそれを早く言わない！」

菅沼パパが食ってかかった。

「だって、訊かれていないから」

「こういう時は、訊かれなくたって知ってることは言うもんだろう！」

「それはアナタの考え方だ」

余田パパは我を張った。

「それに、さっきの侮辱だって忘れてないからね、こっちは」

「まあまあ」

鋼太郎が割って入った。

「今ある手掛かりの中では余田さんの目撃情報が一番有力だ。問題のケースを運んでいたのは、どんな男ですか？」

「どんなって……私だって何となく見ていただけだし……強いて言えばキャンプに来ているのに、全然それらしい格好ではなかった、っていうか、そのくらいしか」

「それを言うならアンタらも全然、キャンプらしい格好じゃないけどね」

美晴パパがつっけんどんな口調で言った。

「若い男だった、と思う。ハタチくらいの」

「恵里香ちゃんがいなくなったという騒ぎになってから、その男は見ましたか?」

浩次郎が冷静に訊いた。

「見てないなあ」

余田パパは首を傾げた。

「これは……どう解釈すべきなんだろう?」

鋼太郎は考えた。

「犯人は一度は恵里香ちゃんを誘拐してキャリーケースに入れたが、逃走を諦めて、単独で逃げた?」

「いや、そうじゃない。三つあるはずの、同じ型のジュラルミンケースの一つがなくなったまんまなんだぞ!」

太一が指摘した。

「犯人はケースを取り違えて、もしかして肉が入ったヤツを引っ張って逃げてるんじゃないか?」

「しかし……恵里香ちゃんがいなくなったと判ってからみんなで探し始めて、もう小一時間は経ってる……この間に車を使えば、かなり遠くまで逃げているはず」

「管理事務所に行けば、客が乗ってきた車が特定出来るんじゃないか？　監視カメラがあるんじゃないか？」

「いや～ここはそこまできちんと管理してない」

めいめいがいろんな事を言いだして、収拾（しゅうしゅう）がつかない。

「しかしだよ、仮に犯人が一人だった場合……このケース自体、頑丈な分結構重いし、それに肉も入ってるんだから、一人じゃ車に載せられないぞ」

太一が言った。

「じゃあ犯人は複数かグループか？」

鋼太郎はそう言いながらも、足は駐車場の方向に向き、走り始めていた。

それを追って、男たちも走り始めた。その中にはなぜか、これまで我関せずだった余田パパもいて、鋼太郎に確認した。

「つかまえるんですよね、肉泥棒を？」

「いや、肉泥棒じゃない。少女誘拐未遂犯だ」

「だけど、犯人が今運んでるのは『肉』なんだよな！」

余田パパのアタマには、肉のことしかないらしい。

と……。

駐車場では、ワンボックスカーの荷台に、巨大なジュラルミンケースを載せようとして四苦八苦している若い男の姿があった。

「みなさん」

先頭を走っていた鋼太郎は立ち止まって、振り返った。

「ここで騒ぐと、犯人はケースを置いて、逃げてしまうでしょう。慎重にいきましょう。あの男が車に積み込もうとしているケースの中に肉が詰まっていたら、アイツが犯人ということになる」

男たちは頷いた。

「私が行こう」

任せなさい、と鋼太郎は自分の胸を叩き、ゆっくりと若い男に近づいて、声をかけた。

「もうお帰りですか？　大変そうですね」

びくっとして今にも飛び上がりそうになったが、若い男もおどおどと答えた。

「ええ、まあ」

「お手伝いしましょうか？」

「いや、大丈夫です」

若い男の表情は強ばっている。

「だけど重くて載せられないんでしょ？　ジュラのケースは頑丈だけど重いから」

「ほんと、大丈夫なので」

「まあそう言わずに」

「ほんと、大丈夫だから……いいですから！」

若い男はだんだん声が荒くなってきた。

「触らないでくれ！　自分でやるから！」

「いえね、実を言うと、これと同じようなキャリーケースが他にもあって、なんか取り違えられたみたいなんですよ。それもあって……出来れば、中を確認させて貰えないかなあって」

「あんた、言ってることが違うじゃないか！」

若い男は、鋼太郎の発言の矛盾(むじゅん)を突いた。

「積み込みの手伝いをしてやるって、ウソなんだな？」

「はいウソです」

鋼太郎は開き直った。

「中を見せてください。何が入ってますか？」

「アンタに言う必要はない」

「もうじき警察が来ますけど」

それを聞いた若い男の顔色が変わった。

「もういいや！」

そう言うとケースを放り出して、自分だけが車に乗り込もうとした。

ワンボックスカーのドアステップに引っ掛かっていたケースが、どすんと地面に落ちた。

鋼太郎が飛びついて蓋を開けると、果たして、中には太一が仕入れた肉が詰まっている。

「肉があったぞ！」

その声で、控えていた男たちがワッと走ってきた。

「先回りして車を止めろ！」

男たちがワンボックスカーの前に立ち塞がり行く手を阻んだ。

鋼太郎は運転席のドアを開けて、中から犯人の若い男を引き擦り出した。

「てめえ何をしやがる！　おっさんだからって容赦しねえぞ」

駐車場に転がり落ちて倒れたが、すぐに立ち上がった男の手にはナイフがあった。

その目は血走り、明らかにテンパっている。

「あなた！　危ない、逃げて」

聞こえた悲鳴は弥生の声だ。

女房が……いや、正確には元女房だが、もしかしておれのことを心配してくれている？

勇気百倍、力を得た鋼太郎の拳が次の瞬間、男の顔面に炸裂していた。

「うぎゃっ」

クリーンヒットした鉄拳に若い男は昏倒し、鼻血をまき散らしつつ崩れ落ちた。

「やるねえ、榊鋼太郎！　流血の大惨事！」

ホッとした太一がすかさず茶化し、余田パパも叫んだ。

「肉は守られた！」

そこにサイレンを鳴らしたパトカーが到着し、警官がばらばらと降りてきた。

「少女誘拐未遂の現行犯で、容疑者の身柄を確保しました！」

犯人の男の腕を捩じ上げて組み伏せた鋼太郎が、叫んだ。

若い男に手錠がかけられパトカーに乗せられるのを見ながら、鋼太郎は今回も呟いていた。

「また、私人逮捕してしまった……」

＊

「それにしても、実に美味いねえ、この肉は」

余田パパは顔を綻(ほころ)ばせてミディアム・レアに焼いたステーキをがっついている。

「あんたは肉のことしか言ってなかったな。最初から最後まで」

菅沼パパは水割りを飲みながら呆れた。

太一の店に関係者が集まって、「無事になんとかなりましたパーティ」が開かれている。

「だけどみなさん、個人情報、特に子どもの写真とかは本当に注意しなきゃ駄目ですよ！」

料理を運んで来た純子が厳しい口調で言った。

「当日もみなさん、めっちゃ写真撮ってましたよね？」

そうだねえ、と菅沼パパも美晴パパも俯いた。それに関係なく楽しく飲み食いしているのは余田一家と内田夫妻、そして麗子ママと鋼太郎の前妻・弥生と浩次郎。罪の意識の有無がクッキリと分かれた。

「犯人の若い男は、SNSで美晴ちゃんを見て、自分のモノにしたいっていう妄想を膨らませてた、ってニュースで言ってたけど」

「警察からも、そう聞きました」

美晴パパが申し訳なさそうな顔で答えた。

「監禁してずっと育てれば、美晴ちゃんもそのうちに諦めて、自分のモノになるだろうって？　ああもう、キモい、キモいキモいキモいキモい～っ」

嫌悪感を露わにする純子を、かおりと瑞穂が「まあまあ抑えて」となだめている。

二人は純子からキャンプ場での顛末を聞いて驚き呆れ、ハッピーエンドになった事を喜んだ。

ここで自分も何か言わなければ、と鋼太郎も思った。

「キャンプはいいものです。たしかに気持ちがいい。外で食べるバーベキューも美味い。子どもたちにもいい思い出になるでしょう。だけどねえ、写真はねえ。いや、写真はいいけれど、それをネットにあげまくるのはねえ……」

鋼太郎はもっともらしい顔で何かいいことを言おうとしたが、ナニも思い浮かばない。

「ま、そういうことでいいんじゃないの？　恵里香ちゃんも無事だったことだし」

太一が適当にフォローして、焼き鳥の盛り合わせを差し出した。

「子どもたちにはスパゲティとかカレーを出した方がいいかな？」

「焼き鳥で大丈夫です。それとウーロン茶おかわり。このぼんじり、美味しいですね！」

美晴が元気に言った。

「お。渋いねえ。味がわかるんだねえ、お嬢ちゃん」

「私、大人びてるってよく言われます。凄く可愛いとも言われますけど……そんなの、今だけですよね？　高校生くらいになったら普通の顔になるんじゃないですか？」

そう言われた女子高生トリオは顔を見合わせ、「かもね」とぶっきらぼうに答えたのは瑞穂だ。

「かおりなんか、小学校の時から一緒だけど、小さいときはもう超美少女とか言われてたよねえ。だけど今は……まあきれいだけど超美少女でもないし」

そう言われたかおりは「いいじゃん別に！」とふくれて他のテーブルを片づけに行った。

「だったら、私、アイドルとかなりたくないんだけど」

美晴がそう言うと、恵里香は「私はなりたいけどなあ」と言った。

「じゃあ歌が上手いとかダンスが巧いとか、トークが抜群とか、きみ、腕を磨かないと駄目なんじゃない？」

浩次郎がアイドル評論家みたいなことを言う。

「競争が激しい世界だから」

「知った風なこと言ってるよな！　まだ学生のくせに！」

鋼太郎にひと言で切って棄てられてしまった。

「何よ、あなた。あなたのそういうゴーマンなところが最低だって私、思うのよね」

前妻・弥生が噛みついた。

「今回のことで少し見直したけど、やっぱりダメだわ。ねえ、この人のこと、どうか宜しくお願いしますね」

弥生は麗子ママに深々と頭を下げた。

「イエイエ。私だって、今回の事は別に鋼太郎さんとどうこうってコトではなく、楠木の大将の顔を立てただけのことなので……」

ひと言も言い返せない鋼太郎をよそに、宴はたけなわになっていった……。

第四話　コレクター

日曜の夜、七時過ぎ。

鋼太郎は、一人で夕飯を済ませて、リビングでソファを背もたれにして床に座り込み、一人、テレビに向かって毒づいていた。

「タレントが街をブラブラしてもたいして面白くねえじゃねえか。面白がってるのはお前らだけだろ！　バスの旅も似たようなのが増えたなあ。企画の貧困だねえ。衝撃映像つってもなあ……芸がないねえ」

テレビに向かって喋るのは孤独な証拠らしい。

治療院は日曜は休み。小牧ちゃんは雇い主のプライベートとは完全に一線を画しているので、まったく世話を焼いてくれることはない。そうなると、日曜は一人きり。

特に買い物する用事もないので、結局今日は一歩も家から出なかった。朝からずっとパジャマ代わりのスウェット姿のまま、食い物もアリモノで済ませて、夕食はご飯にさつま揚げに明太子にインスタント味噌汁だ。

「ああ、おれって、モロに独居老人だなあ」

またも大きな声で独り言を言ってしまった。こういうのも典型的孤独な老人の姿らしい。

そんな沈滞した空気を破るように、スマホが鳴った。太一からだ。

「おい鋼太郎、どうせヒマだろ？　出て来いよ」

いきなりの誘いだった。

「出て来いって、オマエの店、日曜の夜は休みだろ？」

「今、『ぷりめーら』に居るんだ。オマエ、麗子ママにきちんとお礼しろ！」

先日のキャンプ騒動で、ニセ家族の妻役で参加してくれたことに感謝しろというのだ。

「いや、それはしたけど？」

「バカだな」

太一は声を潜めた。

「お礼というのを口実にしてだな……」

「それはオマエのオッサンくさい作戦だろ。おれにはそんな下心はない」

電話の向こうで太一は「いやいやいやいやいや」と嘆いた。

「こういう時は、大人ならば気持ちよく出て来るもんだろ。麗子ママにはもうオマエが来ると言ってしまった。ママも楽しみにしてるぞ」

そう言われても、鋼太郎には何のことだかさっぱり判らない。麗子ママは素敵な女性だとは思うが、だからなんだとしか思えない。つまり、自分の生活圏にはおよそ縁のない女性だと思うのだ。恋愛対象にもならず……いわば芸能人のような存在だ。すぐ逢いに行けるアイドルって、メジャーになる前のアイドル集団のキャッチフレーズだったはず。麗子ママは町内のアイドルみたいなものか。

そんなアイドルが自分に逢えるのを楽しみにしていると言われても、ホントかよ、としか思えない。

「まあ、いいから出て来いよ。どうせヒマで一人でテレビに毒づいてるんだろ？」

鋼太郎はギクッとした。

「おい。監視カメラでもつけておれを観察してるのか？」

「図星（ずぼし）か」

電話の向こうで太一は笑った。

「そんなところだろうと思ったぜ。とにかく、『ぷりめーら』に来い」

鋼太郎が麗子ママのスナック「ぷりめーら」のドアをからんからんと開けると、太一は何故か頭にタオルを巻き、カウンターの中で立ち働いている。

「無銭飲食した分、働いて返してるのか？」

「ばーか。どうしてオマエにはそういう貧しい発想しかないんだろうね？　おれがこの店の前を通りがかったら、日曜は休みのはずなのにドアが開いていて店の中が明るいし、ママが忙しそうに仕込みをしているのが見えたので、どうしたのと店に入ったんだよ」

「日曜はお休みなんだけど、団体の予約が入って。十五人よ十五人！」

カウンターの奥から麗子ママの声がした。

「スナックに団体の予約？」

鋼太郎の常識では、居酒屋やスナック、そして（滅多に行くことはないが）バーやクラブのような店は予約ナシで「よっ！」と片手をあげて入るモノだと思っていた。最近は予約するのか……。そういやテレビのドキュメンタリーで、銀座のクラブに台風の夜に予約が入っていて、暴風雨の中、律儀にその客がやって来た光景を撮っていたなあ……。

「このご時世(じせい)、まとまったお客さんが来てくれるのは有り難いじゃない？　だから日曜だけど受けることにしたの」

「しかし……この店に十五人も入るの？」

「なんならテーブルを片付けて立食にしてもいいと思って」

　麗子ママはあっさりと言った。

「だけど、立食はゆっくり酒が飲めないだろう？」

「鋼太郎、いいからオマエも働け。皿を出して盛り付けを手伝え！」

　ダメ出しを続ける鋼太郎に、太一は命令を発した。この居酒屋の大将は炒め物を担当して中華鍋をさかんに振っている。隣で麗子ママは牛肉の赤ワイン煮や野菜と海老のアヒージョなどを並行して作っている。

　鋼太郎は料理のプロではないので、皿を運んだりグラスを磨(みが)いて並べたりという仕事を割り振られた。

「出て来いってのは、こういう事だったのか……」

　文句を垂れる鋼太郎に太一が憎まれ口を叩く。

「一人でボンヤリしてるとすぐにボケるぞ！」

　青椒肉絲(チンジャオロースー)を作っている太一は汗だくだ。

そこにドアがカランと開いて、若い女の子が入ってきた。

「遅くなってすみません」

スタイルがよくて、なかなかの美人だ。二十代半ばだろうか？

「あ、紹介しとくね。麻里ちゃん。この間……キャンプに行った後からお願いしてるの」

太一は既に顔見知りらしく「遅刻だぞ」とか言っている。

「すみません。すぐにお手伝いしますね」

麻里は控え室にバッグと上着を置いて腕まくりしてカウンターの中に入ろうとしたが、狭いので三人は無理だ。

麗子ママが赤ワイン煮の鍋を持って出て来て、客席のテーブルで小皿に分け始めた。

入れ替わりにカウンターの中に入った麻里は、使い終わった調理器具などを洗い始めた。

「鋼太郎、これを小皿に分けてくれ」

と、太一から中華鍋を渡された。

受け取る時にカウンターの中を見ると、麻里の腕に大きなミミズ腫れがあるのが目についた。

「それ、どうしたんですか?」

「ああ、これ」

彼女は笑った。

「ちょっと……出掛けに子どもと喧嘩して」

「お子さん?」

鋼太郎は驚いた。まだ若く見えるのに……いやいや、若いシングルマザーが多いのは知っているが……。

「小学生の子どもが怒ってしまって。日曜の夜に仕事かよって言われて」

「そりゃそうだよ。お子さんが可哀想じゃないか。一人で留守番でしょ?」

鋼太郎は思ったことをそのまま口にした。

「帰りなよ。おれたちとママでなんとか出来るから」

「そうは言うけど、スナックに来たと思ったら美人のかわりに、居酒屋の大将と面倒くさいおっさんがいるんじゃ、今度は客が可哀想だろ」

太一が別の料理に取りかかりつつ、鋼太郎に反論した。

「それに……麻里ちゃんにだっていろいろと事情があるんだろうし」

なんとなく深掘りしてはいけない話題になったことは、さすがのＫＹ鋼太郎にも察知できたので、口を閉じた。

「ときに、何時からの予約だったっけ？」

太一が黙々とおつまみの用意をしている麗子ママに訊いた。

「八時に十五人。ってことだったけど」

「もう八時五分だぞ」

店にはカウンターに小さな時計があるだけだが、その時計が八時五分を指している。

「普通は早めに来た客が『先にビール』とか言って、みんなが来るまでに出来上がっちゃったりするんだけどな」

しかし。

八時二十分になり、八時三十分になっても、客は誰も現れない。

「おかしいだろ、これ」

さすがに太一が不審の声をあげた。

「あの、ちょっと遅れてるだけだと思います……なにかの事情で」

麻里が、まるで客を庇うように言った。

「ん？　麻里ちゃん、お客のことを知ってるの？」

太一が突っ込むと、彼女は「いえ。そんなことでは」と首を振った。

だが遅れます、の電話もない。

「こっちから予約した客に電話してみたらどうだろう？　私がかけてみましょうか？」

鋼太郎の提案に、麗子ママが「お願いします」と応じた。

「予約はこの『飲み食いナビ』で受けてるので……」

麗子ママはカウンターの隅に置いてある旧式のノートパソコンのフタを開け、予約受付画面を表示させた。

「マツダマサヨシ、二十三歳、ぜいたくオードブル・コース　電話は携帯……」

鋼太郎がスマホを出そうとすると、麗子ママが止めた。

「やっぱり電話は私が。いきなり男の声だと相手が驚くでしょう？」

予約画面に登録されている番号にかけると「電源が切られているか、電波の届かないところにいます」というアナウンスが応答した。

「……もしかして、これ、ドタキャンというか、無断キャンセルなんじゃあ……」

自動音声が流れる中、麗子ママは、呆然と立ち尽くした。

「どうしよう。こんなにつくっちゃって……」

テーブルには、「牛ホホ肉の赤ワイン煮」「シーザーズサラダ」「焼きそば」「海老と野菜のアヒージョ」「鶏レバーのペーストとバゲット」「チーズ各種とクラッカー」「フライドポテト」「鶏の唐揚げ」「揚げ春巻き」「ポップコーン」「スパゲティ・ナポリタン」の小皿が十五人分並んでいる。さらにオーブンの中ではローストビーフがジュウジュウ音を立てながら焼かれている。

それに、今日のために仕入れたお酒がある。クラフトビールにスコッチ各種、麦焼酎。

「どうするんだよ、これ……」

鋼太郎が口にするまでもなく、このまま客が来なければ、ほとんどの料理を捨てるしかなく、大損害だ。

「予約金とか取ってないんですよね？」

「いただいてません」

「電話に出ないって事は……トンズラだろうな」

太一が難しい顔で答えた。

「ウチもこれを食らったことがあるから判るんだ。連中は、無断キャンセルが悪いとは、まるで思ってない。中には本当にド忘れしていて、謝り倒してそれ相応のお金を払ってくれる客もいるけど、『絶対払わない』とか『払う理由が判らない』とかヌカしてゴネるバカも多くてな。世の中、お前が思ってる以上に狂ってるぞ」

「どうしたらいいの？　これだけのお料理、全部、捨てるしかないのかしら……」

麗子ママは同じ事を繰り返した。パニックになって思考停止している。

「こうなったら、電話をかけまくって知り合いを動員するしかないでしょう」

鋼太郎はスマホを取り出した。

「格安料金で大盤振る舞いすれば、結構来ると思う。どれくらい値引きします？」

「う〜ん」

麗子ママは眉根に皺を寄せて考え込んだ。

「この際、儲けることより、被害を少なくするという観点で考えて」

鋼太郎がうながすと、麗子ママは宣言した。

「総額の二割引き！　二十パーセントオフ！」

「まだ儲けたいという欲が見えるな……在庫一掃品切れゴメン、飲み放題食い放題五千円ポッキリ！　ってのはどうです？」

「え……飲み放題も？」

「今どき、それくらいのインパクトがないと緊急に客は集まらないでしょう。日曜の夜なんだし」

鋼太郎はまるで経営コンサルタントみたいな顔で言った。

「五千円ポッキリでいきますよ？　いいですね？」

「……判りました。それでいきましょう」

ゴジラへの攻撃命令を下す総理大臣のような顔で、麗子ママは頷いた。それを受けて鋼太郎はスマホを操作した。

「よう！　久しぶり！　あのさあ、今から飲まないか？　実は知り合いのスナックがドタキャン食らって食い物が大量に……そう、食い放題に飲み放題で五千円！　待ってるよ！」

電話を切った鋼太郎はVサインを出した。

それを見た太一も、自分の客や知り合いへの電話攻勢を開始した。

「どうだ？　おれとママが作った美味いモノが食えて、しかも酒が飲み放題で五千円は安いぜ兄弟！　待ってるぜ！　友達もいいかって？　おう、どんどんお誘い合わせの上、来てくれよ！」

麗子ママも営業電話をし始めた。

「日曜の夜にごめんなさい。実はちょっと困った事が……ドタキャンされてお料理が大量に余ってしまって大変なの。どうかしら？　食べ放題飲み放題五千円で……お願い、助けて！」

三人の必死の電話が功を奏したのか、ほどなく近所の客が続々と集まり始めた。ドアのカウベルがひっきりなしに鳴る。

「いらっしゃ〜い！　よかったわ。お願い、助けてぇ！」

麗子ママが甘えるような声を出し、麻里ちゃんも「いらっしゃいませ。ささ、どうぞこちらに」と客たちを次々と席に案内する。

「ホントに食い放題なの？」

やってきた客はまだ半信半疑だ。そもそもそういう店ではないのだから、客が戸惑うのは無理もない。

「ホントですよ！　品切れゴメンで」

最初に来た客たちが早速ビールを手酌（てじゃく）で飲んで青椒肉絲を頬張っているうちに、次の客が来た。そしてまた他の客たちも現れた。

どういうわけか、純子（じゅんこ）・かおり・瑞穂（みずほ）の女子高生トリオまでがやって来た。

「おいおい。女子高生がスナックに来るのはマズいだろ！」

「ウチら、食べに来ただけなんでお構いなく。女の子だしお酒飲まないから三人で五千円にしてね」

と純子はチャッカリとお願いをして、早速トリカラや焼きそばを頬張り始めた。

「コイツらの家庭はどうなってるんだ？　メシを食わせないのか？」

太一が呆れていると、またまた客が来た。どう見ても世界的に有名な、英国が誇るロックシンガーだ。

「え？　あのヒト、確か今、ジャパンツアーの最中じゃぁ……誰のトモダチなんだ？」

「おい。説明責任から逃げて入院中の議員さんもいるぞ。しかも夫婦で」

などと、瞬くうちに店内は大盛況になった。

ワイワイと賑わう中でママと麻里、そして太一と鋼太郎もビールや酒、水や炭酸を運ぶのにてんてこ舞いだ。

「いつもより客が入ってるんじゃないか？」

「これは麗子ママの人気ってことかな？」

「いや、五千円ポッキリ飲み放題食べ放題の威力だろう」

ごった返していた店も、食べるモノが無くなるとやがて一人減り二人減りして、最後には呑兵衛が数人残った。みんな近所のオッサン連中で、レストランや中華などの同業者だ。

「この店はタバコOKなのが有り難いねえ」

などと言いつつスパスパ吸っているので、広くはない店内は煙い。麻里ちゃんはゲホゲホと咳をしている。しかし麗子ママは自分もタバコに手を伸ばした。

「だって、お酒にタバコはつきものでしょ？」

「けど最近は禁煙の店、多いよ。太一の店がそうじゃないか」

鋼太郎がそう言って太一を見ると、居酒屋の大将もタバコを吸っている。

「居酒屋も女性客が増えたし、野郎も吸わないヤツらが増えたよなあ。こないだなんか、タバコの煙で酒の味が判らないとか言われたからなあ。オッサンが住みにくい世の中になってきた」

おっさんたちは世を憂い始めた。

「その一方で今の連中には公共道徳ってモンがないじゃないか。この前、図書館で推理小説を借りたら、最初に犯人が出て来たところに赤字で『コイツが犯人』とか書いてあったぞ。そもそも図書館の本に落書きしちゃいかんだろ？　ページを破くヤツもいるし」

そんなことで文句を言うな、と鋼太郎は反論した。

「いやなら新刊を買えって事だ」

「この前、ラーメン食いに行ったら、昼時で行列が出来てるってのに高校生くらいのガキがのーんびりスマホ見ながら食ってやがってさ。箸を置いて隣のトモダチとさんざん駄弁ったりしてるの。だいたいラーメンなんてモンはな、さっさと食ってさっさと出て来るもんだろ。喫茶店じゃねえんだから！」

「最近は喫茶店も減ってる。高校生も居場所がないんだ。大目に見てやれ」

「こないだ、そこの駅で人身事故があっただろう？　その事故の現場をバカがスマホでカシャカシャ撮ってやがるんだ。それも大勢が。こいつら全員、バチ当たって死んじまえって思ったね」

「死んじまえ、は言い過ぎだ。そもそもそういう写真に『いいね！』をつけるバカ。もとはといえばそいつらが悪い」

「おれはこの前、後ろから突き飛ばされたぞ。エスカレーターに乗ってただけなのに」

「どうせあんたが通路を塞いでたんだろ？」

「悪いか？　乗り方改革に賛同して右側に立ってたら、退けって言われて喧嘩になった。それっておれが悪いのか？」

「強いて言えば大阪万博の時に、エスカレーター片側空け運動をやったヤツが悪いな」

「この前、バスに乗ってたらベビーカーを押して無理やり乗ってきたママがいてな。おれは文句を言ってやった。朝のバスで満員なんだぜ。赤ちゃんを抱いてベビーカーを畳(たた)むとか、時間をずらすとか、そういう気配りは出来ねえのかな？」

「無理を言うな。仕事とか病院に行くのにその時間じゃないとダメって事はあるだろ。抱っこするにも荷物が多けりゃ無理だ、ベビーカーに荷物を置いてたら畳めないだろ？」

「鋼太郎、オマエな」

さっきからいちいち鋼太郎に反論され続けていたオヤジがキレた。

「満員バスでぎゅうぎゅうで、物理的にベビーカーなんか入らないんだぜ！」

「だけどアンタ、若いママが相手だから文句言えるんだろ。相手がガイジンだとか強そうなヤクザだったら黙って我慢するんだろうが？　それとも、アンタは相手が誰であろうが突っかかるのか？」

鋼太郎がそう言うと、「判ったよ。あんたは正論大魔王だな」と相手は苦笑した。

「まったくあんたには敵(かな)わないな。そのデンで歩きスマホだって擁護(ようご)するんだろ？そいつだって緊急の用件があるからスマホ見ながら歩いてるかもしれないとかなんとか?」

「いや。スマホを見るなら立ち止まるべき。そして邪魔にならないところに移るべきだ」

「けどおれが意見を変えたら正反対なことを言うんだぜ、きっと。高齢者ドライバーの危険運転だって、車がないと困るひとは大勢いるとか言うんだろ?」

「それはその通りじゃないか。現に、ちょっと地方に行けば、車がないと生活出来ないんだから」

ああ言えばこう言う鋼太郎に、相手はイライラを隠せない。

別のおっさんが言った。

「ウチはさあ、太一ちゃんと同業なんだけど、盲導犬のことで困ることがあるんだよね。目が不自由な人が盲導犬を連れて店に来てくれるのは大歓迎なんだけど、他の客の中には、盲導犬に全く無理解で、食い物屋に畜生を入れるなんてとんでもないとか怒り出すヤツが結構いるんで……」

「ああ、それはウチの客にもいるな。盲導犬をペットと同じに考えてるアホがな」

太一が同調した。

「しかしそこは店の責任で盲導犬を守ってやるべきじゃないのか?」

鋼太郎が持論を述べると、鋼太郎以外の全員が「やっぱりな」という顔になった。

「そりゃそうなんだが、店によってはそれが煩わしいから、盲導犬もお断りしちゃうところがあるんだよなあ。意識が低いのは判ってるんだけど」

「まさかあんたら、それでヨシとはしないんだろうな？」

追及する鋼太郎に盲導犬の話題を出したオッサンが怒り出した。

「どうしてこの男に責められなきゃいけねえんだ？　この男はどこかの役人か？」

そう言われた鋼太郎は一礼した。

「いえいえワタシはただの平民でございます」

「落語のオチみたいに言うなよ」

鋼太郎に批判されたオヤジが怒り、太一が話題を変えた。

「しかしなあ……今日みたいな無断キャンセルは困ったもんだよなあ。ウチだってやられることがたまにある。ウチはまあ、コース料理を予約されてすっぽかされても、材料は使い回せるけど、予約席をあけておくと客を入れられないから、その分損するんだよな」

太一も、この件には憤慨している。

「無断キャンセルするやつらは決まって悪気はないって言うんだ。けど店の損害を考えたら、そんな言い訳が通るはずがないじゃないか」

「一応、対策することはできるんだよな。クレカの情報を入れないと予約できないシステムとか、弁護士が回収するとか」

レストランのオヤジが言ったが、「オマエんところは導入してるのか?」と問われると、いや、導入してない、と首を振った。

「この辺じゃあ現金払いが主流でクレカを持ってないヤツの方が多い。ボケちゃって予約したことをころっと忘れてる爺さんもいる」

「そうなんだよな。銀座とか六本木とかの高級な店ならアリだろうけど、この辺の店じゃあなあ。クレカの番号を聞いたりしたら、なにカッコつけてるんだとか言われて総スカン食うかもしれないし……」

オヤジたちの話は長い。時刻はもう十一時を回ろうとしている。

麗子ママは、家に子どもが待っているという麻里ちゃんを気遣った。

「そろそろいいわ。あとはやっとくから、今日はもう上がって」

ママがそう言うと、太一も店の隅で乾き物をツマミながらスマホをいじっている女子高生トリオに怒鳴った。

「おい女子高生！　お前らももう遅いんだから帰れ！」

「すみません。じゃあまた明日」

麻里ちゃんはバッグと上着を抱えて飛び出すように店から出て行ったが、女子高生トリオは、オレンジジュースを当てつけのようにゆっくりお代わりしてから、悠々と店から出て行った。

「あの三人にはすでにしておばさんの貫禄があるな」

鋼太郎のその言葉に太一は苦笑した。

「女子高生は気楽でいいよ。しかし、麻里ちゃんは子ども抱えてるそうじゃないの。大変だよね」

「しかしママ、こんな客の少ない店で女の子雇えるの？」

鋼太郎はまたしても聞きにくいことをズバリと口にした。

「そうなのよねえ。前から働かせてくれないかって言われてたんだけど、ウチもそんなにお客さん来ないし、躊躇ってたのよ。でもあの子、ちょっと生活が大変そうだから、見るに見かねて」

鋼太郎は、麻里ちゃんの腕にあったミミズ腫れを思い出した。

「子供がいるので……昼の仕事だけじゃあ時給が安すぎて苦しいらしくて」

「シングルマザーなんでしょう？　養育費とかは？」

「鋼太郎くん、君はけっこう世情(せじょう)に疎(うと)いね。養育費なんか払わないクソ男の方が多いんだよ」

オヤジたちは寄ってたかって浮世離れした鋼太郎にツッコミを入れた。

「そりゃおれは物知らずかもしれないけど」

笑われた鋼太郎は反撃に出た。

「世の中のことをよ〜く知っているあんたがたはどうなんです？　実際に被害が出ているドタキャン・無断キャンセルについて、なんの手も打ってないじゃないですか？」

困っているんでしょう？　と鋼太郎は煽(あお)った。

「あんたらも商売人なら、対策を立てなきゃあ！」

「そういう鋼太郎の治療院は、ドタキャンとかスッポカシはないのか？」

太一に訊かれて、鋼太郎は頷いた。

「ある。ジジババの患者が多いから、多少は仕方がない。だけど、腰が痛ければ忘れずに来るんだ。忘れちゃうって事は、おれの腕がいいから、足腰の痛みが取れているということであって……」

はいはいと鋼太郎以外の全員が相槌(あいづち)を打った。

「まあしかしアレだな。元から予約は受けてないラーメン屋の道夫んとこ以外は、みんな被害はあるわけだ」

太一がまとめた。

「いっそ予約を取らなきゃいいんじゃないの？」

鋼太郎が言うと、またしても全員から反撃が来た。

「そういうワケにはいかない。ちょっとした集まりとかで予約は入るんだよ」

「そうそう。ウチの二階だって団体さん用に作ったんだから、団体さんが来ないのは困るんだよ。それに、スッポカシなんて予約客のうちのごく僅かだし」

「だけどねえ……今夜みたいなことになるのは困りものよねえ」

麗子ママの発言に、全員が同意した。

「特殊なメニューを予約されたら、滅多に使わないツバメの巣とか仕入れなきゃいけないし、そんなの普通の料理じゃ使わねえしな」

「おや。お前ンとこ、満漢全席出せるのか！」

中華料理屋の店主・吉田健民を太一が揶揄う。

「出来るよ。なんせおれは陳建民先生のところで修業して、改名までしたんだからな！」

それはともかく、酔っ払った料理屋のオヤジたちの話を総合すると、どの店でもかなりの予約のスッポカシが発生していることが判った。

「でもって無断キャンセルかます客にかぎって、なぜか一番高いコースだったりスペシャルな追加があるんだよな？　中華の四川(しせん)フルコースとかアンガスビーフの超熟成肉だとか最高級フォアグラだとか……」

「そうそう。そんなの食いたきゃ都心の高級店に行けってところだよな」

だが太一の意見に各店のオーナーシェフは同意しない。

「何言ってるんだ。下町のこんな場末でも、キッチリした本格的な食いもんは出せるって、そこんとこを見せてぇじゃねえか。いつもいつもオムライスやハンバーグばっかり作ってて、それしか作れねえと思われるんじゃ泣けてくらぁ」

「そうだとも。メニューにはないけど、こちとら本格的四川料理を作る腕はあるってんだ、こんちきしょう」

「だったらですよ、だったら尚更(なおさら)」

鋼太郎が踏み込んだ。

「やる気満々の店側にダメージを与えるドタキャンとスッポカシを根絶するよう、対策を考えるべきじゃないですか？」

そりゃそうではあるけれど……と、オヤジたちは黙って考え込んでしまった。

＊

数日後の午後、治療院に太一を筆頭に、あの夜集まっていたオーナーシェフたちがぞろぞろとやってきた。その中には麗子ママもいる。

「どうしました？　皆さん一斉に腰を痛めたとか？」

ヒマだからじっくり診るよ、と鋼太郎が言うと、全員が「いやいや」と手を振った。

「あ、別にアンタの施術を受けたくないってわけじゃないんだ」

そう言いながらオーナーシェフたちは二つ並んだ治療用ベッドに腰掛けた。

「あれ？　今日はこの治療院、休みだっけ？」

中華料理屋の吉田健民が真面目な顔で訊いた。

「患者がいないだけだよ」

鋼太郎はぶっきらぼうに答えて、受付の小牧ちゃんに「あ、お茶とか要らないからね。皆さんすぐお帰りだから」とイヤミを言った。

「まあまあ。実はあれからみんなで考えたんだ」

太一が取りなすように言った。

「例の件だ。みんなで、ドタキャンとスッポカシ予約の内容を照らし合わせたんだ」

そう言いつつ、メモを広げた。汚い字で予約を受けた日時と状況が箇条書きされて、赤丸で囲んだり二重線が引かれたりしている。

「その結果判ってきたんだが……どうもこれは『うっかり』でもなく『ダブルブッキングのキャンセルし忘れ』でもなく、愉快犯としてわざとスッポカシをやって、我々が慌てたり困ったりしてるのを知って楽しんでいる……なんかそんな感じがするんだよな」

「だいたい、その店の一番高いコースを、それも必ず十人分以上予約してるからね」

洋食屋のオヤジが言った。

「共通項は他には?」

「ああ。スッポカシを受けた店は、この辺に集中している」

中華料理屋の吉田が重々しく言った。

「そりゃそうだろ。この辺の店の主だけで調べたんだから」

相変わらず鋼太郎は突っ込む一方で、雰囲気が悪くなってきた。

「で?」

「我々がここに来たのは、どうやらコイツが犯人じゃないか、と思えるヤツの目星が付いたからだ」

太一の言葉に、鋼太郎は「そりゃおめでとう」と返した。

「しかし、どうしてそれをおれに言いに来たんだ？」

「鋼太郎は犯人のクソ野郎が誰なのか興味ないか？」

「それは、知りたいね！」

「そう言うだろうと思ったから、教えに来たんじゃないか」

太一はそう言って、一同を見て無言の確認をとると、話を先に進めた。

「本町(ほんちょう)通りのハズレ、通称・本町神社のそばに最近、シェアハウスが出来たの知ってるか？」

「シェアハウスって……寮(りょう)というか下宿みたいなモノか？」

「……シェアハウスとは、リビングや台所、浴室などを共有し、各住人の個室をプライベート空間とする共同生活のスタイルである。と定義されてるようだけど、まあ、賄(まかな)いのない下宿って感じかね。プライベート空間がダイニングキッチンってことなら、メシの出ない寮とか下宿だよな」

「だいたいそれで合ってますけど、人気はリビングがお洒落(しゃれ)で広くて、入居者同士の横の繋がりが出来るように配慮されているシェアハウスですね。それだと寮とか下宿とはまた別の感じになりますよね」

オーナーシェフの中で一番若い、ピザ&パスタ屋のオーナー・日比野が付け加えた。

「実は、私も一軒持とうかなって思って研究してるんですよ」

「それはわかったけど、その最近出来たシェアハウスの住人が犯人ってことなのか？」

「おそらく」

この件も日比野が即答した。

「どうして判ったんです？」

「電話番号からですよ。予約を受けるときに聞く電話番号。こっちからかけ直すと繋がらないけれど」

「その番号はデタラメの可能性があるんじゃないの？」

「いや、予約の電話の発信番号と、聞き返したときに先方が言った番号が同じだから、実在はするんです。しかも他のお店のスッポカシ予約も、全部、同じ番号です」

「同じ番号？　ずいぶんワキの甘い犯人だな」

「その辺が、こっちを舐めてる大きな証拠ですね。こっちから電話して繋がらないのは、こっちの番号を着信拒否しているからでしょう」

日比野の理路整然とした説明に頷いた鋼太郎だが、引っ掛かる点があった。

「でも、どうやって電話番号から住所を突き止めたんだ？　素人は番号から住所は突き止められないだろう？」

「そこはそれ、蛇(じゃ)の道は蛇(へび)というヤツで」

日比野は少し得意そうな顔をした。

「知り合いに探偵というか、調査員がいましてね」

「いや、電話番号の持ち主を調べるのは警察とか弁護士じゃないと無理だと聞いたぞ」

「たぶん、そいつの知り合いに弁護士か警察関係者がいたんでしょう。商売柄」

日比野はその辺を誤魔化した。

「とにかくまあ、本町神社のそばのシェアハウスに住んでる、樽井(たるい)という人物らしいです。樽井三紀彦(みきひこ)」

「ええと、麗子ママの店にスッポカシ予約を入れたクソ野郎は……」

「マツダマサヨシ、二十三歳って名乗ったわね」

麗子ママが即答した。

「じゃあその樽井って野郎は偽名を使ったんだ」

「そういうことになりますね。店によって名前は使い分けてますね。マツダだったりイイダだったりマツカタだったりワタナベだったり……」

「偽名に法則性がないな」

考え込む鋼太郎を、日比野はじっと見つめた。

「……ナニ？　ナニナニ？　その期待に満ちた視線は？」

言わなくても判るでしょう、というような雰囲気で、全員が黙って鋼太郎を見ている。

「これって……もしかしてアレなの？　野武士に村を荒らされた農民が高潔な侍になんとかしてくれと頼みに来た、あの感じ？」

「そうだよ。ここは素直に、この白い飯、おろそかには食わんぞ、と言って欲しいね」

太一がそう言った。どうやらウチウチで話を決めてきたらしい。

「ってことは……おれにその樽井ってヤツと談判しに行けっていうの？」

その場にいた全員が、一斉に頷いた。


「センセイだけでは心配だから、アタシも付いていきます」

と、小牧ちゃんが言ってくれた。なんせ彼女は元ヤンキーだから心強い。

「センセイはことあるごとに国体の選手だったとかインタハイに出たとか言うけど、

ぜ～んぶ昔の勲章ですよね。格闘技なんかすぐカラダが錆びついてしまうんだから」

「そういうことは整体師のおれが一番よく判っている！」

午後五時に治療院を閉めて、二人は本町神社に向かった。寂れた小さな商店街を抜けて十分ほど歩くと、本町神社、正式には「本町氷川神社」だが、その境内のまん前に、目新しい二階建ての家があった。

「ここか」

ドアチャイムを押すと、「どちら様？」と男の声で返答があった。

この場合、どう名乗るべきか。下手に素性を明かすと門前払いを食らって、話も出来ない恐れがある。

「ネット予約の『飲み食いナビ』の、調査をしている者です」

鋼太郎は咄嗟に答えた。これならウソはついていない。駄目押しに付け加えた。

「簡単なアンケートにお答えいただいた場合の、特典も用意してあります」

少し間があって、インターホン越しに返答があった。

「調査員のヒト？」

「はい。ユーザーの方に使い勝手などを伺ってます」

「あっそ」

相手が樽井本人かどうか判らないが、声の感じだと若くて尖(とが)った感じがする。

「いつもご利用戴き有り難うございます」

鋼太郎はインターホンに向かって頭を下げた。たぶんカメラが付いていてこっちの様子は見られている。こっちから相手が見られないのは不公平だが。

「悪いけど、あまり使ってないんだ。『飲み食いナビ』は」

男はぶっきらぼうに答えた。

「さようでございますか？　しかし私どもの方には利用履歴が残っていまして」

「ああそう」

「樽井三紀彦さんですよね？」

「……そうだけど？」

樽井と呼ばれた男の声が身構えた様子になった。

「樽井さんは、ここのところお店に予約を入れて、キャンセルの連絡もせずに、すっぽかすことが続いているようですが」

「ああ、急に体調が悪くなったりしたんで」

「予約したグループ全員が、ですか？」

鋼太郎のツッコミに、樽井は一瞬、詰まった。

「インフルエンザが流行ったときだったから半分くらいが寝込んだのかな。それで」

「キャンセルの連絡をしなかった理由はありますか？」

「急な事で忘れてたんだと思う」

そうですかと言いながら、鋼太郎はわざとらしくインターホンの前でプリントアウトを広げて見入るフリをした。ＮＨＫ受信料の集金人の真似だ。

「樽井さんのスッポカシは、全部で七件ありますが、どれも体調不良が原因ですか？」

「急にみんなの都合が悪くなったり……ああ、身内の不幸とかもあったかな」

「グループ全員の身内にご不幸が？」

「いや、幹事役の。まとめ役の都合が悪くなると、じゃあ止めようかってことになるでしょ？」

「その際の連絡をしなかった理由はありますか？」

「だから、忘れてたんでしょ。みんなに中止の連絡をするのに忙しくてさ」

「あと……この前の日曜日ですが、スナック『ぷりめーら』貸し切り予約のスッポカシについては、どういうご事情があったんでしょうか？」

「え？　それ、来週じゃなかったっけ？」

樽井はごそごそと音を立てている。たぶんスマホを見ているというフリをしているのだろう。そして、わざとらしく「あちゃ～。一昨日だった！」と笑って誤魔化した。

「いやあ、思い違いしてました」

　悪い悪いと言ってはいるが、その声は笑っている。

「このお店だけではなく、他のお店も、料理を作って席を空けて待っていたんですが」

「その料理は使い回せるでしょ。席だって来ないと判れば普通のお客に回せるし」

「調理をして時間が経ったものは、他のお客には出せないでしょう？」

「へぇぇ、そういうものなの？」

　樽井はワザと無知を装ったのがミエミエな反応をした。

「って事はなに？　あんたはユーザーの調査と言いつつ、キャンセル料を集金に来たの？　言っとくけど払わないよ。払う義務とか払う意味、ないでしょ？」

「では伺いますが、あなたが予約をすっぽかした事で店が負った損害を、どう考えますか？」

「それはアナタ、その程度の損失は当然、想定しておくべき事でしょ？」

　樽井は経営評論家か経済学者みたいな口調になった。

「たとえばお店の売り物が万引きされた、壊された、みたいな事態はある程度、損失として見込んでおくべき事じゃないんですか？　それが経営というモノでしょう？

食い物屋でいえば、食い逃げとか」

損失引当金を計上すれば済むことでしょう、という樽井を鋼太郎は問い詰めた。

「しかしアナタには、食い逃げと同じようなことをした、という認識はないんですか？」

「だから、仮にボクが食い逃げをしたとしても、それは起こりうる損失として想定したうえでお店を経営するのが当然でしょと言ってるんです。そもそも、客がキャンセルしてナニが悪いの？」

「私は法律に詳しくはないけれど、予約しておいてすっぽかすのは詐欺（さぎ）になったりしませんか？」

「いいや、ならないね。『飲み食いナビ』にはさ、キャンセルした場合のペナルティが書いてないじゃん。明記されていない以上、後から文句言われてキャンセル料払えとか言われるのは後出しだよね？　法律だって制定される以前のことには遡及（そきゅう）しないんだからね。後から文句言う方がおかしいでしょ」

「アナタに確認の電話をしたけれど繋がらなかったと、お店の側は言ってますが」

「他のことで忙しくてスマホが鳴ってるのに気づかなかったんでしょ」

「着信拒否になってたこともあったようですけど」

「セールス電話とかがうるさかったから一時的にそうして解除し忘れたんでしょ」

「樽井さん、あなたは店に予約を入れるとき、樽井ではない名前を使ってますね？　『ぷりめーら』ではマツダマサヨシ、他の店ではイイダだったりマツカタだったりワタナベだったり……」

「それは、その時の幹事の名前ですよ。おれはスマホを貸しただけ」

　ここまでドアは開くことはなく、インターホン越しでえんえんと話している。樽井は家の中で話しているが、こっちは玄関先でインターホンに熱く語りかけている。なんか、この段階で負けた気分だ。

「とにかく、文句あるんなら裁判にしてもいいんだよ。だけど、アンタら勝てないよ。キャンセルした場合のことを書いてないし、仮に書いてあっても、公序良俗（こうじょりょうぞく）に反する条件なら従う必要はないんだからね」

　それを聞いた瞬間、鋼太郎の背後で猛然と息を吸い込む音がしたと思ったら、うしろで聞いていた小牧ちゃんが爆発した。

「ちょっとアンタさあ、さっきから黙って聞いてたら勝手放題なこと言ってるけど、自分の身になって考えてみたらどうなのよ！　泥棒が開き直って、ナニが悪いって言ってるのと同じなんだよ？」

それまで黙っていた小牧ちゃんだが、ついに堪忍袋の緒が切れたらしい。

「盗人猛々しいっていうんだよ！　あんたみたいなクソ野郎は」

「これこれ、そういう言い方はいけません」

鋼太郎は、名誉毀損とかそういうことで話がややこしくなることを恐れた。

「すいません。今日のところは出直します」

怒り狂う小牧ちゃんの腕を引っ張り、鋼太郎は、ほうほうの体で立ち去るしかなかった。


「負けた！　完敗だ」

鋼太郎は、ぷりめーらでハイボールを一気飲みして、ママに向かって敗北を認めた。

「ごめんなさい。アタシが我慢できなくなって爆発したから……」

鋼太郎の隣に座った小牧ちゃんは、申し訳なさそうにブルーハワイを口にした。

「いーや。小牧ちゃんが爆発してくれたから話を打ち切るキッカケになった。あのままだと、えんえん続いていただろう。相手の樽井って野郎は全然へこたれないし、むしろ口論を楽しんでたよな。向こうはいいよ、家の中で他人の目を気にすることなく好き勝手を口に出来るんだから。こっちは家の外だからね……」

そう言いつつ、鋼太郎も憤懣やるかたない。ハイボールを一気飲みしてお代わりを注文した。

「腹が立ったら腹が減った。この前のアヒージョ。もうないの？」

「ある訳ないでしょ。大勢で一気に食い尽くしたんだから」

「結局、あの日は儲かったの？　損したの？」

「一人一万円で十五人の予約を受けて、五千円ポッキリのお客さんが三十人来てくれたらトントンだったのが、五十人来てくれたので……」

「十万円儲かったのか！」

鋼太郎は渋い顔になった。

「なんだよ、儲かってるんじゃないか……なんか、シェアハウスの前で頑張って損した気分だな……」

「だけど、すっぽかされたときは、五千円ポッキリのお客さんが五十人も来てくれるなんて思ってもみませんでしたもの」

麗子ママが鋼太郎を慰め、小牧ちゃんも励ましてくれた。

「今日のところは負けましたけど、センセイの言い分は間違ってなかったですよ」

「……法律的なことも多少は調べていたから、偽計業務妨害とか詐欺とか債務不履行(こう)とか言い立ててやろうと思ったんだけど、樽井って野郎がアタマ良さそうだったんで、こっちが下手に法律を持ち出したら藪蛇(やぶへび)になるかもしれねえなと、つい弱気になっちまった……ああ悔しい」

鋼太郎が悔しがっていると、麻里ちゃんが蒼(あお)い顔で寄ってきた。

「あの……あたし、実は……その樽井って男、知ってるんです」

「え」

鋼太郎も小牧ちゃんも驚いた。

「知ってるって……知り合いって事?」

「知り合い以上の関係というか……たまに私の部屋にも泊まりに来ることが」

「ええと、それって、どういう……」

朴念仁(ぼくねんじん)な鋼太郎が聞きにくいことを聞こうとしたので、小牧ちゃんとママの手が同時に伸びて、鋼太郎の口をふさいだ。

「つまり……そういうお付き合いなんですよね」

と小牧ちゃんが言うと、麻里ちゃんは頷いた。

「前に勤めていたお店のお客さんだったんです。なんでも知ってるし、どんな事でもスラスラ説明するし、なんといっても、あの有名なT大生だっていうから、無条件で尊敬しちゃって」

「いや、それはおかしい。T大だからって、無条件に尊敬することはない！」

鋼太郎が断言するので、麻里ちゃんは「あの、こちらもT大卒とか？」と訊いてきた。

「いや……おれは学歴ないんだけど、息子がね、トンビがタカを生んだっていうか、やっぱりT大に」

「センセイじゃなくて、奥さんが優秀だったんですよ」

と、小牧ちゃんが補足した。

「でも……あたしロクに学校に行ってないから……高校も息子を妊娠しちゃって、一年の半分でやめたし」

「苦労したのね……」

麗子ママは同情した。

「子どももね、小学校になると宿題とか難しくなって、あたしじゃ判んないし、あたし、全然モノを知らないし……でも樽井さんは、三紀彦さんは本当に頭がよくてなんでも知ってるから、ついつい頼ってしまって」

「T大のナニ学部？」

鋼太郎が聞くと、麻里ちゃんは「法学部」と答えたので、「法律のことを突っ込まなくてよかった……」と鋼太郎は心から安堵した。下手したら完膚なきまでに論破され、今ごろ、心を病んでいたかもしれない。

しかし鋼太郎は、麻里ちゃんの腕のミミズ腫れを忘れてはいなかった。

「あのさあ、この前見ちゃったんだけど、その腕の……。この前は、子どもにやられたとか言ってたけど、もしかして……」

「そうなんですけど、悪いのはあたしなんです。三紀彦さんはアタマがいいから、あたしがどんくさかったり鈍かったりすると、つい、イライラしてしまうんです。で、たまに……」

「だけど、どんな理由があっても暴力はダメでしょう」

と、小牧ちゃん。

「そうかもしれませんけど、彼は本当にアタマがいいから……あたしは尊敬してるんです」

「暴力を振るわれてるのに？」

「だってそれは、あたしが悪いから」

小牧ちゃんの問いに、麻里ちゃんは樽井を庇うばかりだ。

「ねえ、あの子、相当、洗脳されてるんじゃないの？」

鋼太郎は思わず麗子ママに囁いた。

それが聞こえたのか、麻里ちゃんはムキになった。

「だってカレは、恋愛力学の達人で、ネットのブログは凄く読まれてて本も書いてるし、あちこちでセミナーもやってるんですよ！」

だから、樽井は凄い、と言いたいらしい。

「でも、予約スッポカシをやって開き直るっていうのは、人間のクズじゃないの？」

小牧ちゃんが正面から斬（き）り込んだが、麻里ちゃんは泣きそうになりながらも必死に言い返す。

「それは……ドタキャンとかスッポカシは悪いけど……悪かったかもしれないけど……でも、カレの言うことはだいたい正しいから……」

「正しいわけがない。そいつはクズだ！」

鋼太郎にも決めつけられた麻里ちゃんは、とうとう泣き始めた。

「女を泣かせる男はイカン」

樽井を非難したつもりの鋼太郎は、麗子ママと小牧ちゃんに睨（にら）まれた。

「え？　おれが悪いの？」

帰宅した鋼太郎が、自分のパソコンで「樽井三紀彦」「恋愛力学」を検索してみると……おかしなネット書き込みが山ほどヒットした。

『非モテ童貞くんは、初級オタク女子、それもおとなしめの、手芸や料理や読書が好きで地方の非中核都市に住んでいて専門学校とかに通っている、つまり学歴低めの女子を狙え！　あと低所得女子。これは絶対』

「なんだこれは？」

鋼太郎はその単純素朴なステレオタイプな分類に驚いた。これを書いた本人が非モテ童貞か、女性経験はあっても中学生の時にやったっきり、というような「自称モテ男」が書いたんじゃないかとしか思えない。唾棄すべき固定観念と女性への見下しに溢れているし、とにかくこんな雑な分類ではオハナシにならない。

「つまりコイツが狙い目と言っているのは……例えば群馬県桐生市の、料理の専門学校に通ってる女の子って感じか？」

こんな与太話を書き散らすバカに心酔するヤツはいるのだろうか？　まあ、麻里ちゃんは完全に洗脳されているわけだけれど……。

考えた末に、鋼太郎は息子の浩次郎に助けを求めた。

「オマエ、法学部の樽井って知ってる？　なんかT大で有名人らしいんだけど」

「工学部と法学部じゃあ付き合いがないなあ……」

そう言いかけた浩次郎は、電話の向こうでハッとした声を出した。

「オヤジ、またなんかおれを絡ませようとしてない？　樽井なんか知らないよ」

「まあそう言うなよ。頼むよ。大学に行って樽井の『恋愛力学のサークル』ってやつを探ってくれないか？」

「なあオヤジ」

浩次郎は、「ちょっと待ってくれ」とストップをかけた。

「おれを息子だと思って便利に使ってないか？」

「そんなことはない。この前のキャンプは、オマエの自主的判断で参加したんだから、ノーカウントだろ」

「いやいや、そういうことじゃなくて……おれだって実験とかリポートとかバイトとか、いろいろ忙しいんだ」

「もちろん、タダでやってくれとは言ってない」

鋼太郎はそう言うしかない。

「バイト代は払うから」

「了解」

浩次郎はしぶしぶ父親の依頼を受けた。

＊

数日後の夕方。

大学からの帰り道なのか、浩次郎が治療院に顔を出した。

「行ってきたよ」

浩次郎はバックパックから「恋愛力学研究所presents」と記された小冊子をいくつか取り出して見せた。

「え～なにこれ？」

小牧ちゃんが興味津々で寄ってきた。

「いやあ、オヤジ、あれはひどいものだよ。まともなアタマがあるやつなら絶対に寄り付かない、バカなことをやってる」

浩次郎が持ってきた小冊子には「脱・非モテ。こうすれば誰でも一ヵ月以内に彼女ができる28の戦略！」と銘打たれている。

「これと同じタイトルのセミナーを、この近所でもやっててさ」

「それって、もしかして、神社の前のシェアハウスか？」

「ああ、あそこはシェアハウスなのか。参加料五千円を徴収してた」

浩次郎はそう言って手を出した。

「内情を知るにはセミナーを受講しなきゃ仕方ないだろ？」

鋼太郎は渋々五千円札を息子に渡した。

「おれのバイト代は？」

そう言われて、仕方なく、五千円札をもう一枚追加した。

「ケチだなあ……まあ、この治療院、流行ってそうもないから仕方がないか」

浩次郎も言いにくいことを平気で言う。

「余計なお世話だ。で、見てきた事を教えろ」

そこへ、気を利かせた小牧ちゃんがコーヒーを淹れて持ってきた。

「有り難うございます。どうも、このクソオヤジがいつもご迷惑をおかけして済みません」

浩次郎は小牧ちゃんに礼を言うと、話し始めた。

「そのシェアハウスか？　建物の中に入ると、リビングダイニングがあって……広さは八畳か十畳くらい。L字形のソファやダイニングの椅子にすでに五人くらい座っていて……全部で二十人くらい集まったと思う。その全員に、なかなか美人でスタイルのいい女性がミニスカートを穿いてコーヒーを配るんだ。見えそうで見えない感じが、ほら、男のスケベ心をくすぐるわけですよ」

そう言って浩次郎は小牧ちゃんが淹れたコーヒーを飲んだ。

「そこに主催者として、リビングダイニングの隅にある階段から降りてきたのが、樽井三紀彦」

「階段から登場って、クラーク・ゲーブルか？」

「ちょっとナニ言ってるか判らない」

鋼太郎の蘊蓄はあっさり無視された。

「背は高くなくて痩せ形で顔色が悪い長髪の男。目は鋭くてアタマは良さそうだけど、マジでいけ好かない感じのやつなんだ。尖ってる俺様スゴイって自分で思ってるのがモロに顔に出て、俺は天才なんだって自己顕示してるのがミエミエな感じ？　駄目押しに全身スティーブ・ジョブズみたいに黒ずくめなの」

「それは、このサイトに顔出ししてる、このナルシストと同じヤツか？」

鋼太郎がパソコンに表示させた顔写真を見た浩次郎は「そうだよ」と頷いた。

「こいつ。このジョブズもどき。で、コーヒーを配る美女の腰に、樽井はこれ見よがしに手を回したりしてたけど、アレはどうも見てもバイト。それもセクシー派遣」

本物の彼女って感じじゃなかった、という浩次郎の見立てに鋼太郎は感心した。

「そういうものがあるのか！」

「温泉旅館の宴会にスケベなおじさん団体が呼んだりする、アレだと思うけど。でまあ、おれは見抜いたけど、おれ以外の参加者たちは全員、憧憬の眼差しで見てるわけ」

浩次郎が言う「参加者たち」は、見るからに「非モテ」の、つまり女性にモテる要素がまったくない、不潔でデブで不健康そうな顔色の、妙なオタクばかりだったらしい。

「しかもお互いに競争心があるのか、『あんたどこ大？』『ナニ学部？』とか訊いてるの。頭の中で偏差値の序列を確認して、『オタクの大学の文学部って、早稲田を落ちたヤツの廃棄物処理場だよね』とか失礼なこと平気で言っちゃってるの。ヤンキーの『オマエ、ナニ中？』ってのと同じパターンでさあ、もうそれだけで嫌になったけど」

「学歴マウンティングか。なんにせよマウンティングってのは、自分に自信がないバカのやる事だよな？」

まあね、と浩次郎はその辺を誤魔化した。さてはコイツ、自分もやってるな？　と父親としては感じた。

「しかもそいつら、非モテのくせに、女性への敬意がまったくないの。モテない恨みを女性蔑視にして憂さ晴らししてるの。『女って視野が狭いからさあ』とか『結局、可愛いグッズと甘いものがあれば機嫌がいいんでしょ』とか。モテない反動で女性をバカにして、心の平穏を保ってるのがまる判りで、イタいのなんの」

浩次郎は思い出してもうんざりする、という口調だ。

「樽井のレクチャーはまあ、如何にして女にウケるかって話で、いろんな雑誌やネットに書いてあることの寄せ集めで、そこに心理学を適当にアレンジしたような……目新しいことは何もないんだけど……」

と言いながら、浩次郎は聞きかじりの「恋愛力学」の一端を披露した。

「恋愛力学のメソッドの最初のものとして、『セックストリガー理論』というのがあって。これは、一般的に女性というものは一度セックスした相手を事後的に好きになる事を利用して、セックスをして主導権を握ってから恋愛を始めるという考え方」

「おいおい。それは、昔から言われてることだぞ。下卑た表現を使えば、『女はイッパツやればなびく』ってやつ」

それを聞いた小牧ちゃんが顔色を変えたので、鋼太郎は慌てて言い繕った。

「いやいや、それを信じて大失敗したバカの死体が累々と転がってるから、もちろん、この理屈は間違いだ。それは多くの犠牲者がいる以上、既に証明されているといっていい」

浩次郎は頷いて話を続けた。

「それと『数撃ちゃ当たる理論』。恋愛力学には、どんなに打率の低い男性でも複数かつ多数の女性とデートを重ねれば、いつかは女性とセックス出来るという、いわば『下手な鉄砲理論』があるらしい。つまり、ひとりの女性に延々コミットし続けてデートを重ねて他の女性に手を出さないのは、効率が悪いどころかセックスの機会を損失する愚策であると」

「それもさあ、昔から言われてることだよなあ。とにかくマメに口説いて手を出していれば、何時かは誰かとセックス出来る」

浩次郎と鋼太郎の言い草に小牧ちゃんはますます腹を立て、黙っていられなくなった。

「そこに愛はあるんか?」

「ないよね、これじゃあ。……あの、怒らないでくださいね。これはおれの考えじゃないので。所詮、セックスから恋愛をスタートさせようというゲスい理屈だから……」

浩次郎は弁解するように言った。

「要するに、やりたいだけの男の、勝手な理屈ですよ」

あと、こんなのも、と、浩次郎はセミナーの内容について説明を続けた。

「YESと答えるしかないような質問をぶつけて相手を自分のペースにのせる、とか、気になった子にはワザと悪態をつく、つまりディスる、とか」

「話にならん。すべて昔から言われていたことばかりだ」

「ええと、それから、矛盾するようだけど、最初は下手に出て女に気に入られるようにしろとか、とりあえずなんでも女の言うことを肯定しろとか、女の相談は意見を求めてるんじゃなくて同意して欲しいだけなんだとか、オチがない女の話に怒るなとか……」

「それで五千円か？　くだらない自己啓発セミナーよりタチが悪いぞ！」

「そうなんだけど。おれだってそのくらい判ってるって。だけどそれより、フリートークのコーナーが面白くて」

「フリートーク？」

「そう。参加者がお互い語り合うというか、思いをぶつけるセラピーみたいなコーナー。ほら、禁煙サークルとか薬物依存者サークルで体験談を話して苦しみを共有するような、そういうのがあるだろ。それの非モテ版。これがまあ、非モテ男のどうしようもなさを、これでもか！　と曝(さら)け出してて凄かったよ」

浩次郎は思い出し笑いをした。これ自体、非モテにマウンティングして小馬鹿にしているといえないこともないと思うのだが……。

「連中はほんと自分のことだけなの。世界に自分ひとりしかいないの。頭の中には自分だけで、世界は自分中心に廻ってる、そういうやつばかりなの。他人と関わるってことの意味がそもそも判ってない」

「要するに、ワガママってことか？」

「ていうか、人に慣れてないっていうのかなあ。自分の妄想(もうそう)ファンタジーをとにかく、相手がどう思ってるか全然気にしないで喋りまくったり、相手が自分の思うような反応をしなかったらすぐに怒る、みたいな」

「それって、ガキじゃないか。小学生がそのまんま大きくなった感じか？」

「いや、もっと悪い。マナーもモラルも無視で、自分基準を優先するんだから。デートにこぎ着けた場合、金をかけるんだから女は言うことを聞いて当然、みたいなことを全員が言ってた」

「それって……賭(か)けてもいいけど、本当に誰かを好きになったことがない連中だよ。いや、ヒトじゃなくても犬とか猫とかでもいいけど」

小牧ちゃんがいきなり本質を突くことを言ったので、鋼太郎は驚いた。小牧ちゃんは続ける。

「相手を気遣ったり、逆に気遣って貰ったりする喜びを知らないんだよね、きっと。親のせいかもしれないし、本人の問題かもしれないけど……人の気持ちを損得勘定にしか置き換えられないなんて、マジかわいそう」

デートも恋愛も、効率とはまったく無縁のものだよね？　と小牧ちゃんは言った。

「う～ん。小牧ちゃん、深い！　深いぞ！」

君は恋愛の達人か？　と鋼太郎は思わず称賛してしまった。

「あ、決して茶化してるんじゃないからね」

鋼太郎は弁解したが、小牧ちゃんは何をそのくらい、常識でしょ、という顔をしている。

「まあ、自分の世界を大事にして、自分第一のヤツがいてもいいとは思う。芸術家とかさ。でもそれは特殊な天才だから許されることだよね？」

浩次郎はそう言ったが、鋼太郎は首を振った。

「いやいやその手の天才の人生が往々にして不幸なのは、そういう性格が災いしたからだ。オレオレ主義の面倒くさいガキみたいな男と付き合えるのは、母親代わりになれるキトクな女性だけだろ」

「それだ！　非モテの連中はマザコンなんだ！」

浩次郎は叫んだが、マザコンと決めつけるだけでは解決にならないだろう。

「たしかに、おれが女性でも、ああいう連中は勘弁してほしいと思うだろうな」

だってあいつら、口を開けば女性の悪口ばかりなんだぜ、と浩次郎はうんざりしたように続けた。

「いわく『女は非論理的』『自分のお気持ちばかり主張する』『文系のやつは女の次に価値がない』とか、意味不明なことばかり言うし……そのうち、そんなことを言い合っていた連中が全員、自分たちを正当化し始めたんで驚いた」

浩次郎が言うには、「女なんて所詮その程度の人格しか持ってない」「女がこっちを欠陥人間扱いするなら、こっちも徹底して女をトロフィー扱いしてやればいい」などなど、結局はモテない自分を正当化するために、女をヘイトして貶める方向に全員が走り始めたのだそうだ。

「やつらが言うには、女だって、おれたち非モテ男のことは馬鹿にしていい人間としか見てないんだから、おれたちも徹底的に女を馬鹿にするぞって。この展開がおかしいと思わないところが既にファンタジーなんだけど……女性をヘイトする一方で、彼女が欲しくて欲しくてたまらない非モテって何なんだと」

　あまりにアホらしいので、浩次郎はついつい発言してしまったそうだ。

「何を言ったんだ？　お前ら全員まとめてすり潰されろとでも？」

「言わないよ、そんなことは。当然の疑問を述べただけなんだ。たとえばハンドメイド女子を狙えって言うけど、そういう大人しい子たちならワンチャンいけると甘く見て、ハンドメイドのイベントに凸してナンパなんかしたら、彼女たちは迷惑なんじゃないですか？　って。そうしたら樽井は、『二十代女子のうち八割が真摯な恋愛を望んでいるとのデータが出ているんだ。チャンスを積極的に見つけ、押して押して押しまくる。これが勝利への方程式だよ』って。そのデータの根拠はどんな調査ですかと重ねて訊いたら、樽井がキレた。『そういうこと言ってるからキミはモテないんだ！』って勝手に非モテ認定されちゃって……」

「えっ？　非モテじゃなかったんですか？　浩次郎さんはモテるんですか？」

　不意に質問してきた小牧ちゃんに、浩次郎は「ええまあ」などとどぎまぎしている。

「うそ？　マジで？」

「そんなに驚くことではないでしょう！　それはともかく、ボクが『それでもハンドメイドに何の興味もない男がイベントに押しかけて結果的にでも物販の邪魔とかしたら、女子は嫌がると思いますよ。職場で仕事しに来ているのに、そこに恋愛持ち込まれて上司から口説かれるのと同じじゃないですか！』って言ったら、樽井は『それは論理のスリ替えだ。きみには読解力がない！』とか滅茶苦茶強引な理屈で抑えつけにかかるんです。しかも、樽井に心酔している非モテ童貞のバカどもまでが尻馬に乗って、ボクのことを『屁理屈野郎』とか言い出して」

浩次郎は怒りがぶり返したのか、顔を紅潮させている。

「屁理屈を繰り出す男は一番モテないとか言い出して。ボクが、屁理屈を言ってるのはお前らだろ、この童貞短小包茎インポ野郎！　って怒鳴り返したら、連中が一斉に襲いかかってきたので」

「一網打尽に返り討ち？」

小牧ちゃんがワクワクして訊いた。

「いや。多勢に無勢で。それに喧嘩は冷静じゃないと勝てないから、トンズラした」

小牧ちゃんは「な〜んだ」と失望したが、鋼太郎は「エラい！」と褒めた。

「そんな童貞短小包茎インポデブ野郎どもを相手にしても人生の無駄だ。よくぞ逃げた！」

「いやまあ、褒められたことじゃないけど……」

浩次郎はクールに言った。

「それよりも……たしか、麗子ママのお店の、麻里ちゃんってシングルマザーが、樽井と付き合ってて洗脳されてるんじゃないかって、オヤジ言ってたよね？」

「ああ、言った」

だったら、と浩次郎は背負っていたバックパックからタブレットを取りだしてポンポンと操作すると、樽井の「恋愛力学」サイトを表示させた。

「これ……ここのところがすげー気になるんだけど」

画面に出てきたのは、「どうしても恋愛対象者が見つからない非モテくんへの最後の手段！」と題したページで、そこには目を疑うようなことが書いてあった。

「狙い目はシングルマザー！　とにかく相手は寄りかかる相手を欲しがっているのだから、結婚に持ち込まれるリスクのコントロールさえ出来れば、最高に優位に立てて便利に扱える」などという言語道断な内容だ。なかでも赤字で強調表示されているいくつかのポイントに、鋼太郎は戦慄（せんりつ）せざるを得なかった。

『ここが大事！　彼女の引けめにつけ込んで貢（みつ）がせて、後戻りできなくさせよう！』

『アブノーマルなセックスもＯＫ。なんせ彼女は経験豊富で、しかもキミを捕まえようとしてるんだからなんでもするぞ！』

『子どもを手なずけろ！　子供を人質に取ればもっと言うことを聞かせられる！』

　これを見た三人は、全員が言葉を失った。


「……身近に鬼畜がいる。これは、恐ろしいことだ」

　その夜。太一の居酒屋で、鋼太郎は憤りというよりも、恐怖を感じていた。

「で、治療院を早仕舞いして飲みに来たって？」

「患者さん来ないし」

　いつもの調子で言った小牧ちゃんも、すぐに黙ってしまった。

　並んで一緒に飲んでいる浩次郎も言葉数が少ない沈滞した雰囲気なので、いつもはおちゃらけて絡んでくる女子高生トリオも、今日は近づいてこない。

「治療院に居ても、どうすればいいのか名案が浮かばない。オヤジ、酒だ！」

「だからって酒か？　強くもないのに」

　太一は言われるままに梅チューハイを作りながら言った。

「おれは酒を飲むと頭がよくなるんだぜ、と三船さんも言ってたからなあ。だから酒を飲んで考える！」

「ちょっとナニ言ってるか判らない」

小牧ちゃんは条件反射的に言ったが、鋼太郎は梅チューハイを飲むと蒼白だった顔に血色が、目にも光が戻ってきた。

「あの樽井ってヤツは、ヤバいぞ。犯罪者予備軍じゃないか？」

「まあ……ああいう過激なことを書いてるだけかもしれないじゃんか。過激な小説を書いてる作家が実は温厚だったりするだろ？」

鋼太郎のマイナスな感情を和らげるべく適当なことを言った浩次郎だが、すぐさま反撃を食らった。

「いや。変態小説を書いている作家が実際に変態だったという例もある」

とにかくだ、と鋼太郎は強くもないのに梅チューハイを水のように飲み干した。

「予約スッポカシは食い逃げに当たるとか、すでに、そういうレベルの話じゃないところに来ているんだぞ」

「でもさあセンセイ。ネットって、かなり尖がったことを書かないと目立たないとかあるじゃないですか。『恋愛力学』にしたって、表現はキツいけど、中味は昔から言われてることと一緒だって……」

鋼太郎自身が言っていた、と小牧ちゃんもなだめるように言った。

「そうなんだけどな……しかし現実に、あの樽井って野郎は、麗子ママの店の麻里ちゃんを毒牙にかけてるんだぞ」

「毒牙かどうかは、なかなかデリケートな問題で」

浩次郎は慎重な物言いをした。

「第三者であるおれたちが判断できるかどうかは」

「なんだオマエは。妙に樽井を庇うようなことを言うじゃないか」

そう言いつつも鋼太郎はグラス越しに、入口付近のテーブルに居る、ある客の様子に視線を引きつけられていた。どうも様子がおかしい。

その男は隣の椅子に置いたカバンをこっそり手に取り、周囲の目を気にするように、ゆっくりと腰を浮かし……。

鋼太郎がグラスを置くのと、男が弾かれたように立ち上がり、入口を開けて外にダッシュしたのはほぼ同時だった。

「……食い逃げだ！」

鋼太郎はそう叫んで立ち上がった。

「おい、今の客、常連か？」

振り返りざまに問われた太一は首を振った。

「いいや。初めての客だね。だけど、いいよ。追わなくても」

その言葉が終わらないうちに鋼太郎は座っていた椅子を蹴倒して、脱兎(だっと)の如く飛び出した。

外の通りでは食い逃げをした客が店から遠ざかりつつあったが、鋼太郎の足音に気づいて振り返った。

鬼瓦(おにがわら)のような形相(ぎょうそう)で飛び出してきた鋼太郎に泡を食ってそいつは走り出した。

「待て！　……と言われて待ったヤツはいないが」

鋼太郎も叫びながら、食い逃げ男を追った。それまでの鬱々(うつうつ)とした気分を晴らすような、ヤケクソのような猛ダッシュだ。

食い逃げ男の足は意外に速い。

しかし、鋼太郎の足の方がもっと速かった。

駅前の飲み屋街は酔客(すいきゃく)で賑(にぎ)わっている。それを縫(ぬ)うように、あたかもスキーのスラロームのような身のこなしで男は逃げ、鋼太郎が追いかける。

だがちょうど、酔っぱらいのオヤジの集団が道の真ん中で立ち止まって、二軒目をどうするかワイワイと相談しているところで、男は道を阻(はば)まれてしまった。

「退けっ！」

叫んだ男は集団を掻(か)き分けて逃げようとしたが、そこで鋼太郎に追いつかれた。

「この食い逃げ野郎！　成敗してやる！」

鋼太郎も叫んで男に突進し、猛烈な勢いで体当たりして跳ね飛ばしてしまった。

「ラグビー・アタァッ〜〜〜ク！」

なぜか変身ヒーローのように叫びが口をついて出る。

男の身体はさながら追突された車のように吹っ飛び、飲食店が出した段ボールや発泡スチロールの箱やゴミの山に突き刺さって……動かなくなった。

「おれは榊鋼太郎。高校時代はラグビーで花園の手前まで行ったことがあるんだ！」

鋼太郎は誇らしげに名乗りを上げた。

「おいお前。この食い逃げ野郎が。オッサンだと思って舐めるんじゃねえぞ！」

そう言いつつ、食い逃げ犯の片手を背中に捩じ上げた。

「あんな安い店で食い逃げたぁ、ふてえ野郎だ。ギリギリでやってる店なんだから、きちんとカネ払え！」

観念した男は、弱々しく「すみません……」と呟いた。

「謝って済むなら警察は要らない。小さな犯罪の段階で芽を摘み取らなきゃいけねぇんだ」

鋼太郎が大見得を切っているところに、太一と浩次郎、小牧ちゃん、そして制服警官がどやどやと駆けつけた。

「またですか……今回も派手にやってくれましたねえ」

迷惑顔の制服警官に、鋼太郎は、食い逃げ犯を引き渡した。

「無銭飲食の現行犯。不肖ワタクシ、榊鋼太郎が私人逮捕しました！」

食い逃げ犯は観念して「私がやりました」とか言っている。

「やれやれ。とりあえず、いつもご苦労様です……じゃあ調書は、あとから都合のいいときに、そこの交番に来てください」

「判りました。あとから必ず」

制服警官は食い逃げ犯を引き連れて歩いていった。

鋼太郎はその後ろ姿を眺めつつ、呟いた。

「また、私人逮捕してしまった……」

「あんた、自分に酔ってるだろ？」

太一もうんざりしている。

「追わなくてもいいって言ったのに」

「そうだよ、オヤジ。いつかぶっ刺されでもしたらどうするんだよ」

「……まあまあ、センセイだって悪いことをしたわけじゃないんですから」

小牧ちゃんが割って入ってくれて、四人は店に戻った。

「言っておくけど、私人逮捕を出しゃばりとかお節介のように言われたけど、今回は、太一、お前たちが是非にと頼んできたんじゃねえか。侍雇う農民みたいに。なのに今更、お節介呼ばわりは筋が違うだろ」

「いやいや、おれたち飲食業としては、ドタキャンや予約スッポカシに対してなんとかならないかと、あんたに相談したのであって、それ以上のというか、それ以外の恋愛ナンタラについては知らないよって事」

「だけど、何度も言うが、予約スッポカシなんかメじゃないくらいに、樽井の、あの異常な考え方はヤバいぞ」

鋼太郎は、麻里ちゃんとその子どものことが心配だった。

「樽井はもしかして、麻里ちゃん親子を実験台にして、自分の理論が正しいことを実証しようとしてるんじゃないのか?」

太一が反論する。

「理論っていうほどのもんじゃないだろう。シンママが誰かを頼りたいのは昔から変わらないし、そういう場合はえてしてクソ男にぶち当たることが多いのも昔から同じだ。全然目新しいことじゃあない!」

「しかし、子どもを人質に取るっていうのはどうだ？」

「それも昔からあったろ。一番大事なものを人質にして言うことを聞かせるのは、昔から悪いヤツの常套手段(じょうとうしゅだん)じゃないか！」

「あのですね、いいでしょうか？」

　近くの席で一人で飲んでいた男が口を挟んできた。青年とも中年ともいえない、年齢不詳の男だ。

「その樽井ってヒトの事ですけど。ワタシ、出前代行の仕事をしていて」

「出前代行って、あのウーパールーパーみたいな名前の、あれ？」

　ええまあ、と男は答えた。

「で、ワタシ、樽井サンのところによく配達に行くんですよ」

「あの、そういうお客のプライバシーを話しちゃっていいんですか？」

　浩次郎が訊くと、男は「いいんじゃないですか～」といい加減に答えた。

「ワタシ、あの男を客だと思ってませんから。なんせ態度が悪い。もう、クレームの嵐。ひどいもんですよ。やれ料理が冷めてる、時間がかかりすぎだ、容器から汁が漏(も)れてる、とか、よくもまあそれだけ文句つけられるねという。汁漏れはパッケージしたお店の責任だし、冷めるのはお店で待たされることもあるし、ワタシが悪いんじゃないのに」

「出前代行については、配達員にトンデモないクソ野郎がいて、注文品をゴミ箱に捨てて配達完了にしていたり、注文主の女性を襲ったり、なんてことまであったよねえ」

鋼太郎が言うと、男は手を振った。

「その二件だけでしょ？　真面目にやってますよ、私たちは。むしろ会社と請負契約になってるんで、途中で事故に遭ってもまったく何の補償もなかったり、一方的に配達料を引き下げられたりして大変なんですから」

「出前代行のシステムについては置いときましょう。樽井の件で、何か？」

浩次郎が議事を進行した。

「なんかね、あの家。樽井のシェアハウス。怪しいんですよ。女の子、まだ小さな女の子の声がどこからともなく聞こえてきて……それも、たくさん。あたかも女の子の霊が集まっているような……」

「まさか……女の子がたくさんあそこで殺されていて、その霊が」

小牧ちゃんが恐怖に顔をこわばらせた。

「呪いの館とか」

「いやいや、あそこは最近建ったばかりだから……そんなハズはない」

「じゃあ、地縛霊？　もともとあの土地が呪われてるとか……」

「いやあの、僕が数時間前にセミナーを受けるのに入った時は、そんな女の子いなかったし、そんな気配もまるでなかったけど」

「大勢人がいると幽霊は出ないもんじゃないの？」

小牧ちゃんはシェアハウス幽霊屋敷説を信じてしまっているようだ。

「土地の由来か。あそこ、前は何が建ってたっけね？」

鋼太郎が太一に聞くと、居酒屋の大将も首を捻った。

「確か……ボロボロのアパートが建ってて、ずいぶん誰も住んでなくて鉄の階段とかが錆びちゃって、危ないってテンで取り壊しになって、しばらく空き地になってたんじゃなかったっけ？」

「やっぱり、呪われた土地なんだ！」

小牧ちゃんが恐怖の叫びを上げる。

「いや……そういうことじゃなくて」

出前代行の男はオカルト方面に話が走りそうなのを止めた。

「とにかくあの樽井ってやつは、なんだかんだナンクセをつけて値切ったりタダにさせようとしたり、とにかくイヤなやつなんです。別にカネがないわけじゃなくて、要するにこっちが困るのを楽しんでるんですよ。出前だから玄関先で揉めるんですけど、家の中で、女の子がはっきり喋ってるのを聞きました。それも、複数の女の子が」

「女の子って、女子高生とか女子大生とか、そのへんの？　樽井が引っかけてきたのか、シェアハウスの住人なのか、それともシェアハウスの住人のガールフレンドなのか、そういう女の子たちじゃないのかな」

「あ……もっと若いですね。女の子というより……女子児童というべきかも」

「女子児童が……あのシェアハウスにたくさんいる？」

鋼太郎はそう言ってから、その言葉の意味を考えた。

「女の子がたくさんって……もしかして最近話題になっている、あの件と関係あるんじゃないのか？」

「あの件って？」

訊き返した浩次郎は、大学の工学部で実験や授業やレポートに追われる生活をしている。このところ世間を騒がしているニュースのことは知らないのかもしれない。

「ほら、去年あたりから騒がれてる事件でな。小学生女児が全国的に何人も行方不明になっている。どうやらＳＮＳで誘い出されているらしいんだが、誘い出した『犯人』の正体が辿れないらしい。このあたりでも三ヵ月前に一人、先月もう一人がいなくなって、合計二件だ。これはヤバいんじゃないかと、このあたりの連中も心配している」

しかも判っている件数だけなのだ。

そうそう、と太一が受けた。

「犯人はヤバいやつかもしれん。身代金の要求もないってことは、カネ目当てではない、ヤバいロリコンの犯行じゃないかって。ほら、これまでにも似たような事件があったろ？　子供を誘拐して自分で育てたい、みたいな。その犯人は普通に大学に通ってたって」

浩次郎もハッとしたような表情になった。

「それは、この前のキャンプ場の件とも関係があるんじゃないか？　あの時の犯人と樽井の間に関係はないのかな？」

「ニュースや新聞で見る限り、無関係っぽいけどな。関係があったとしても、樽井に感化されてキャンプ場に行けば獲物(えもの)があるみたいに短絡的に考えたバカだろ、犯人は」

「だけど……さっきシェアハウスの中にいたときは、女の子がたくさん中にいるみたいな、そんな感じはまったくなかったんだけど……」

「外部の人間が来るから物音を立てずにおとなしくしてろと命じられたか、睡眠薬を飲まされたか、あるいは縛られて猿轡(さるぐつわ)をされていたのか、とにかく存在を消されてたんじゃないのか？」

鋼太郎は息子に聞いた。

「階段があるということは、二階があるわけだ。それは外から見ても判るが……お前は二階には行かなかったんだろ？」

「行ってないけど……」

「じゃあ、二階の個室に監禁されていた可能性があるよな」

そう言ったところで鋼太郎は小牧ちゃんに突かれた。

「ねえセンセイ。ここはセンセイが潜入して、女の子たちを助け出すべきじゃないの？」

「そいつはいいですね！」

出前代行の男も無責任に同調した。

「そうすればあのクソいけ好かない樽井って野郎も捕まるでしょ？」

「鋼太郎、行くしかねえかもな」

太一も無責任にけしかけた。

「ちょっと待て。どうやって？　それに、事実無根だったらおれが捕まるぞ。住居不法侵入になるんだぞ」

鋼太郎は話が暴走しそうな成り行きに慌てて止めに入った。

「ええと、センセイがウーパールーパー略してウーパーだかウーピーの配達人になればいいんじゃないの？」

「だから、駄目だって。そんなことしたら、この人の仕事を奪っちまう」

鋼太郎は出前代行の男に、「ねえ？」と同意を求めた。

「いや、ワタシはあそこに出前に行きたくないから大歓迎ですよ」

「いやいや。おれは治療院をやってるんだって！　無職のヒマな浪人が趣味で事件を解決するような、浮世離れしたご身分じゃないんだぞ！」

「そんな難しく考えなくても。何回か出前に行って、シェアハウスの中を探れば、分かってくるんじゃない？」

「それを、おれがやれってか！」

全員が頷く中、鋼太郎だけが「いやいやいやいやいや」と抵抗した。

「おれはメンが割れてるんだよ。おれが出前を持っていっても、怪しんで中には入れてくれないよ」

「……じゃあさあ、ウチの女子高生トリオに日替わりで出向させるのはどうだ？」

「え？　何の話？」

すかさず寄ってきた女子高生三人に、太一が事情を説明した。

「……ということで、出前を持っていくのを口実に、あのシェアハウスに潜入して、内部の事情を探って欲しいんだが。この居酒屋のバイトの時間の中で」

「オモシロそうじゃん！」

女子高生三人は二つ返事で応じた。

＊

早速、出前代行サービスに登録した女子高生トリオは太一の居酒屋でバイトしつつ、樽井のシェアハウスに出前する仕事だけを引き受けることにした。太一の店も代行サービスに登録したところ、早速注文が舞い込んだ。

「お待ちかねの樽井からだぞ！　おでんにオムライス、ハヤシライスにクリームシチューに焼き鳥の盛り合わせだ。それと豚の角煮に肉野菜炒めにチキン南蛮にタピオカミルクティーにパンケーキ。我ながらいろんなものを作ってるね！」

太一は自画自賛した。

「しかしこれは……シェアハウスの住人がまとまって注文したのかもしれないが、量が多いし女の子が好きそうなものが多いな」

「シェアハウスの住人は男女混合という可能性もあるけど……」

「もしかして、あのシェアハウスにはロリコン性犯罪者が集まって住んでるのかも……」

そう言う太一や鋼太郎の話に、純子とかおり、瑞穂の三人は震え上がった。

「出前に行ってそのまま監禁されたらどうしよう」

「本物のロリコンは、お前らみたいな女子高生はオバサン過ぎて対象外らしい。だから安心しろ」

と、鋼太郎。

「だけど、邪道ロリコンかもしれないでしょ。幼稚園児から高校生まで幅広くカバーするロリコンかも」

と、純子。

「大丈夫だ。おれが付いていくから。物陰から見張っている」

鋼太郎は保証した。

太一は大車輪で注文の品を作って、出前用の四角いリュックに格納した。

それを背負った純子は、なんだかロケットを装着したように見える。

「そのまま宙を飛んでいきそうだな」

「鉄人28号か」

「なにそれ？　全然知らないんですけど」

　純子は自転車に乗って出発しようとしている。

「オッサンは付いてこないの？」

　いつの間にか師匠からオッサンに格下げになっている鋼太郎は、いきますいきますと坂上二郎（さかがみじろう）の声色（こわいろ）で言って、純子の乗る居酒屋のボロ自転車の後ろを走った。


「お待たせしました！　出前代行のウーピーです！」

　インターホンに即応して、ドアが開いた。

　浩次郎が言ったとおり、樽井は背が高くない痩せ形で、顔色が悪い長髪の男だ。明らかにスティーブ・ジョブズにかぶれていると判る黒いタートルネックを身につけている。

「遅いじゃないか！」

「すみません。ご注文を受けて、すぐに作って運んで来たんですけど」

「注文から三十分経っている。こっちは十五分でというオーダーを出したのに」

「これだけのメニューを十五分で作るのは無理です！」

「だったらオーダーを受けるなよ！」

気が強い純子はここで言い返した。

「そうですか。気に入らないんなら持って帰ります！　ウーパーいやウーピーいややっぱりウーパーにも報告して客のブラックリストに載せて貰いますから！」

「ちょ……待ってよ……せっかく持ってきてくれてたんだからさ……ちょっと言ってみただけだよ……料理、温かいし……」

ガツンと言われると簡単に折れるようだ。

意外に樽井ってヘタレなのか？　と少し離れた物陰から見守っていた鋼太郎は思った。

段取りどおり、純子はシェアハウスの中に入ろうとしている。

「じゃあ、料理の数が多いので、中まで入らせて貰って……」

「いや、その必要はない！」

樽井が反射的に拒絶した。

「おれが運ぶから、ここに並べてくれ」

強い調子で言われ、純子は仕方なくそれに従った。

「ごめん。中には入れなかった……」

玄関先で追い返された純子はすごすごと引き返し、鋼太郎に報告した。

「玄関ホールと部屋の間にドアがあって、中の様子はハッキリとは判らなかったんだけど……てか、樽井がやたらデカい声で喚くから、他の音がよく聞こえなくて」

「それがヤツの作戦だな」

「でも……なんか、女の子が『いやっ』って叫ぶみたいな声が、かすかに聞こえた気がしたんだよ。子どもの声みたいな」

「なんだって？」

「子どもじゃなくて大人の声だったのかもしれないし、女性も住んでいて、たまたま子どもみたいな声なのかもしれないけれど」

「こういう場合、あのシェアハウスに誰が住んでるのか、まずそれを調べるのが常道なんだろうな。だけどそういう個人情報は区役所でも交番でも教えてくれないだろうしなあ……」

その後、数日にわたって純子以外のかおりも瑞穂も自転車を漕いで出前に行ったのだが、相変わらず玄関ホールから先には入れなかった。しかし、なんとなく女の子、それも中学生以下の子どもがいる気配が濃厚になってきた。

「こうなったら、警察に相談するしかないんじゃないのかなあ」

　太一の店で、鋼太郎と小牧ちゃん、そして女子高生トリオは額を寄せ合った。

「師匠、師匠は私人逮捕で警察に随分協力してるんでしょ？　そういう便宜は図ってくれるんじゃないですか」

　と瑞穂。鋼太郎はいつのまにかオッサンから師匠に戻っている。

「いや、警察としては実のところ、おれの私人逮捕は迷惑みたいなんだよねえ。この前の食い逃げなんか、後から交番に行ったら、『お店と示談だったらそれで済んだのに、逮捕されちゃったおかげで書類を山ほど書かなきゃならなくなって』とか言われてさ」

「警察ってホント、書類を書くのが仕事みたいなところでもあるんだよな。警察もお役所だからねえ」

　と、太一。

「ということは、あのシェアハウスの中に女の子がいるかどうか判らないって事だよねえ。食い物の量とかメニューだけじゃ、なんの証拠にもならないだろうし」

　鋼太郎は考え込んだ。

「じゃあ、どうやってこの先、調べるんですか？」

　小牧ちゃんの問いに、鋼太郎は顎に手をやって「そうよのう」と言うばかり。

「キッチリと、法に背かない方法を取るには……どう考えても無理がある」

「あたしたちの痴漢の時の弁護士さんに助けて貰うのはどうなんですか?」

かおりの提案に、鋼太郎は「あの弁護士、金にうるさそうだったよねえ」とまたも否定的な事しか言えない。

「あのさあ、師匠は警察もダメ区役所もダメ弁護士もダメって、試してみる前から諦めちゃって、デモデモだってちゃんみたいな事しか言わないよね。ようするに、やる気ないって事?」

イラっとした口調で純子が決めつけた。

「オッサン、なにビビってんのよ!」

一瞬にしてまたオッサンに降格された鋼太郎が「しかし法律は守らないと、こっちが……」と言いかけた時、スマホが鳴った。

浩次郎からだった。ネットに詳しい彼は、キャンプ場で子供を誘拐しようとした犯人と樽井には直接の接点はないようだと報告して電話を切った。

「犯人はロリコンだが……たしかに樽井のサイトは読んでいて、影響は受けていたようだ。出会い系サイトでシングルマザーを探していた形跡があったらしい」

「めっちゃヤバいじゃん。やっぱあの樽井は潰さないとダメだよ」

鋼太郎にビールのお代わりを持ってきた純子が言い、瑞穂も考えながら言った。

「樽井って、自分は頭がいいから他の連中がおれに敵うわけがないって思い込んでいそう。その分、脇の甘さはないけど、でも一瞬油断するってことだってあるかも」

「例えば？」

「ええと、女の子を監禁しているとして、その子が窓に近づくことだってあるかもしれない。夜だと影が窓に映るでしょ？」

「それだ！」


というわけで、鋼太郎は、治療院が終わった後、シェアハウスを張り込むことになった。

「ご苦労様です」

と、小牧ちゃんや女子高生トリオが入れ替わり立ち替わり牛乳とアンパンの差し入れを持ってくる。

「変わったことはありましたか？」

「ないよ……っていうかお前ら、面白がってるだろ！　刑事ドラマごっこかよ」

牛乳ばっかりだと小便が近くなるんだ、と鋼太郎は文句を言った。

「近くの公園に公衆トイレがありますよ。その間アタシが見張ってますから行ってきたら？」

小牧ちゃんも完全にその気になっている。

「今日で四日目になるけど、まったくなんの変化もないぞ。ネット宅配の配達はあるけど、中味は判らないし、窓には影も何にも映らない」

「突入しちゃいます？」

「いやいや、そんなことしたらこっちが住居不法侵入で捕まってしまう」

鋼太郎は浮かない顔で言った。

「この張り込みをする前に、一応、交番には行ってみたんだ。かくかくしかじかと説明して、このシェアハウスは怪しいと言ったんだけど、やっぱり交番のオマワリは『ハァ』としか答えない。で、小学生とかの捜索願いは出てないのかと訊いたら、そんなの山ほど出てるから、調べるにしても絞り込むのが大変だって。このへんの子供じゃなくて、遠くから来てる可能性もあるんだからって」

「そうおまわりさんが言ったの？」

「言ったの」

鋼太郎は頷いた。

「そう言ったくせに全然調べないの？　交番にパソコンはないの？」

「あるよ。あるけどアイツ、パソコンの操作が出来ねえんじゃないか？」

なにかいい方法はないか、と鋼太郎が首を捻った、その時。

二階の窓。磨りガラスに一瞬、ほんの一瞬だが、人影が映った。しかも複数。それは、男子大学生の背丈や身体つきではなく、もっと小さな、子どものようなシルエットだった。

複数、たぶん二人の人影は、なにかを取り合っているように見えたが、急に窓の近くから引き剝がされるように遠ざかった。

「見たか？　今の」

鋼太郎と小牧ちゃんは頷きあった。

＊

「頼む！　あのセミナーにまた参加してくれ！」

鋼太郎はT大学の正門で息子に頭を下げた。

「おれはメンが割れてるし、年寄りすぎて恋愛力学を学ぶのは不自然だ。となると、お前しかいないじゃないか！」

「だけど僕は、この前行ってウッカリ暴言を吐いて、追い出されるように逃げて来たんだぞ。嫌だよ。あんなところにまた行くのは……」

「そこをなんとか……改心したとか、何とでも理由は付けられるだろ」

「だけど、あそこに女の子が監禁されているという証拠がないじゃないか」

「いやいや、あるんだ。証拠なら」

「窓に子供の人影が映った、というだけじゃ弱すぎるだろ？」

「だから……みんな同じ事を言うが、それを確かめるのがお前の使命だ」

いやいやいやいや、と浩次郎は手を振った。

「どうしてそこまで僕たちが」

「乗りかかった船なんだ。それに、おれには確信がある」

「僕にはない」

浩次郎は逃げ腰だ。

「なあ、警察も動かないし、おれたち民間人が調べるにも限度があるんだ。法律に従ってやってたら、調べはつかないまま、恐ろしい結果になる可能性もある。そうなった時、お前は安眠できるか？　良心に従って正しい判断をしましたと神に誓えるか？」

「僕、無神論者なんだけど」

鋼太郎はプリントアウトを取り出した。

「もう、申し込んじゃったんだよ。今夜。前回のトラブルの後、考え直してもう一度だけチャンスが欲しいという理由を付けた」

鋼太郎は財布から万札を取り出して息子に押しつけた。

「セミナーの会費と駄賃だ。受け取れ」

鋼太郎の考える作戦は、浩次郎が二階に突入して女の子の所在を確認する。それを外で鋼太郎がバックアップする、というもの。

「もし、女の子がいなかったり、巧妙に隠されていて『いない』ってことにされたら、僕は犯罪者になるんだよ？」

「そうはならないとは思うが……」

「最悪の事態を考えておくべきでしょ。それをやらずに上手（うま）くいくことばかり考えたのが旧日本軍の……」

「判った判った」

鋼太郎は降参した。

「お前の言うとおりだ。その辺は顧問弁護士とかに相談して万全を期すから」

夜になった。

浩次郎と鋼太郎はスマホを通話状態のまま、耳にはワイヤレスのイヤフォンを装着、リアルタイムで連絡が取れる態勢を整えて、浩次郎はセミナーに出席、鋼太郎は外で「万全を期す」という布陣で、作戦を実行に移した。

小牧ちゃんに、そして女子高生トリオも顔を揃えている。太一だけは店があるので来られない。

「こじれた場合、おれが連絡すれば、樽井の予約スッポカシで被害にあった店のオーナーやシェフたちも駆けつけてくれることになっている」

「万全を期すって……もしかして、それだけ？」

小牧ちゃんがおそるおそる問いかけると、鋼太郎は黙ってしまった。

「え！　図星!?」

小牧ちゃんは鋼太郎の無策に驚いた。

「それじゃ浩次郎さんが気の毒じゃないですか！　弁護士に相談したの？」

「してない。しようとは思ったんだけど」

孤立無援というか援軍ナシというか鉄砲玉というか特攻隊だ！　それでは……と怒

る小牧ちゃんを鋼太郎はなだめた。

「そんなこたぁない。ちゃんと用意はしてある。まあ見てなさい」

浩次郎のスマホを通して、シェアハウス内部の様子が聞こえてくる。まずは受付をしてお金を払って着席。浩次郎は他の出席者から「あれ？　また来たの？」「あれだけ暴言吐いといてよく来れるよな」「おれたちを童貞短小包茎インポ野郎って言ったこと、忘れてないぜ」などと罵倒されている。

「どうせならテレビ電話にすれば中の様子が見えたのに」

と小牧ちゃんが言い純子が否定する。

「ムリだよ。カメラ機能を使うと、スマホをこう、ぐっと突き出さないと映らないもの。いかにも『撮ってますよ』って知らせてるカッコじゃん？」

なるほど、と小牧ちゃんは黙った。

「しかし……まさかおとなしくセミナーを全部聞く気じゃないだろうな……あんなクソみたいな話、聞く価値ねえだろ！　さっさと館内探検しろ！」

鋼太郎はブツブツ言ったが、それは浩次郎にも聞こえている。

そのせいか、息子は誰にともなく、話しかけた。

「ここ、シェアハウスですよね？　二階が個室になってるんですか？」

「そうよ。おれ、ここに住んでるんだ」

「あの、僕、こういうところに憧れてるんですよ。よかったら、ちょっと部屋とか見せて貰えませんか？　どんな感じなのかなあって……セミナーが始まる前に」

「……いいよ。じゃあ、ちょっと来て」

歩く足音。階段を上がる足音。ドアが開く音。

「これがおれの部屋」

「六畳くらいですか？　ベッドとデスク……寮みたいな感じですね」

「狭いけど、下のリビングで寛げるから……コーヒーとか無料で飲めるんだよ」

「でもテレビはチャンネル争いが……」

「そんな昭和みたいなこと。見たい番組はスマホとかタブレットで見ればいいんだし」

「本、ないんですね」

「読まないから」

ふ～んという浩次郎の声がして、「隣の部屋も同じですか？」とノーテンキな声で聞いている。

「みんな同じだよ」

その会話を聞きながら、鋼太郎はすでに道端に置いてあった空の灯油缶を四つ、シエアハウスの前に並べて、そこに新聞紙を突っ込み始めた。

「これからやる事は、厳密に言えばたぶん、法律に引っ掛かると思うが……それは仕方がない」

シェアハウスの中からはドアノブをガチャガチャ回す音、そこで「勝手に開けるな！」という怒声とともに、「助けて！」という女の子の声が聞こえた。

「女の子の……まだ子どもの声だよね？」

「助けてって言ったよね？」

全員が確信した。

やはり、シェアハウスの中には女の子がいて、意に反して自由を奪われる形で監禁されているのだ。

「よし、決行だ！」

外に居る鋼太郎は、背負っていたリュックから大型のペットボトルを取り出した。その中にはピンク色に着色された液体が入っている。鋼太郎はその液体を、灯油缶に詰めた新聞紙にドボドボドボドと振りかけた。

「みんな、退いてろ！」

鋼太郎はそう叫び、ブック型マッチにライターで火をつけ、ぼうぼうと燃え始めたそれを、灯油缶に投げた。

ぼん！　という派手な爆発音がして、引火した。燃焼促進剤がたっぷり染みこんだ新聞紙から火柱があがり、爆発的に燃え始めた。

「火事だ！　火事だぞ！　逃げろ！」

鋼太郎は大声を出した。それに呼応して、小牧ちゃんも女子高生トリオも「火事だ！」と何度も絶叫した。

「誰か警察に電話だ！　女の子たちが逃げ出してくるはずだ」

スマホを通して、シェアハウスの中でも混乱が起きつつあることが判った。

「火事だって」

「あ！　燃えてる！」

窓越しに火柱を確認したのだろう。

「逃げろ！　早くしないと燃え移る！」

「あの子達はどうする！　あっ！　貴様」

ドタバタという音、次いで肉を叩くような鈍い音がして、怒声が響いた。

「この野郎！　勝手なことするな！　何やってるんだ！」

それに続いてすぐ、浩次郎の声で「早く逃げろ！」という叫びが聞こえてきた。

ほどなく女の子たちの「助けて！」という声も聞こえ始めた。今度はドア越しのかすかな悲鳴ではない。すでにドアを開けて部屋から飛び出してきたようだ。

灯油缶四つから噴き上がる炎は鋼太郎の予想を超える激しさで、周囲を赤く染め、ボンボンと爆発音を何度も轟かせて、数メートルほどにも燃えあがった。

「ちょっと……これ、ヤバくない？」

さすがに女子高生トリオはビビっているが、一応道路の真ん中ではあるし、類焼するものはないし、鋼太郎は消火器も用意してあった。

この時、シェアハウスのドアが開いて小学生くらいの少女が四人と、彼女たちを追いかけてきた男ふたり、そして浩次郎と樽井が摑み合いながら出て来た。

「連中を捕まえろ！」

女子高生トリオが少女四人に駆け寄り、「こっちよ！」と匿うようにして保護した。

「おい、その子たちに構うな！」

男二人が追ってきたが、腕に覚えの小牧ちゃんが回し蹴りと顔面パンチを浴びせて瞬殺した。

樽井は、といえば、鋼太郎と浩次郎のふたりがかりで道路に引き倒され、腕を背中にねじ曲げて押さえつけられている。

やがて消防車のサイレンが聞こえ、パトカーもやって来た。

「こっちだ！　私人逮捕したぞ！　児童誘拐ならびに監禁の現行犯だ！」

パトカーから降りてきた制服警官は、現場のありさまを見て、口をあんぐり開けて驚いている。

女子高生が少女たちを抱きしめて保護し、男ふたりが路上に倒れて苦悶し、その傍らに若い女が腕組みをして勝ち誇ったように立っているのだ。

そして「離せ！」と喚く男を、初老の男と若者が懸命に押さえ込んでいる。

「ほら、私人逮捕したんですよ！　早く身柄確保して！」

鋼太郎が叫んだ。

駆けつけた警官は鋼太郎の顔見知りだった。

「またアンタか……」

ほとほと参ったという表情の警官の顔には、勘弁してくれ、と書いてあった。

＊

警察の事情聴取を受けて帰ってきた鋼太郎は、まだ開店前の太一の店で事件に関わった全員に説明をした。けれど、そこに樽井と付き合っていた麻里ちゃんの姿はない。

「結局のところ、誘拐という犯罪よりも、『少女』という存在に興味があった樽井が」

「ナニその『少女という存在』って？　意味判んないんですけど？」

純子がすかさず突っ込む。

「その……性的な意味ではなくて、要するに、こういう年頃の女の子はどんな事を考えてるんだろうとか、ナニに興味があるんだろう、という心理学的な興味というか」

「じゃあ、樽井はロリコンではなかったの？」

麗子ママが訊く。

「と、本人は言ってるそうだが、本当のところは判らない。ただ、女の子たちが病院で診察を受けたところ、その……暴行を受けた形跡はないようで」

「よかったじゃん」

「よかった、本当に」

女子高生トリオ、そして麗子ママを始めとする女性陣の全員がホッとしたような表情になった。

「一番年長の女の子……中学一年だったそうですが、彼女は家出少女で、樽井とはSNSで知り合ったそうだ。行くところがないのなら、と自分のシェアハウスに連れ込んで、いや、居場所を提供して、というべきか……それで、長く暮らすなら話し相手と遊び相手も必要だろうということで、やはりＳＮＳで他の子たちも誘い出したという、そういう経緯らしい。彼女たちの親もなんだか凄くルーズで、捜索願いも出してなかったらしくて」

「つまり、樽井は学者みたいな興味で女の子たちを飼ってたって、そういうこと？」

小牧ちゃんは納得出来ない様子だ。

「樽井によれば自分は『観察』に徹していたと。でも、少女一人と同居するだけでも部屋は狭いのに、少女が増えてきたので、協力者を求めた。それが両隣の入居者で、結局は、シェアハウス全体で彼女たちの面倒を見ていたと。自分たちでは『いいお兄さん』のつもりだったらしい」

「ナメてるよね。自分たちでは『いい話』のつもりなんだ」

瑞穂が言い、かおりも固い表情で言った。

「すごく『怖い話』としか思えないです」

「うちら虫でもモノでもないんだよ？　観察とかバカにしてる。死ねばいいのに」

純子は怒っている。

「ただ……樽井は、女の子たちを自分好みの女に育てようとしたのかもしれないという意見もあって」

浩次郎がスマホで樽井のものと思しいSNSの書き込みを表示させた。

「なんのために？」

「つまり、自分の例の『恋愛力学』の正しさを証明するため、というか……」

樽井によるその書き込みには事件後、無数の叩きコメントがついている。

『何様のつもり？』

『どこの光源氏だよ』

「このヒカルゲンジって誰？　新人ユーチューバーとか？」

コメントに目を通した純子が言った。

「ほら、古文で習ったあの人だよ。幼女をつれてきて奥さんにした」

と瑞穂。

「以前にもそういうクソな妄想で女の子を誘拐して監禁してたクソ男が居たよね」

小牧ちゃんがやたらクソクソを連発したうえに雑巾の臭いを嗅いだような顔で言う。

「居たな。オッサンも、大学生も」

「樽井だって、その系統のクソかもしれないじゃん？」

その可能性はある、と鋼太郎が思ったところで浩次郎が訊いてきた。

「ところで、オヤジは本当にお咎(とが)めナシだったの？　実際、あの場所で火を焚(た)くのはヤバかったんじゃないの？」

「いや、大丈夫だ。放火でも失火でもないので、あれは焚き火扱いになって、軽犯罪法違反ということで済んだ。軽犯罪法第一条九号『相当の注意をしないで、建物、森林その他燃えるような物の附近で火をたき、又はガソリンその他引火し易い物の附近で火気を用いた者』に当たるってわけだ。焚き火は東京都の『都民の健康と安全を確保する環境に関する条例』でも、原則禁止となっているが」

「つまり、つけ火とか、物凄い重罪で死刑とかじゃないんだね」

浩次郎は安心したような少し残念そうな複雑な表情をした。

「それも、監禁された少女を救い出すための緊急避難に当たるとされて、お咎めナシということになった」

「で、あの屁理屈野郎の樽井はどうなるの？」

純子が質問した。

「たぶん、他のヤツらと共謀した略取・誘拐罪に問われるんじゃないかな」

「とりあえず、アンタはよくやったよ！」

太一が鋼太郎の背中を景気よく叩いた。